EVEREST
1702

AYŞE KULİN

ESERLER

1. *Güneşe Dön Yüzünü* (Öykü)
2. *Bir Tatlı Huzur* (Biyografi)
3. *Foto Sabah Resimleri* (Öykü)
4. *Adı: Aylin* (Biyografik Roman)
5. *Geniş Zamanlar* (Öykü)
6. *Sevdalinka* (Roman)
7. *Füreya* (Biyografik Roman)
8. *Köprü* (Roman)
9. *İçimde Kızıl Bir Gül Gibi* (Deneme)
10. *Babama* (Şiir)
11. *Nefes Nefese* (Roman)
12. *Kardelenler* (Araştırma)
13. *Gece Sesleri* (Roman)
14. *Bir Gün* (Roman)
15. *Bir Varmış Bir Yokmuş* (Öykü)
16. *Veda* (Roman), *Veda* (Çizgi Roman)
17. *Sit Nene'nin Masalları* (Çocuk Kitabı)
18. *Umut* (Roman)
19. *Taş Duvar Açık Pencere* (Derleme)
20. *Türkan-Tek ve Tek Başına* (Anı-Roman)
21. *Hayat-Dürbünümde Kırk Sene* (Anı-Roman)
22. *Hüzün-Dürbünümde Kırk Sene* (Anı-Roman)
23. *Gizli Anların Yolcusu* (Roman)
24. *Saklı Şiirler* (Şiir)
25. *Sessiz Öyküler* (Öykü Derlemesi)
26. *Bora'nın Kitabı* (Roman)
27. *Dönüş* (Roman)
28. *Hayal* (Anı)
29. *Handan* (Roman)
30. *Tutsak Güneş* (Roman)
31. *Kanadı Kırık Kuşlar* (Roman)

ÖDÜLLER

1988-89 / Tiyatro ve TV Yazarları Derneği, En İyi Çevre Düzeni Dalında Televizyon Başarı Ödülü

1995 / Haldun Taner Öykü Ödülü Birincisi

1996 / Sait Faik Hikâye Armağanı Ödülü

1996 / 3. UAT En Başarılı Yazar Ödülü

1997 / Oriflame Roman Dalında Yılın En Başarılı Kadın Yazarı Ödülü

1997 / Nokta Dergisi *Doruktakiler* Edebiyat Ödülü

1997 / İ.Ü. İletişim Fakültesi, Roman Dalında Yılın En Başarılı Yazarı Ödülü

1998 / Oriflame Edebiyat Dalında Yılın En Başarılı Kadın Yazarı Ödülü

1998 / İ.Ü. İletişim Fakültesi Roman Dalında Yılın En Başarılı Yazarı Ödülü

1999 / Oriflame Edebiyat Dalında En Başarılı Kadın Yazarı Ödülü

1999 / İ.Ü. İletişim Fakültesi Roman Dalında Yılın En Başarılı Yazarı Ödülü

2000 / Rotaract Yılın Yazarı Ödülü

2001 / Ankara Fen Lisesi Özel Bilim Okulları Yılın Yazarı Ödülü

2002 / Tepe Özel İletişim Kurumları Yılın En İyi Edebiyatçısı Ödülü

2003 / AVON Yılın En Başarılı Kadın Yazarı Ödülü

2003 / Best FM Yılın En Başarılı Yazarı Ödülü

2004 / İstanbul Kültür Üniversitesi Yürekli Kadın Ödülü

2004 / Pertevniyal Lisesi Yılın En İyi Yazarı Ödülü

2007 / Bağcılar Atatürk İ.Ö. Ok. & Esenler-İsveç Kardeşlik İ.Ö. Ok. Yılın Edebiyat Yazarı Ödülü

2007 / Türkiye Yazarlar Birliği *Veda* isimli romanı ile Yılın En Başarılı Yazarı

2008 / European Council of Jewish Communities Roman Ödülü

2009 / TED Bilim Kurulu Eğitim Hizmet Ödülü

2009 / Kocaeli, 2. Altın Çınar Dostluk ve Barış Ödülü

2009 / Kabataşlılar Derneği Yılın En İyi Yazarı Ödülü

2010 / Best FM 1998-2008, 10 Yılın En Başarılı Kitabı

2010 / Kabataşlılar Derneği Yılın En İyi Yazarı Ödülü

2011 / İTÜ EMÖS Yaşam Boyu Başarı Ödülü

2011 / Orkunoğlu Eğitim Kurumları, Yılın En Başarılı Yazarı Ödülü

2011 / ESKADER Kültür & Sanat Ödülleri, Hatırat Dalında *Hayat & Hüzün*

2011 / *Farewell* (*Veda*) ile Dublin IMPAC Edebiyat Ödülü Ön Adayı

2012 / Medya ve Yeni Medya En İyi Yazar Ödülü

2013 / Kültür ve Turizm Bakanlığı, Toplumsal Duyarlılığa Katkı Ödülü

2013 / Lions Başarı Ödülü

2014 / 22. İTÜ EMÖS Ödülü; Yılın En Başarılı Kitabı - *Handan*

2015: Eryetiş & Balkanlar Eğitim Kurumları / Yılın En İyi Romanı: *Tutsak Güneş*

2016: *Permio Roma Ödülü* / Çeviri Dalında En İyi Roman / *Nefes Nefese.*

2016 İstinye Rotary Kulübü Meslekte Üstün Hizmet Ödülü

2016 İTÜ İşletme Mühendisliği Yazarlar Kategorisinde Sosyal Medya Ödülü

2017 İzmir Rotary Kulübü Meslekte Üstün Hizmet Ödülü

Sevdalinka'nın Bosna-Hersek telif geliri savaş mağduru çocuklara, *Kardelenler*'in telif geliri Kardelen Projesi'ne, *Sit Nene'nin Masalları*'nın telif geliri UNICEF Anaokulu Projesi'ne, *Türkan-Tek ve Tek Başına*'nın özel baskısının ve *Türkan* tiyatro oyununun telif gelirleri ise ÇYDD eğitim projelerine bağışlanmıştır.

AYŞE KULİN

Kördüğüm

§

Yayın No **1702**
Türkçe Edebiyat **663**

Kördüğüm
Ayşe Kulin

Editör: Cem Alpan
Düzelti: Zeynep Atayman
Kapak tasarımı: Füsun Turcan Elmasoğlu
Sayfa tasarımı: Veysel Demirel

1. Basım: Kasım 2017 (150.000 adet)

ISBN: 978 - 605 - 185 - 196 - 9
Sertifika No: 10905

Baskı ve Cilt: Melisa Matbaacılık
Matbaa Sertifika No: 12088
Çiftehavuzlar Yolu Acar Sanayi Sitesi No: 8
Bayrampaşa/İstanbul
Tel: (0212) 674 97 23 Faks: (0212) 674 97 29

EVEREST YAYINLARI
Ticarethane Sokak No: 15 Cağaloğlu/İSTANBUL
Tel: (0212) 513 34 20-21 Faks: (0212) 512 33 76
e-posta: info@everestyayinlari.com
www.everestyayinlari.com
www.twitter.com/everestkitap
www.facebook.com/everestyayinlari
www.instagram.com/everestyayinlari

Everest, Alfa Yayınları'nın tescilli markasıdır.

AYŞE KULİN

Kördüğüm

İÇİNDEKİLER

1
ÖYLE UZAK Kİ YERİM UZAKLARI AŞIYOR

2
BÜTÜN ÖZLEDİKLERİM BENDEN AYRI YAŞIYOR

3

YA HER ŞEYİM YA HİÇİM, SORMA DÜNYAM NE BİÇİM

4

BİR KÖRDÜĞÜM Kİ İÇİM ÇÖZDÜKÇE DOLAŞIYOR

Öyle uzak ki yerim uzakları aşıyor
Bütün özlediklerim benden ayrı yaşıyor
Ya her şeyim ya hiçim, sorma dünyam ne biçim
Bir kördüğüm ki içim çözdükçe dolaşıyor.

Şevket Rado

1

ÖYLE UZAK Kİ YERİM UZAKLARI AŞIYOR

GİZEM

Duydum onu. Bu nazarlarını hep üzerimde hissettiğim, içten pazarlıklı, çakma sarışını şüphe götürmez bir şekilde duydum çünkü terapi odasından terasa çıkılan kapının hemen arkasındaydım. İlk seansın bitiminde odayı havalandırmak için yine açmışlardı kapıyı ardına kadar, düzeni bozulan iskemleleri yerlerine yerleştirirken konuşuyorlardı aralarında. Benden söz ettiklerini fark edince, geri çekildim ve dinledim.

"Bence kesin numara yapıyor," diyordu, "Her şeyi hatırladığına, kim olduğunu bildiğine eminim. Belleği olmayan biri gazete mi okur, haber mi dinler?"

"Yani... belki gazetelerde bir habere rastlar ya da televizyonda bir şey görür de hatırlayıverir diye... olamaz mı?"

"I ıh! Benim sezgilerim çok güçlüdür, oynuyor."

Büsbütün kulak kesildim.

"Âlemsin Sevda! Bir klinikte tutsak kalmayı kim ister ki?"

"Ay ne kadar safsın Nimet! Orhan Hoca'yı baştan çıkarmaya çalışıyor ya, zamana ihtiyacı var. Aklım başıma geldi dese, evine dönmesi gerekecek. Oysa burada ekmek elden su gölden... maksadına ulaşana kadar..."

"Yok artık! Bak, yazdın yine bir senaryo. Geçen yıl da adamın asistanına takmıştın. Kız istifa etti senin yüzünden."

"O benim yüzümden istifa etmedi. Evine yakın bir hastanede iş buldu, onun için... Karıştırma şimdi eski defterleri... Neyse, ben tam işleri yoluna koymuştum, seans sonralarında karşılıklı çay kahve içiyor, iki çift laf ediyorduk, yavaş ama emin adımlarla bir yere varıyorduk ki..."

Sevda iç geçirirken, Nimet, boşa hayal kuruyor zavallı, diye düşündü ve alaylı bir sesle, "Eee?" dedi.

"Bu sevimsiz geldi, her şey altüst oldu! Sen inanmak istemiyorsun ama içten pazarlıklı biri o."

"Abartma Sevda! Hoca'ya kırıtıyor desem değil, kazık yutmuş gibi bir kız. Cilvesi yok, neşesi yok, kimseye bulaşmaz, konuşmaz, yaklaşmaz. Soğuk nevale bir şey, kendin söyledin sevimsiz diye."

"Ama gözleri fıldır fıldır."

"Uğraşma zavallı kızla, insanın kim olduğunu hatırlayamaması korkunç olmalı."

"Hepsi numara! Bakma öyle yüzüme ters ters, resepsiyondaki sehpanın üzerinde dergiler var ya, geçen gün eline Almanca bir dergi almış, ayakta okuyordu. Ben yanına gidince hemen bıraktı yerine. Almanca biliyor musun, diye sordum, hayır, dedi. Resimlerine bakıyormuş güya ama baktığı sayfada resim yoktu ki. Kesin oynuyor bize. Bir-iki resmini çekip koysam facebook'a, altına da bu bayan kimdir, bilen bana bilgi versin diye yazsam, dakikasında birkaç tanıyanı çıkar, kimmiş, kimlerdenmiş, marifetleri neymiş hepsini öğreniveririz ama..."

Nimet atıldı,

"Sakın Sevda, sakın! Biliyorsun yasak bu! Hastaların güvenliği açısından, kesinlikle yasak. Sadece kendini değil, bizleri de yakarsın bak!"

Daha fazla dayanamadım, teras kapısına gürültüyle çarparak içeri girdim.

"Selam kızlar!"

"Aaa, nereden çıktın sen?" dedi Sevda telaşla.

"Terastaydım."

"Terasa çıktığını görmedim de..."

"Yandaki odanın kapısından çıktım."

"Bak canım, hangi kapıdan çıktınsa, aynı kapıdan girmelisin. Uğursuzluk getirir derler de..."

Duymazlığa geldim, "Odayı düzenliyorsunuz herhalde, size yardım edeyim," dedim, uzakta duran bir sandalyeyi diğerlerinin hizasına çekerek.

"Terapiye katılacak mısın bugün?"

"Evet, Orhan Hoca katılmamı istedi."

"Acaba neden? Hafızasını kaybedenlerin terapisi değil ki bu..."

Sevda'nın lafını kestim,

"Konuşmalardan bir ipucu yakalayabilir miyim diye istemiş olmalı. Ne bileyim, bir durum... bir duygu..."

Yanıt vermedi Sevda, resepsiyonda çalan telefona yetişmek için dip boyası gelmiş sarı saçlarını savurarak çıktı odadan.

"Annesi son günlerde iyice kötüledi de, çok yoruluyor evde, sinirleri bozuk... sen aldırma ona," dedi Nimet.

"Annesi hasta mı?"

"Alzheimer hastası..." Benim bu kelimeyi bilemeyeceğimi varsaydığı için,

"Kafa gitmiş... şey... bir nevi bunama..." diye açıklarken gaf yaptığını düşünüp kızardı Nimet, gözlerini kaçırdı. Sonra koluma vurdu dostça,

"Seninki geçici bir unutkanlık. Yakında hatırlayacaksın her şeyi."

Yetinmedi, beni gücendirdiğini düşündüğü için, elindeki dosyadan bir sayfa çekip uzattı, "Bugünün senaryosu, al bir göz at istersen."

Oysa bu terapide senaryolar elimize son anda veriliyor ve tamamen doğaçlamaya bırakılıyordu. Sandalyelerden birine oturdum, diğerlerinin gelmesini beklerken, elimdeki kâğıda göz attım. Otuz dakika sürecek seans boyunca biz altı kişi Nimet'in yönlendirmesiyle bir oyun oynayacaktık. Birimiz anne, birimiz baba, diğerleri de evin çocukları ve yaşlıları olacaktık. Biz senaryo gereği rollerimizi oynarken Nimet de bizi gözlemleyerek not tutacak, sonra da notlarını Orhan Hoca'ya verecekti ki, Hoca her birimizin davranışını tek tek değerlendirerek içimizdeki düğümleri çözmeyi denesin.

Terapiye katılacakların çoğu zamanında gelip yerlerini aldılar. Asiye her zamanki gibi biraz gecikerek geldi. Nimet senaryoları dağıtıp rollerimizi paylaştırdı. Beni anne yapacağını sanıyordum ama evin liseye giden öğrenci kızı rolünü verince şaşırdım biraz. Anne rolü Asiye'ye düştü. Anne, baba ve çocuklar, güya herhangi bir pazar sabahı, evimizde kahvaltı masasındaydık.

Oynamaya başladık. Önce anne, baba ve büyükanne rolünü üstlenenler aralarında çocukların disiplini konusunda tartıştılar. Baba erkek çocuğun okuldaki gidişatından memnun değildi. Anne ise babanın oğlunun üzerine fazla gittiğini düşünüyordu. Babaanne rolünü üstlenen kişi anneye itiraz ediyordu. Onlar kendilerine düşen rolleri oynarlarken ben sabırla sıranın bana gelmesini bekledim. Sıram geldi. Annemin bana da arka çıkacağından emin, Asiye'ye döndüm,

"Anne, ben bu akşam bir sınıf arkadaşımın doğum günü partisine gideceğim, dönüşte biraz gecikebilirim," dedim.

"Kesinlikle olmaz! Hem yarın sınavın yok muydu senin? Öyleyse bu akşam ders çalışacaksın," diye yanıtladı beni Asiye.

"Partiye gideceğim anne!"

"İzin vermiyorum!"

"Kusura bakma ama izin vermesen de gideceğim."

"Olmaz dedim, duymadın mı?"

"Nasılsa gideceğime göre izin ver de büyüklük sende kalsın, boşuna dalaşmayalım."

Baba kişisi araya girdi,

"Nasıl konuşuyorsun sen annenle? Anneyle böyle konuşulmaz!"

"Anneyle böyle konuşulmazmış! Annem bana ne zaman annelik yaptı ki?"

"A ah?! Bu da nerden çıktı?" diye sordu sözde annem, şaşkın şaşkın. Ben de ağzımdan çıkan lafa şaşırmıştım ama artık olan olmuştu.

"Asiye Hanım, akışı bozmayın, sahiden öyleymiş gibi devam edin lütfen," diye uyardı Nimet, çünkü oyunun bir kuralı da doğaçlamayı bozmamak, her duruma hemen adapte olarak oynamaktı.

"Yalan mı baba?" diye sürdürdüm konuşmamı, "Beni ilkokuldayken anneanneme yollamadınız mı? Beni o büyütmedi mi?"

"Ben... şey için... hastalandığım için kızım, geçici olarak sana anneannen baktı. Tedavi görüyordum ya... Ayrıca okulun onun evine daha yakın diye sen kendin istedin anneannenle kalmayı," diye durumu idare etti, sözde annem. "Kardeşlerimi yollamadın ama... Onlar evlerinde kaldılar."

"Onlar çok küçüktü. Hem anneannen hepinize bakamazdı ki... Her neyse, şimdi artık evindesin ve bu evde ben ne dersem onu yapacaksın!" Asiye cılız bedeninden beklenmeyen bir şiddetle ayağını yere vurdu.

"Ben ancak anneannemin sözünü dinlerim."

Deminki tepkisinden sonra, tokat değilse bile, tokat gibi bir karşılık bekledim ama sözde annemin intikamı tahminimden değişik oldu.

"Ama anneannen öldü!" dedi. Bir an ne diyeceğimi bilemedim sonra sırf bir şey söylemiş olmak için, sanırım biraz saçmaladım.

"Benim için ölmedi ve esas annem hâlâ o!"

"Çabuk odana git, nankör!" diye bağırdı Asiye, yine ayağını yere vurarak,

"Ben şimdi seni evire çevire dövmeden, defol git odana! Cezalısın!"

Nimet'e baktım göz ucuyla, harıl harıl not alıyordu. Ben güya kapıya yürüdüm, güya kapıyı açtım ve güya çarparak kapattım kapıyı. Sonra gelip yine yerime oturdum.

Asiye, "Ben kızıma ne yaptım da hak ettim bu muameleyi," diye söylenip duruyordu. Sonra tuhaf bir şey oldu, nedenini hiç anlayamadığım bir şekilde birden gözlerimden yaşlar boşanmaya başladı. İstenç dışı bir ağlama krizi. Niye ağladığımı bilmeden, hıçkırıyordum. Herkesin gözü benim üzerimdeydi, utancımdan ölmek üzereydim. Bana bağıran Asiye de şaşırmıştı gösterdiğim tepkiye. Alt tarafı defalarca tekrarladığımız bir oyundu bu. Yanıma gelmeye yeltenince, Nimet durdurdu onu.

"Sen aramızdan ayrılabilirsin Gizem, çünkü annen seni odana yolladı, sen de kapıyı çarparak gittin. Şimdilik rolün bitti," dedi bana dönerek.

Terapi odasından çıkıp merdivenlere yöneldiğimde hâlâ ağlıyordum. Ancak çatı katındaki odama vardığımda sakinleşebildim. Odanın alçak tavanlı tarafına bu sefer dikkatsizlik edip başımı çarparak kendimi sırtüstü yatağa fırlattım. Kütt! Herkesin önünde ağlamanın utancına bir de duvara çarpan başımın acısı eklendi. Başımı ovalarken Nimet'in bana öğrettiği gibi, sakinleşmek için derin nefesler çektim içime ve gözlerimi karşımdaki duvar kâğıdının pembe yüzeyine serpilmiş çiçeklere diktim... Minicik mor menekşeler... Besbelli ki önceleri hizmetliler için düşünülmüş bu odayı sonradan bir genç kız odasına dönüştürmüşler. Böylesine dik merdivenli, çift kişilik yatağın sığamayacağı büyüklükteki odada herhalde evin üvey kızını yatırmışlardır, diye düşündüm hınzırca...

Buraya ilk geldiğimde, beni odama getiren Seyfi, çarşaf takımıyla battaniyeyi yatağımın üzerine bırakırken, "Abla, odanın ilk misafiri sensin," demişti.

"Daha önce kimse kalmamış mı?" diye sormuştum.

"Hayır. Hastalar ikinci katta pencereleri açılamayan standart odalarda kalıyorlar."

"Yaa! E, nasıl havalandırılıyor o odalar?"

"Camların üst kısmındaki vasistaslardan. Bu konak satın alındığında esaslı bir tadilat geçirdi. Evden kliniğe dönüştürüldü ya, pencereler dahil, her tarafı yenilenmiş. Giriş katına terapi odaları, ofis, laboratuvar filan eklenmiş. Mutfak genişletilmiş. Bir tek bu odaya dokunmamışlar."

"Neden acaba?"

"Tadilat masrafları öngörülen miktarı aşınca, patronlar burayı sonradan elden geçirmek üzere olduğu gibi muhafaza etmişler. Kısmet sanaymış abla."

"İyi etmişler! Yoksa ben de camı açılmayan standart odalardan birinde yatardım herhalde..."

"Sen hasta değilsin ki abla. Kazadan dolayı sadece hatırlamıyormuşsun, öyle dediler. Aşağıdaki odalarda sorunlular kalıyor. Depresyon geçirenler, takıntı sorunu olanlar filan işte."

"Ne zamandır klinik olarak kullanılıyor burası?"

"Dördüncü yılı dolmak üzere. Yeni sayılır. Yakınlarını hastane koğuşlarında yatırmak istemeyen varlıklı ailelerin hastaları için düşünmüşler. Açılalı beri hep doluyuz, kâra çabuk geçtik yani..."

İşaretparmağını büküp tahtaya vurmuş ve fazla konuştuğunun farkına varıp susmuştu Seyfi. Benimse pek çok sorum daha vardı bu geveze çocuğa sormak istediğim ama tutmuştum kendimi. Geçmişini hatırlamayanlar fazla soru sormamalıydı.

Toz duman, çamur deryalarından, hastane odalarından sonra, kendimi bir yuva ortamında, hem de mor menekşeli duvar kâğıdıyla kaplı bir odada bulmak, aklıma gelebilecek son ihtimaldi. Kaderin (yoksa Orhan Hoca'nın mı demeliyim?) bana sunduğu bu armağanı iyi değerlendirmeli, buradan ayrılmadan önce kafamı iyice toplamalı, hedefimi doğru saptamalıydım... kıskanç çakma sarışın ortalığı karıştırmazsa tabii! Karıştırmasın diye de, bir yolunu bulup kendimi ona sevdirmeli hatta acındırmalıydım. Sevda bir kötülük etmezse, beni korumaya almış Orhan Hoca sayesinde, hasta desem değil, klinik çalışanı desem hiç değil, sıfatı belirsiz biri olarak, bir süre daha kalabilirdim burada. Yeter ki sakin olup paniğe kapılmayayım. Bu hale düşmeme panik neden olmuştu çünkü!

Şimdi artık hep sakin olmalı, sabretmeliydim!

Sabır... sabır... iyi de nereye kadar! Ya sonra? Sonrasını göremiyordum! Kalın, gri bir sisin içinde gibiydim. Oysa hiçbir şey hatırlamadan yattığım günlerde, böyle kötümser değildim. Sezgilerim iyileşeceğimi, hatırlayacağımı, hayata tutunacağımı fısıldıyordu bana. Hatırladıkça iyimserliğimi, yaşama azmimi kaybetmeye başlıyorum... şu anda olduğu gibi, geleceğimi düşünmeye korktuğum için, bu odada bir zamanlar nasıl birinin yaşadığını hayal etmeye çalışıyorum. Kim bilir, belki de benim gibi sonu belirsiz, çetrefil bir yolculuğa çıkmış bir maceraperestti. Hangi genç istemez dünyayı dolaşmayı...

Ama ben gezmek, dolaşmak değil, ait olmak, kök salmak istemiştim. Nasıl bir kaderse benimki, değil kök salmak, evime kadar dahi gidemiyordum!

Kapı vurulunca sıyrıldım düşüncelerimden. Yatağımda doğruldum,

"Kim o?" diye sordum.

"Benim," dedi yabancı gelmeyen bir ses. Kapı açıldı, Asiye süzüldü odaya.

"Hayrola, beni terapi odasına geri mi istedi Nimet Doktor?" diye sordum.

"Yok. Terapi bitti. Özür dilemek için geldim abla... Ben oyun oynuyoruz diye öyle konuşmuştum, üzüleceğinizi bilemedim... ağlattım sizi, kusura bakmayın."

"Beni sen ağlatmadın Asiyeciğim. Kim bilir hangi çağrışımı yaptı bende, senin annem olarak söylediklerin. Bilinçaltımızı ikimiz de dışavurduk herhalde. Annen çok mu sertti senin?"

"Bilinçaltı filan değildi abla, anneler kızlarına nasıl davranır, başka türlüsünü bilmiyorum ki ben! Annem beni hep azarlardı, bana her şeyi yasaklardı... hele de babamı kaybettikten sonra."

Bir süre hırkasının ucuyla oynadı, uzun kirpikli kara gözleri yerdeydi. Kalktım, yanına gidip sarıldım kıza.

"Gizem Abla... Size abla diyebilir miyim? Çok yalnızım çünkü. Hiç kimsem yok burada."

"Elbette. Ben de öyleyim Asiye, senin gibi ben de yapayalnızım."

Bir süre ayakta birbirimize öylece sımsıkı sarılı durduk, sonra ben sıyrıldım kızın incecik kollarından, yazı masasının önündeki sandalyeyi yatağın karşısına çekip oturttum onu, ben de yatağıma bağdaş kurdum.

"Her birimizin hayatı öyle kırık ki... Siz geçmişinizi unutmuşsunuz, öyle değil mi?" diye sordu.

"Evet, bir kaza geçirdim... geçirmişim. Hayatım kaza sonrasında yatırıldığım hastane yatağında başlamış gibi... Gerisi kayıp."

"Şey... diyecektim ki, sizin başınıza gelenler de acaba benim yaşadıklarımın benzeri olmasın? Yaşadığı kötülükleri unutası geliyor ya insanın, acaba o yüzden mi hatırlayamıyorsun... pardon... hatırlamıyorsunuz?"

"Bana sen diyebilirsin Asiye. Sen de mi kötü şeyler yaşadın?"

Gözlerini kaçırmadan konuştu bu kez, "Çok kötü şeyler yaşadım abla. Keşke ben de senin gibi unutsaydım."

"Anlatmak ister misin?"

"Polis konuşmamı istemiyor."

"Tamam o zaman. Israr yok."

"Ama ben beni anlayacak birileriyle dertleşmek istiyorum. Zaten polise her şeyi anlatamadım... bir yabancıya, bir erkeğe hem de, her şey söylenmez ki..."

"Kendini hazır hissettiğinde bana anlatabilirsin. Ben kimseye söylemem."

"Söz mü?"

"Kesinlikle!"

"Beni anlarsınız siz... terapi sırasında ben size öyle konuşunca ağladınız ya, ben de hep ağlardım annem bana bağırdığında. Dayımla abim de hiç rahat vermezlerdi bana."

"Nerede büyüdün sen?"

"Solingen'de... Almanya'da yani."

"Haa, o yüzden Türkçen biraz kırık! Almanca da bilirsin o halde."

"Bilmez olur muyum, öğrendim tabii."

"Baban Solingen'de işçi olarak mı çalıştı?"

"Yok... şey... kebapçının yanında çalışıyordu. Önce dayım gitmiş oraya. Kebapçı bir zaman sonra işini büyütünce, dayım babama haber ettiydi, o da gitti işte. Sonra bizi de getirtmiş yanına. İyiydik babam ölene kadar da, babamın fabrikalardaki işçiler gibi sosyal hakları yoktu, ölünce çok zorlandık. Ortada kalıverdik, dayımın kazancı hepimize yetmedi tabii (içini çekti derin derin), sonra annem yeniden evlenince para sıkıntımız kalmadı ama benim için çok kötü oldu abla... Üvey babam ortaokuldan sonra okula gitmemi istemedi."

"Neden?"

"O biraz... şeydi... işte... beni okuldan aldılar."

"Annen mi aldı?"

"Yok, üvey babam. Eve hapsetti beni resmen, başımı örtmeden sokağa bırakmadı. Annem bana idare et diye yalvardı, yakardı. Gittik çarşıdan kendimize yerleri süpüren mantolar aldık, sokağa çıkarken başımızı örttük."

"Yapma ya! Niye evlendi ki annen böyle biriyle?"

"Parasız kalmıştık abla. Kebap işi de eskisi gibi değildi, dayım bile zorlanıyordu. Memlekete geri dönmeyi düşündük ama hiçbirimiz dönmek istemiyorduk, hem bizim oralar da çok karışıkmış. Sonra talih yüzümüze güldü... abimle dayım bir şeye girmişler... tarikat mı, dernek mi her neyse işte, oradaki insanların sayesinde çok iyi işler buldular, dönmedik, kaldık. İşte onlardan biri... bir adam talip olmuş anneme. Dulmuş. Evi, arabası, birikmiş parası varmış, içkisi kumarı yokmuş. Önceleri pek sevinmiştik. Hatta annem sormuştu bu kadar parası varsa, niye iki çocuklu dul alıyor diye. Dayım demişti ki, o birkaç karı boşamış zaten, çocuk doğuramıyorlar diye, kusurun kendinde olduğuna aklı yatınca, bari hazır evlada konayım demiş olamaz mı? Abim de demişti ki, dinimizde dul almanın sevabı varmış da, ondandır. Çok gülmüştük aramızda. Ne bilelim burnumuzdan geleceğini..."

"Çok mu eziyet etti size?"

"Eziyet değil de... canımızı sıktı yani... televizyonda öyle her şeyi seyrettirmez, örtünmeden sokağa bırakmaz... aslında dayımla abimin hatta annemin de pek şikâyeti yoktu. Olan bana oldu!"

Asiye ellerini ovuşturup duruyordu. Uzanıp elini tuttum.

"Annen kabullendi örtünmeyi öyle mi?"

"Eskiden (beni işaret etti) senin gibi başı açıktı. Babam sağken ara sıra bira bile içerlerdi onlar. O yüzden kabul etmez sandım ama adam şart koşmuş abla."

"Keşke kabul etmeseydi."

"Sokakta kalmıştık, ne yapsın... Bu adam sayesinde işte, doğru dürüst bir eve taşındık, dayım da yanımıza geldi, kocaman bir televizyonumuz oldu. En iyi marka çamaşır makinesi, fırın... sonra abime bir araba alındı, o taksicilik yapmaya başladı. Böyle olunca annem hiç ses etmedi, başını bağladı, uzun mantolar giydi. Beni de örtmek istedi üvey babam ama ben direndim. İsyan edince beni görücü usulü evlendirmeye kalktılar. Çok dayak yedim ama karşı koydum."

"Üvey baban mı dövdü seni?"

"Hayır o hiç dokunmadı bana. Dayımla abim dövdüler."

"Niye Türkiye'ye dönmedin Asiye?"

"Hangi parayla döneceğim ki, yürüyerek mi? Annesi Alman, yarı Türk bir arkadaşım vardı, kaçıp onların evine sığındım. On beşimdeydim. Benimkiler gelip aldılar polislerle. Ben kocaya gitmeyince evde dayımla abim beni odama kilitlediler. Bunalımlara girdim. İntihar etmeye bile kalkıştım. Sonunda baktım başka yol yok, annem de onlardan yana, örtündüm, sabırla bekledim. Kafaya koymuştum ya kaçmayı, on altı yaşına basınca, kimseler tutamadı beni."

"Nereye kaçtın? Yine o arkadaşına mı?"

"Yok, memlekete döndüm. Babaannemle konuştum telefonda, amcam uçak biletimi göndermişti, yaz gelince köye yanlarına gittim. Annemler yaz sonu döneceğimi sanıyorlardı ama benim niyetim başkaydı. Bir gittim mi, asla geri dönmeyecektim. Bu arada öğrendim ki amcam ticaret yapmış, çok zengin olmuş son yıllarda. Madem öyle o zaman amcam beni okutsun, dedim babaanneme, hazır kendisi de İstanbul'a yerleşmişken. Kabul etmedi babaannem. Büyük şehirde başıma bir şey gelirse ne yaparlarmış. Ama köyde kalırsam, düğünümü derneğimi de yaparmış, çeyizimi de düzermiş amcam. Bunların aklı hep beni evlendirmekte yani. İlla beni ya yanlarında tutacaklar, ya anneme geri gönderecekler. Üzüldüm tabii.

Ama kafaya koydum ya dönmemeyi, başka çareler düşündüm. Bu arada internette bir sitede bazı ilanlar görmüştüm, bir grup vardı, o gruba katılanlara iyi para veriyorlardı... Katılmaya karar verdim..."

"Ne grubuymuş bu?"

"Şey... Suriye'de savaş var ya... işte... gençleri topluyorlardı, sadece Müslümanları tabii ki, savaşta yaralananlara, özellikle de çocuklara yardım etsinler diye... Artık hastabakıcılık mı olur, çocuklara öğretmenlik mi. Yapacağın işi bilmesen de onlar önce yetiştiriyorlarmış, sonra çalışmaya başlıyormuşsun... Tek şart Müslüman olmak ki, benim mezhebim de uygunmuş..."

"Ah, ne yaptın sen, deli misin, nesin!!" Yutkunup sustum cümlemin ortasında. Böyle tepkiler vermemeliyim. Sakin bir sesle, "Mezhebini filan da mı sordular, ne tuhaf!" dedim.

"Ohoo, daha neler sordular bir bilsen?! Böyle upuzun bir şey var, dolduruyorsun, adını, yaşını, ananı, babanı, doğduğun ülkeyi, bildiğin dilleri filan yazıyorsun. Arapça bilmediğimden, öğretmenliği değil, mecburen hastabakıcılığı seçtim ben. Hem hastabakıcılara çok daha fazla para ödüyorlarmış. Hızlandırılmış hastabakıcılık ve dil kurslarına katılmam ve illa dili öğrenmem gerekiyormuş. Para kazanmaya ancak kursu tamamladığımda başlayacakmışım... Olsun varsın, dayanırım dedim, dayak yemekten, zorla evlendirilmekten, eve kapatılmaktan iyidir. Hayatımı geri istiyordum. Biraz para kazanınca Almanya'ya dönecektim, benimkilerin beni bulmayacakları bir başka şehre gidecektim..."

Lafının arkası gelmeyince sordum,

"Almanya'ya dönemediğin belli de, Suriye'ye gidebildin mi bari?"

"Gittim. Suriye'ye geçmek için önce Kilis'e gitmem lazımmış. Hangi otobüse nereden bineceğimi filan da yazdılar. Kilis'te otobüsten indiğimde bir yaşlı kadın karşıladı beni, bir eve götürdü. Birkaç gün onun evinde kaldım. Benim gibi iki kız daha geldi sonra. Biri Fransa'dan gelmiş..."

"Aman tanrım! Yoksa çalıştırdılar mı sizi?"

"E, çalışmaya gidiyorduk zaten... hastabakıcılık filan..."

"Onu demek istemedim..." Kızdım kendime gevezelik ettiğim için. "Yani Kilis'te çalıştınız mı derken... şey... neyse, sen anlat."

"Haa, anladım ne demek istediğini. Yok, Kilis'te hiç çalışmadık öyle. O iş sonra oldu, sınırı geçince. Kilis'te sadece kaldığımız evde mutfak işlerine, yemeğe yardım ettik, bulaşıkları yıkadık, o kadar. Birkaç kız daha gelecekmiş sınırı geçmek için, onları o kaldığımız evde bekledik. Sokağa hiç bırakmadılar bizi ama aramızda çok eğlendik. Bol bol sigara içtik, kahve içtik, fal baktık. Yaşlı bir kadın vardı, o bakıyordu falımıza, neler uyduruyordu neler. Birimiz ünlü bir şeyhe varacaktı, diğerimiz büyük bir aşk yaşayacaktı. Söz dinlersek eğer, çok iyi şeyler olacaktı. Sık baktırdığımız için bazen fallarımızı karıştırıyordu. Birimize sabah söylediğini, akşama ötekine söylüyordu. Olsun, eğleniyorduk. Orada on güne yakın kaldık. Bekledikleri kızlar gelmeyince, işte o yaşlı kadın üçümüze de annemin bana giydirdiklerinden beter kapalı giysiler giydirdi, yetmezmiş gibi bir de yerlere kadar kara çarşaflara büründük, peçe taktık... tiyatro yapar gibiydik... Fransa'dan gelen kız tırstı, vazgeçti gitmekten. Biz de korktuk açıkçası. Ama o kadın dedi ki, buraya kadar geldiniz, sıkın dişinizi, dolarlarınızı kazanınca dönersiniz, dedi, bakın buralarda işsizlikten kırılıyor insanlar, (sessize alınmış telefonların o tuhaf vınlamasını duydum sanki, Asiye elini cebine soktu, kesildi ses) kolay mı para kazanmak, hazır şans yüzünüze gülmüş, kiminize iş kiminize koca vaat edilmiş, dedi. Sınır nah şurası, işinize gelmezse geri dönersiniz, dedi."

"Telefon mu çaldı, ne?"

"Yo, ben duymadım."

"Bana öyle gelmiş. Neyse, nece konuşuyordu o kadın sizinle?"

"Evdekilerle aralarında Arapça, bizimle Türkçe. Fransa'dan gelen kızla da Arapça konuştu ama galiba pek anlaşamadılar. O kızla ben, artık bildiğimiz kem küm İngilizceyle idare ediyorduk aramızda. Almanya'daki okuldan biraz İngilizcem vardı."

"O kızlar da senin gibi aile baskısından mı kaçıyorlarmış?"

"Naima, yani Fransa'dan gelen kız internette âşık olmuş birine, ona kavuşmak için gidiyordu."

"İnsan internetten tanıdığı birine âşık olur mu hiç!"

"Sürüyle resimlerini yollamış adam. Elinde kocaman silahıyla çok etkileyici ve yakışıklıymış. Çok şeymiş ayrıca... nasıl derler... ateşli. Neler yazmış bilsen Gizem Abla. Mektuplarının bazı yerlerini okudu bize (kıkır kıkır güldü) resmine de baktık, eh yakışıklıydı yani."

"Diğer kız?"

"Kübra mı? O Türk'tü. Karadenizliymiş. Aramızda hem yaşça en büyüğümüz hem de en sıkı Müslüman oydu."

"O niye gidiyormuş Suriye'ye?"

"Fazla konuşmazdı o ama demişti ki, hayatıma bir amaç arıyorum demişti bir keresinde... hemşire olacakmış!"

"Sonuçta geçebildiniz mi sınırı?"

"Geçmez olaymışız abla ama mecburduk. Naima'yla ben kaçaktık. Ben annemin yanına dönüyorum diye çıkmışım babaannemin evinden, benimle havaalanında vedalaşmışlardı. Onlardan ayrıldıktan sonra, ben pasaport kuyruğunda beklerken, şişmanca bir kadın gelip aldı beni, bizi bekleyen arabaya bindik, vınn, doğru Suriye! Sonradan pişman olduk ama onca zaman ortadan kaybolmuşuz, nasıl anlatacağız ailelerimize... Biz çaresizlikten gittik, ama Kübra gönüllü gitti. İşte böyle abla."

Bir süre sessizce oturduk karşılıklı. Kızın acısını deşmek doğru olmayabilirdi ama merakımı yenemedim,

"Suriye'ye nasıl geçtiniz? Kim karşıladı sizi? Nasıl bir yere götürdüler?" diye sordum.

"Kaldığımız evin kapısına bir minibüs geldi bir akşam, o kapkara çarşafları giyip doluştuk minibüse, içerde birileri daha vardı ama onlar erkekti... hepimizi sınıra götürdüler... bir sorun çıkmadı, kolayca geçtik de... kandırmışlar bizi abla, sınırı geçer geçmez pasaportlarımızı elimizden aldılar. Biz kızları birbirimizden ayırdılar. Üçümüz de itiraz ettik ama dinleyen kim! Sonra beni bir başka araca bindirip..."

Kapım vuruldu tam o anda. Seyfi kafasını içeri uzattı.

"Orhan Bey sizi odasında bekliyor," dedi.

"Hemen mi?"

"Öyle dedi."

"Hay Allah! Konuşuyorduk da..."

"Gelemiyor mu diyeyim?" diye sordu Seyfi.

Bir an tereddüt ettim. İnanılmaz bir hayat hikâyesi dinliyordum. Şimdi kızın hızını kesersem, belki sonra hiçbir şey anlatmazdı artık ama, öte yanda da bana kliniğinde oda açmış, hatırlama yetimi kazanmam için elinden geleni yapan bir doktor vardı. Beni çağırtmış, şimdi ona odamda hastalardan biriyle sohbetteyim, gelemem, nasıl derim! Geliyorum, dedim Seyfi'ye.

Asiye'nin yüzü asıldı.

"Akşam yemeğinden sonra odama gelirsin, hikâyenin devamını anlatırsın, olur mu?"

"Akşam yemeğinden sonra bir şey içiriyorlar, uykumu getiriyor."

"O zaman yarın sabah anlatırsın. Kahvaltıdan sonra odama gel yine."

"Size anlatmak istememin nedeni... yani aynı şeyler sizin de başınıza geldiyse... beni dinlerken belki hatırlayıverirsiniz diye..."

"Çok iyi düşünmüşsün Asiye," dedim, "hikâyeni sonuna kadar mutlaka dinleyeceğim."

Odamdan birlikte çıktık Asiye'yle. O ikinci kattaki odasına giderken ben ofislerin bulunduğu zemin kata indim ama aklım az önce dinlediğim yarım kalmış hikâyedeydi.

HAFIZAMIN ÖN BAHÇESİNDE

Doktor Orhan her zaman biraz dağınık duran masasının üzerindeki dosyaların arasından dosyamı çekip aldı ve gülümsedi. Üzerinde dik yaka bir kazak vardı. Tiril tiril doktor önlüğü giymediği zamanlar, karizmasını kaybediyor, sıradanlaşıyor diye düşündüm.

"Gel, otur Gizem," dedi coşkulu bir sesle, "gizini çözmek üzereyiz galiba. Belki de bakarsın, bugün senin için bir dönüm noktası olur. Nihayet hafızanın ön bahçesine bir adım atmışsın!"

"Öyle mi?" dedim masanın yanındaki koltuğa ilişirken.

"Evet, asistanımın tuttuğu notlar anahtar niteliğinde. Sen de yardımcı olursan, hafızanın kilidini çok yakında açarız. Şimdi iyice düşün ve söyle bana, oynadığınız oyunda annenin sözleri neden ağlattı seni. Öfke mi duydun, hasret mi, acı mı? Ne?"

"Öfke duymadım sadece istediğimi yapmama izin vermiyor diye tepki verdim."

"Neden ama? Seni çocukluğunda başka birine mi bırakmışlardı? Kardeşlerinden ayrı bir evde mi büyüdün?"

"Hatırlamıyorum."
"Babandan boşandı mı annen? Başka bir şehre mi gitti?"
"Bilmiyorum."
"Sırf akşam seni sokağa bırakmak istemediği için, annene verdiğin tepki normal değil. Bu duyguları biraz deşelim bakalım."
Gözlerimin içine baktığı için, bakışlarımı kaçırdım.
"Niye öyle davrandığımı ben de anlayamadım hocam," dedim.
"Anneanne kelimesi sana ne ifade ediyor?"
"Annemin annesi mi yani?"
"Evet. Herhangi bir anın var mı ona dair."
"Yok."
"Duygun var mı?"
"Nasıl, anlayamadım?"
"Yüzünü hatırlamayabilirsin... Kokusunu hatırlıyor musun? Herkesin bir kokusu vardır. Senin gibi bir kızın anneannesi torununa fırında kurabiye pişirmişse vanilya kokabilir. Sabun, limon kolonyası ya da bir parfüm... Benim annem 4711 kokardı mesela."
Şaşırdım ama renk vermedim. "Ne demek o?" diye sordum.
"Ünlü bir kolonyası vardır Köln'ün, babası getirtirmiş anneme gençliğinde, sonra o da her gidene ısmarladı durdu, İstanbul'da kolonya satılmazmış gibi."
"Alman mıydı babası?"
"Yok canım, büyükbabam konsolosmuş, annemin çocukken birkaç yılı orada geçmiş de. Her neyse, gelelim senin anneannene. Vanilya mı kokardı, kolonya mı yoksa köfte kızartan, dolma yapan hanımlardan mıydı? Onu düşündüğünde kızartma ve soğan kokusu mu geliyor burnuna?"
"Koku gelmiyor."
"Yazık. Kokular belleği anılara götüren en güçlü kılavuzlardır oysa. Pekala, *anneanne* denince içine sıcak bir duygu mu doluyor, özlem mi yoksa korku mu? Hangisi?"
"Hiçbiri."

"Aklına bir renk geliyor mu?"
"Hayır."
"Kestirip atma lütfen. Biraz içine dön, düşün, hayal kur. Bana yardımcı olmaya çalış."
"Hocam, ben oyun oynanırken aşağıda, öylece konuştum o anda içimden geldiği gibi, bir şeyler hatırladığımdan değil."
"İçimizden gelmelerin nedenleri vardır. Bilinçaltında sana o kurguyu yaptıran bir tortu saklıdır Gizem. Belki de gerçekten anneannenin yanında büyüdün. İlk düğümü çözebilirsek, gerisi kendiliğinden gelir. Ya müzik? Herhangi bir çocuk şarkısı ya da masal hatırlıyor musun?"
"Hayır."
"Tamam, bir de giysileri deneyelim. Anneannen ve annen nasıl giyinirlerdi? Etek mi, pantolon mu... ne bileyim mesela senin çocukken annenin üzerinde görüp de özenip giymek istediğin bir giysisi olmadı mı hiç?"
Düşündüm. Ne giyerdi sahi annem? Yazları sabahtan akşama kadar bikini giyerdi. Kış aylarında, bir örgü hırkası vardı uyuzu çıkmış, evde onunla dolaşırdı... dışarda ise, herkesin palto filan giydiği mevsimde deri ceket giyerdi. Deri ceket merakımız dışında benzemez giyim tarzımız annemle. NE DEDİM BEN! DERİ CEKET DEDİM!
Deri ceket... Deri ceket... Siyah deri ceket!
Bir siyah deri ceket beliriyor gözümün önünde... kusacağım galiba, ağzımda tuhaf bir tat var... annemin, anneannemin, yedi sülalemin ne giydiği umurumda bile değil de, bu deri ceket?..
Hatırladım işte! Kaza gecesi siyah bir deri ceket giyiyordum. Ceplerinin etrafı zımbalı, önü fermuarlıydı... O an yüzüm kıpkırmızı olmalı çünkü yanaklarım yanıyordu. Başımı önüme eğdim ve uzun zaman kaldıramadım.
"Ne oldu?" diye sordu Doktor Orhan.

"Şey... Sizi yanıtlayamadığıma çok üzülüyorum hocam, fakat belleğim bomboş."

"Bomboş olamaz Gizem çünkü gazete, dergi okuyabiliyorsun. Yazı yazabiliyorsun... hayrola... söyle ne oldu?"

Dudaklarımın titremesine mani olamıyordum. İçimden tüm hatırladıklarımı bu adamla paylaşmak geliyordu ama ona nasıl güvenebilirdim? Tedbiri elden bırakmamaya karar verdim.

"Ben bugün biraz... şeyim... yorgunum."

"Pekala, seni zorlamak istemiyorum. Yorulmuş olduğun belli. Sen aynı grupla çalışmalarına devam et. Zaman şu an lehimize işliyor. Bir ay sonra hâlâ hiçbir şey hatırlayamıyorsan... Neyse, onu da vakti gelince düşünürüz."

Kendimi tutamadım, "Hocam, ya ben kim olduğumu asla hatırlayamazsam? Ne yaparım o zaman?" dedim, adeta fısıldar gibi.

"Öyle düşünme, hatırlayacaksın, inan bana. Bak Gizem, seninki çok değişik bir durum. Sana daha önce de söylemiştim, şiddetli travmalarda bellek tamamen gider ve o zaman kazazede her şeye sıfırdan başlar. Tıpkı yeni doğmuş bebekler gibi, zaman içinde konuşmayı, yürümeyi, yemek yemeyi öğrenir, sonra okumayı, yazmayı öğrenir... Ne var ki sen sıfır kilometrede değilsin. Okuyup yazıyorsun. İngilizceyi dahi anlayabildiğine göre, bellek büyük bir hasar görmemiş. Dolayısıyla, her an hafızan geri gelebilir... Hatırlamak istemiyorsan, o başka!"

"İnanın ben de çok istiyorum kendime kavuşmayı. Hatırlayamazsam burada hayatım boyunca kalamam ki! Ne yaparım, ne ederim ben?"

Gülümsedi. Bir süre hiç konuşmadan oturduk karşı karşıya.

Sonra, "Merak etme, sokakta kalmazsın. Böyle endişelerin hafızanı bloke etmesine izin verme. Bak, en kötü ihtimalle, şayet sen istersen tabii, uzun süredir kullanmadığım bir yazlığım var, oraya yerleştiririm seni, bir iş bulur hayatını kazanmaya başlarsın... zaman içinde çizersin işte yolunu."

"Benim elimden ne iş gelir ki?"

"Şu halinle dahi bir şeyler yapmakta değil misin? Kaldı ki, binlerce iş var dünya yüzünde. Bir hastam vardı, makyaj kursuna gitti, makyaj uzmanı oldu. Bir başka hastam resim yapmaya başladı, sergi açtı. Bir başkası, çok genç biriydi, takıntısından kurtulduğunda hâlâ çok gençti, üniversiteye başladı ve bitirdi."

Bir şey söylememi bekledi herhalde ama ben konuşmayınca çekmecesinden psikoloji üzerine bir tıp dergisi çıkardı, uzattı.

"Bak bakalım bu dili ne kadar iyi biliyorsun?"

Alıp baktım. "İngilizce bu!"

"Daha önce tespit etmiştik ya İngilizce bildiğini, sen 37. sayfadaki yazıyı çevirebilir misin bana?"

Beni tuzağa mı düşürmek istiyor? Bir şey mi öğrendi, gördü ya da duydu? Sınıyor mu beni? Yapma Orhan Doktor, yapma hocam, yalnızlık denizinde tek can simidim sensin!

Söylediği sayfayı açıp yazıyı inceledim.

"Benim tıbbi bir makaleyi çevirebilmem mümkün değil."

"Deneyebilirsin. Kolay ve kısa bir makale seçtim."

"Bu yazıyı çevirebilmek için psikoloji okumuş olmak lazım."

"Öyle olsa senden istemezdim Gizem. Bence yapabilirsin. Eğer yapabilirsen, tüm İngilizce eğitim veren lise ve üniversitelerde, senin yaş grubunun kayıtlarını inceleriz. Bakarsın resmini ve adını buluruz."

"Belki de ben dışarda okudum," dedim telaşla.

Duymazlıktan geldi, "Al dergiyi odana çık, bir dene bakalım," dedi.

Kalktım yerimden, kapıya yürüdüm.

"Dur bekle..."

Kapıdan çıkmak üzereyken durdum. O da kalktı yerinden, kütüphanesinden kalınca bir kitap seçip uzattı bana.

"Bunu da al, bazı terimleri çevirmekte zorlanırsan, işine yarayabilir. Tıbbi deyimler için sözlük."

"Becerebileceğimi sanmıyorum ama deneyeceğim," dedim, başarısız olacağından emin tembel öğrencilerin kayıtsızlığı içinde.

Benden bir şeyler bekliyor. Haklı. Burada kalışımın bir bedeli olmalı. Sevda cadısının dediği gibi boğaz tokluğuna yaşamak da bir yere kadar. Yatak ve yemek ücretinin karşılığı çevirmenlik olacaksa... eh fena sayılmaz. Bir de tedavi amaçlı terapilere, toplu ve tek seanslara katılmanın bedeli var ki, beş dilde çeviri yapsam, karşılığını ödeyemem! Günlerden bir gün, diyelim ki belleğime kavuştuğumda, eğer param varsa mesele yok ama param yoksa nasıl ödenecek bunca yeme içmenin, bana ayrılan zamanın ve gördüğüm tedavinin bedeli?

Neler istenecek acaba benden!

"Çeviriyi kabul ettiğin için teşekkür ederim Gizem."

"Rica ederim. Çıkabilir miyim?"

"Elbette. Bir şey hatırlayacak olursan... bak, şuna da emin ol; doktorla hastasının arasındaki her konuşma gizlidir; bana ne anlatırsan, bende kalacak... Bu yüzden aklına geleni mutlaka paylaş benimle, burada değilsem telefon et (masasının üzerindeki kutuda duran kartvizitlerinden birini alıp uzattı) gece yarısı dahi olsa ara, e mi! Resepsiyondaki telefon emrine amade! Sıfırı çevirip hat alıyorsun."

Kartviziti kırmızı hırkamın cebine soktum, "Söz!" dedim odadan çıkmadan önce, "Aklıma bir şey gelirse arayacağım sizi."

Bakışlarının üstümde olduğunu arkam ona dönükken dahi hissediyordum. Aklımdan geçenleri okumaya çalışıyordu herhalde.

Gizem kapıdan çıkar çıkmaz, şu kızın aklından geçenleri okumayı çok isterdim diye düşündüm. Ama ne yazık ki henüz mümkün değildi bu! Bilinci, bunca çalışmaya, ilerlemeye karşın hâlâ kapalı kutuydu. İnsanın gözlerini birine dikip aklından geçen düşünceleri okuyabilmesine daha çok vardı.

Belki de yoktu, kim bilir!

Bilginin dünyayı artık saniye hızıyla turlayabildiği çağımızda, yarın uyandığımda internette şu haberi okuyabilirdim:

DÜŞÜNCEYİ OKUMAK ARTIK MÜMKÜN!

İlk yapacağım iş, hemen bu esrarengiz kızın yanına koşmak olurdu ve haydi bakalım derdim, madem sen söylemiyorsun, gözlerimin içine bak ki, ben söyleyeyim sana kim olduğunu!

Ne iyi olurdu! Çünkü bir süredir, hatırlamaya başladığını ama bunu sakladığını hissediyordum. Sezgilerim doğruysa, demek ki birinden korkuyordu. Acaba ona eziyet eden, ayrılmaya kalktığı takdirde onu ölümle tehdit eden bir kocası vardı da, ondan mı saklanıyordu? Yoksa bir suç işlemişti de, o yüzden mi konuşmuyordu?

Her iki ihtimal de mümkündü ama nereye kadar kaçabilirdi Gizem?

Ömrünün sonuna dek Ormed Kliniği'nin tavanarasında yaşayacak değildi elbette. Bu devirde, teknoloji sağ olsun, kimsenin kimliği gizli kalamıyordu artık! Bugün değilse en geç yarın, Gizem'in dosyasını takip eden Komiser Vural damlardı kliniğe, parmak izini alırdı ve bir saat içinde anlarlardı kim olduğunu.

İşte bu benim işime gelmiyordu. Gizem'in gizemini teknoloji çözmeden önce, illa ben çözmek istiyordum. Bunu sırf mesleki başarıma bir katkı olsun diye mi istiyordum, emin değildim. Kızın sırrını çözebilmek, benim için bir ego meselesiydi, Cemil'e karşı el kazanmaktı.

Ne var ki kız yardımcı olmuyordu bana!

Oysa, güvenini kazandığım takdirde Gizem'in bana içini dökeceğini ummuştum. Bu yüzden de ona, bir hastaya göstermem gereken ilgiden fazlasını göstermiş, daha fazla zaman ayırmıştım. Daha ne yapabilirdim ki, geçmişini hatırlayamadığı takdirde, yazlığımda kalmasını dahi teklif etmiştim az önce, iyi niyetimin bir işareti olarak.

Acaba ters mi tepiyordu dostça yaklaşımlarım? Kız, ona asıldığımı filan zannetmesin sakın! Herhangi biri, böyle bir şeyin mesleğimi tehlikeye atacağını bilemez elbette! İlgimi yanlış anlayabilir.

Gerçeği de söyleyemezdim ki, benim kız kardeşim bir eşek herifin, bir it oğlu itin kurbanı oldu, lanet kocasının eziyetini, hiçbirimize şikâyet etmeden, tek başına çekti ve sonunda intihar etti. Ona, senin de kocandan kaçtığından, hatta sana çarpan araçta kocanın parmağı olduğundan şüphelendiğim için sana yakınlık duyuyorum, diyemezdim ki!

Biz ruh doktorlarının işi, başkalarının dertlerini dinlemektir. Kendi endişelerimizi kimseyle, hele hastamızla paylaşmamız söz konusu değildir!

Bu kıza dair kuşkularımı ancak Cemil'le paylaşabilirdim! Bak arkadaşım, Gizem'i başıma sen sardın madem, çözümü de benimle birlikte ara, diyebilirdim. Demeliydim hatta!

Klinik tamamen benim olsa sorun değildi ama bir ortağım vardı, yine Cemil'in tanıştırdığı. İşte bu ortak, hafızasını yitirmiş bir kızın kliniğe kabul edildiğini öğrendiğinde sormuştu, kimmiş bu kız, diye. Neyin nesiymiş? Masraflarını kim ödüyormuş? Üstelik de, ortak olurken, ben sadece kârdan yüzde alırım, nasıl işletileceği sizin işiniz, demesine rağmen!

Bu davranışa başta çok şaşırmış, ama meseleyi sonra çözmüştüm!

Hikmet Bayoğlu genç yeğeninin de tedavi gördüğü klinikte kimliği meçhul bir genç kadının bulunmasından, yeğenini olumsuz yönde etkilerse diye tedirgin olmuştu! Endişesini anlıyordum da, kliniğe her gelen hastayı, Asiye üzerindeki etkisine göre değerlendirerek kabul edecek halim yoktu ki...

Tutmuştum kendimi, sinirlendiğimi belli etmemiştim. Çünkü, kliniği açmak için gereken meblağı tam da söz verdiği gün getirip pat diye masanın üzerine bıraktığında, nereden buldun sen bunca parayı diye sormamıştım madem, o zaman Hikmet Bayoğlu'nu sorgulama hakkını da kaybetmiştim! Başlarda rahatsızdım Bayoğlu'nun gizli ortaklığından. Cemil'i fırçalayıp duruyordum. Zaman içinde bu ince uzun, kara gözleri derinlerden bakan, keskin hatlı, Doğulu adamın servetinin çoğunu hayır işlerine yatırdığını, darda olanlara arka çıktığını, muhtaç öğrencilere burs verip yoksul hastalara yardım ettiğini öğrendikçe, şaşırdığımı ve etkilendiğimi itiraf etmeliyim.

Bayoğlu, değişik bir kültürün insanıydı. İyi yürekli ve cömertti ama yaptığı tüm iyiliklerin onun karanlıkta kalan yanını aydınlatmaya yetmediğini biliyordum. Bir keresinde, onu kızdırmayı göze alıp sormuştum hatta!

Dağlara, taşlara, tarlalara sahip bir ağa olmadığına göre, bunca parayı hangi yoldan kazanmıştı acaba?

"Ben Bayoğlu'yum, sen ise bey oğlu, anlatsam da anlayamazsın iki gözüm!" deyince üstüne gitmemiştim.

Her neyse, şu anda mesele Hikmet Bayoğlu değildi, Asiye hiç değildi; mesele Gizem'di. Gizem'i hayatıma sokan da Cemil'di.

Hiçbir zaman hayır diyemediğim Cemil!

Bir sabah Cemil erkenden aramış, klinikte boş odan var mı diye sormuştu. Trafik kazası geçirmiş bir hastası varmış. İyileşme yolundaymış ama büyük darbeyi kafasına yediği için, hafızasını bir türlü toparlayamıyormuş. İlginç bir tabula rasa durumuymuş, hastada hiçbir kayıt yokmuş geçmişe dair ama kız sıfır kilometrede de değilmiş. Bilinci açılmış, konuşması fazlasıyla yerindeymiş. Her an hatırladı hatırlayacak da... ağlayan inleyen, sargılar, alçılar içinde hastalarla dolu bir ortamda tutulmasını doğru bulmuyorum, gidecek yeri olsa, çoktan taburcu etmiştim fakat ne arayanı var ne soranı, demişti telefonda.

Cemil anlatmış da anlatmış ve nihayet çıkarmıştı baklayı ağzından. Bu kimsesiz zavallı kızı, acaba kısa bir süre psikolojik yardım alabileceği bir yere... yani Ormed'e postalayabilir miydi?

Sıkıntıyla kımıldanmıştım koltuğumda. Hastanede yatak kısıtlı diye bana gazlıyor hastasını, sanki burada yatak bolluğu var, diye geçirmiştim içimden. Neyse ki o anda *facetime* yapmıyorduk da yüzümü göremiyordu Cemil.

"Kliniğin boş yatak durumunu öğrenip sana döneyim," demiştim, huzursuzluğumu sesime yansıtmamaya gayret ederek.

Amerika'da ihtisas yaparken, bir alternatif olarak öğrendiğim tedavi metodunu, ilerde uygulamak üzere yüreğimin bir köşesinde yıllarca saklamış ve nihayet kendi kliniğimde hayata geçirmiştim.

Takıntısı olanları ve hatta madde bağımlılarını, maddenin vücuttan atılma süresince, yasaklar, tecritlerle ve ilaçla değil, 'sebep-sonuç' metoduyla, yani hastaları çocukluklarına döndürüp travma haritalarını inceleyerek, onları maddeye yönelten esas sebepleri bulup kişiyi sorunuyla yüzleştirerek tedavi etmeyi deniyordum.

Bu, henüz geniş çapta kabul görmüş ve çabuk sonuç vermeye başlamış bir tedavi metodu değildi. Ama ben, bir gün bu alanda çığır açacağıma öyle yürekten inanmıştım ki, hasta cezbetmek için, kliniğin dekorunun sıcak bir ev ortamını andırması için hiçbir masraftan kaçınmamıştım.

Şimdi buraya kim olduğu meçhul birini... öff... içime sıkıntı basmıştı çünkü Cemil'i kırmak, geri çevirmek de istemiyordum. Cemil bana, ne zamandır hayalini kurduğum tedavi merkezini açmamı mümkün kılan Hikmet Bayoğlu'nu tanıştırmakla kalmamış, ilk yılımızda da sürüyle hasta yollayarak destek vermişti. Şimdi ilk kez klinikle ilgili bir şey istiyordu benden. Hayır diyemezdim.

Ne biçim bir kızdı acaba, gelecek olan?

Ertesi sabah söz konusu hastayı yattığı hastanede ziyarete gitmiş ve gördüğüm an, Aynur'u hatırlamıştım. Onu böyle bembeyaz yüzüyle, bir manolya gibi, hasta yatağında yatarken son görüşümü... yetişemediğim, kurtaramadığım kız kardeşimi!

Önceden hiç tanımadığım yüzlerce hastanın derdine deva olan ben, kendi kardeşimin yaşadığı trajedinin farkına bile varmamıştım ki, onu kurtarayım!

Kendi sorunlarımla meşguldüm tam da o sıralarda. Ruhsal çalkantılar yaşayan ve aklı fikri, nasıl daha çok para kazanacağını, nasıl ünlü bir sosyete doktoruna dönüşeceğini hesaplamakta olan birinin gözü, kardeşinin mutsuzluğunu mu görür!

Aynur'u ihmalimin bedelini, bu kızın üzerinden ödeyebilir miydim?

Vicdanım biraz rahatlar mıydı?

Cemil'e, "Gönder kızı kliniğe," demiştim hemen, "çatı katında boş duran bir odamız var, orada kalsın."

"Terapilere de katılabilir mi? Çok yararını görürdü."

"Elbette. Ne kadar sürer sence bu iş?"

"Kanımca çok yakında hatırlar kim olduğunu. Hatırlayınca da koşa koşa evine gider."

"Polis araştırmıyor mu?"

"Araştırdılar. Kimse bir kayıp ihbarıyla polise başvurmamış şu ana kadar."

"Peki ya parmak izi, yüz tarama? Bin türlü tespit tekniği var artık. Bulunamaması tuhaf değil mi!"

"Hastaneye getirildiğinde başını arabanın kaportasına çarptığı için yüzü davul gibi şişti. Yüz tarama işe yaramamış. Polis parmak izi aldı ama hiç kimseyle eşleşmemiş. Polisler ikinci gelişlerinde kızın kafası da elleri de sargılıydı. Üçüncü gelişlerinde depresyondaydı, ben görüşmelerine izin vermedim. Depresyondaki insan, kimseyle iletişim kurmak istemez, zorlanınca büsbütün hırçınlaşır. Kızın bir yere kaçacak hali yok, burada külçe gibi yatıyor, biraz zaman tanıyın, dedim. Bir şeyler hatırlarsa ben sizi hemen haberdar edeceğim, dedim. Zaten polisin peşinde olduğu esas kişi, ona vurup kaçan şofördü. O bulununca, kızı da arayan filan olmayınca, biraz savsakladılar galiba. Malum, onların da başında Fetö işi var ya şu aralar, işleri başlarından aşkın, bir süre bıraktılar peşini."

"Kızı ailesinden filan hiç kimsenin aramaması da acayip!"

"Öyle! Bu yüzden yurtdışında yaşadığını düşünüyorum," demişti Cemil.

"Ama o zaman bir pasaportu olurdu değil mi ve dolayısıyla parmak izi mutlaka eşleşirdi... İçinden çıkamadım ben bu işin!"

Bir sır perdesinin ardında durmasına karşın, tanıdıkça kızın çok düzgün bir insan olduğunu görüyordum. Konuşması eğitimli bir insanın konuşmasıydı. Yürüyüşünü, vücut dilini, yemek yiyişini, her halini, kliniğe girdiği andan itibaren dikkatle gözlemlemiştim. Hikmet Bayoğlu'na da işte bu yüzden karşı koymuştum, hatta itiraz dozunu biraz kaçırarak.

Geldiğinin haftasında, ona Türkçe gazeteler, dergiler vermiştim. Kız dikkatle okumuştu hepsini. İngilizce kadın magazinleri... hatta tıp dergileri ki, onları da incelemişti. Böylece, ileri derecede dil bildiğini birlikte keşfetmiştik. Gizem, kalışının bedelini bir şeyler yaparak karşılamak istemiş, sekreterin izin saatlerinde telefonlara cevap vermeyi, randevuları yazmayı kendi teklif etmişti. Elinden geleni yapmaya çalışıyordu da, sokağa çıkmaya korkuyordu. Arka bahçeye bile zorlayarak çıkartmıştık kızı ve ilk şüphe tohumları işte o zaman serpilmişti içime. Bir şeyden korkuyordu Gizem, yoksa niye kaçınsın güneşe çıkıp temiz hava almaktan!

Gizem'le az önceki konuşmamızda kızın hatırlamıyor gibi yaptığına dair şüphem, pekişmişti. İşte Cemil'le, bir nevi konsültasyon havasında, tam da bunu görüşmek istiyordum... Kız numara yapıyorsa, neden yapıyordu? Kimden korkuyordu? Kimliğini açık ettiği an, mutlaka ona sahip çıkmaya hazır bir manyak kocası olmalıydı. Gizem'i karşıma alıp açıkça konuşsam mı, her kimden korkuyorsan aç içini bana, seni korumak için elimden geleni yaparım mı desem, yoksa hiç bulaşmasam mı?

Doğru olan hiç bulaşmamaktı ama toplumun insanlığını yitirmeye başladığından sık şikâyet eden biri olarak, kendime bunu yakıştıramıyordum. Cemil'e kafamı kurcalayan soruları soracak ve kız hakkında bildiği her şeyi söylemesini isteyecektim!

Sekretere bağlatmadım Cemil'i, cep telefonumdan özel hattını aradım. Uzun uzun çaldıktan sonra, nihayet açıldı telefon. Arkadaşımın isteksiz, ışıksız, bezgin sesini duydum. Sesi böyle olduğunda, genellikle kötü bir gün geçirmiş, tedaviye yanıt vermeyen bir hasta ile uğraşmış ya da çok yorulmuş olurdu. Hay Allah, dedim içimden, tam da onu sıkıştıracak günü buldum!

NE KADAR RAHATTI HİÇBİR ŞEY BİLMEDEN YAŞAMAK

Orhan Hoca'nın yanından çıkıp odama giderken düşündüm de, Sevda kafayı bana takmakta pek haksız değil, bu adam beni burada sırf insanlığından dolayı tutmuyor; benden hoşlandığını seziyorum. Yoksa beni bunca zaman kliniğinde ve hatta sonrasında da evinde niye misafir etsin ki! Bana duygularını açmasına meslek ahlakı mani oluyor herhalde, bir doktorun hastasına ilgi duyması kabul edilemez. Ayrıca mantığı da araya giriyor olmalı... ya ben evliysem, bir kocam varsa! Çocuksuz olduğum muayene sonucunda anlaşıldı ama bir erkeğe bağlı olup olmadığım henüz bilinmiyor. Bir an önce geçmişimi, kimliğimi hatırlamam için bana baskı yapması da bence bu yüzden. Evli miyim değil miyim öğrenecek.

Benim derdimse bambaşka... benim hem acelem hem zamana ihtiyacım var! Kısacası işim çok zor. Belleğimdeki boşlukların hepsi henüz dolmadı. Oysa çemberim hızla daralıyor, her geçen gün aleyhime işliyor!

Sevda'nın masasının önünden gözlerim yerde, ona hiç bakmadan geçiyorken, birden durdum... böyle yapmamalıydım, onu kazanmam, şüphelerini gidermem gerekiyordu.

"Canım çok sıkkın Sevda," dedim hüzünlü bir ifadeyle, "bugünkü terapiden sonra hoca umutlanmış ama onu bir kere daha hayal kırıklığına uğrattım."

"Öyle mi?" Hafif bir alay mı sezdim sesinde?

"Seans sırasında bazı tepkilerim oldu, duymuşsundur, bir ağlama krizi geçirdim. Bir şeyler hatırladım sandılar ama ne yazık ki kafamın içi hâlâ bomboş!"

"Eh, madem bir ipucu vermişsin, hoca o ucu bırakmaz artık. Hafızana kavuşman yakındır."

"Keşke! Bir hücreye hapsedilmek gibi bir şey hiç hatırlayamamak. Düşünüyorum da, herhalde ben bu şehirde yaşamıyordum. Belki bu ülkede bile yaşamıyordum. Yoksa bir arayanım çıkardı. Diyelim ki ailem yok, konu komşum da mı yok? Tek bir arkadaşım yok mu benim? Bir sevgilim, belki bir nişanlım ya da kocam yok mu?"

Sevda'nın yüzünden çok kısa bir an ince bir hüzün geldi geçti. Daha da inandırıcı olmak için gözyaşı dökmeye zorladım kendimi ama ağlayamadım.

"Hatırlarsın yakında, üzülme...Yahu baksana, facebook'u denesene sen! Senin resmini çekivereyim, koyalım birinin facebook'una, bu kim diye soralım, akşama kalmaz öğreniriz."

"Ne ki o?"

"Facebook mu? Sen gerçekten uçmuşsun kız! Artık onu da bilmiyorsan! Nimet'e sor, o anlatsın."

Omuzlarımı çaresizlikle kaldırdım, sonra onun yüreğine dokunabilmiş olmanın keyfi içinde yürüdüm merdivenlere doğru.

"Nereye gidiyorsun, otur şuraya da bir çay içelim," dedi.

"Hoca görev verdi," dedim elimdeki dergiyi sallayarak, "çalışmam lazım!"

Aslında odama çeviri yapmaya değil, düşünmeye gidiyordum.

Kaza sırasında giydiğim ceketle birlikte, cekete ne gizlediğimi de hatırlamıştım elbette! Sıra o ceketin şu anda nerede olabileceğini bulmaya gelmişti. Hem de acilen! Odama giden merdivenleri koşarak çıkmaya başladım.

Aah! O da nesi!

Asiye son basamağa kuş gibi tünemiş beni bekliyordu.

"Ne yapıyorsun burada Asiye, beni mi bekliyorsun?" diye sordum.

"Gizem Abla... bir şey diyecektim de..."

"Hikâyenin devamını dinleyeceğim canım ama şu anda değil. Orhan Hoca çevrilmesi gereken bir yazı verdi bana. Acelesi varmış. Yarın sabah konuşalım, olur mu?"

"Ben sadece şunu söylemek için geldim... hani bu anlattıklarım çok gizli ya... kimse bilmemeli Gizem Abla, yoksa öldürürler beni... ben birden öyle içimi boşaltıverdim ama duyulursa mahvolurum."

"Merak etme kimseye anlatmam. Söz!"

Belli ki biriyle paylaşmış bana içini döktüğünü ve azarı yemiş! Ben Orhan Hoca'nın yanındayken Sevda'ya mı söyledi acaba, diye düşündüm.

"Yemin et, abla. En sevdiğinin üzerine yemin et!"

Gülümsedim, "Ben en sevdiğimi hatırlasam burada olur muydum acaba?"

"Bak sana şaka gibi geliyor ama ben burada gizli kalıyorum, annemler bile bilmiyor burada olduğumu. Tedavi gördüğümü sadece polis biliyor ki, o da sivil polis yani, üniformalı filan değil. Allah aşkına bak sakın kimseye..."

"Telaş etme Asiye, kimseye tek bir kelime etmeyeceğim. Zaten ne anlattın ki? Kilis'ten Suriye'ye geçiş yapmışsın, hepsi bu!"

"Onu dahi kimseye söyleme. Kilis'te kaldığım evi, kızları filan sakın anlatma kimselere. Odama gidip düşününce, çok pişman oldum, o polise konuşmayacağıma dair söz verdim çünkü. Yemin billah ettim."

"Tamam canım. Ben de söz veriyorum. Yemin ediyorum. Sen bana hiçbir şey anlatmadın! Tamam mı?"

"Kusura bakmıyorsun değil mi Gizem Abla? Hani... ben sandım ki sen de aynı şeyleri yaşadın da..."

"Belki de yaşadım. Hatırlarsam, sayendedir Asiye. Ama inan bana, anlattığın kadarını dahi kimseye söylemeyeceğim."

Kalktı oturduğu basamaklardan, sımsıkı sarıldı bana. Ağlıyor olmalı ki, bana dayadığı incecik bedeni sarsılıyordu.

"E hadi ama, üzülme artık! Bak ağlıyorsun şimdi de."

"Yanlış anlamıyorsun değil mi abla?"

"Katiyen."

Merdivenlerde ayak sesini duyunca ayrıldık birbirimizden.

Sevda pür telaş benim katıma geliyordu. Yukarı bakınca gördü bizi.

"Aaa! Sen burada mıydın Asiye! Ne işin var bu katta senin? Seni odanda bulamayınca çok merak ettim. Çabuk odana, haydi!" dedi yanımıza gelince.

Asiye suçüstü yakalanmış öğrenci gibi merdivenlerden koşarak inerken Sevda bana döndü, "Ne yaptığını sanıyorsun sen Allah aşkına! Bu kızın hiç heyecanlanmaması lazım," dedi, "bu gece yine tüm hastaları ayağa kaldıracak çığlıklarıyla."

Gece yarılarında aşağı kattan yükselen o korkunç ulumalar, çığlıklar, zılgıt çeker gibi uzayıp giden ağlama sesi Asiye'ye aitmiş meğer!

"Nesi var Asiye'nin?" diye sordum, "Kâbus filan mı görüyor uykusunda? Belki korkuyordur, tek başına yatmasa mı acaba?"

"Kendi derdin sana yetmedi, bir de başkalarına mı derman olacaksın! Amma ukalasın ha!"

Ters ters baktıktan sonra, "Müsaade eder misin?" diyerek odama geçmek için onu nazikçe yana ittim.

"Hemen kızma... Şaka yahu, şaka!"

Hazır bana ayıp ettiğine üzülmüşken,

"Bu lüks klinikte nasıl kalabiliyor bu kızcağız?" dedim, bir yanıt geleceğini bilerek.

"Onun da bir hamisi var," dedi ve yüzüme manalı manalı baktı. "Buraya amcası getirmiş Asiye'yi. Üstelik peşin ödeme de yapmış. Dışarı çıkması kesinlikle yasak. Diğerleri gibi refakatle dahi çıkamıyor."

"Neden acaba? Bence hiçbir şeyi yok. Yani, gece yarısı ağlamaları da olmasa..."

"Sen ağlama mı diyorsun ona?! Uluma, uluma! İlk getirildiğinde görecektin halini. Valla, bana çektiklerini anlatırken ağladım. İnsanlıktan çıkmıştı zavallıcık! Kolay mı öyle bir örgütün elinden canlı kurtulmak!"

"Hangi örgüt bu?"

"Hani şu kafa kesenler..."

"Aaa!"

"Şaşırdın mı? E, haklısın tabii, nereden bileceksin... sende hafıza uçmuş!"

Son iki basamağı da çıkıp odama girdim. Kapının kulpuna iskemleyi dayadım, dışardan açılmasın diye. Kafa kesen örgütleriyle şu korkunç dünya, odamın dışında kaldı. Sevda'nın uzaklaşan ayak seslerini dinlerken, Asiye sadece bana değil, önüne gelene ötmüş, diye düşündüm. Zavallı kız, içini dökmek ihtiyacındaydı herhalde. Paylaşmak arzusu korkusunu yenmiş olmalı ki daha yeni tanıdığı bana bile açılmıştı! Korkuyla yaşamak ne kadar zordu. Kazık kadar ben başa çıkamıyorken korkuyla, çocukluktan henüz çıkan çöp bacaklı Asiye ne yapsın!

Merdivendeki ayak sesleri duyulmaz olunca, üzerimdekileri çıkarıp bu kez başımı özenle kollayarak sırtüstü bıraktım kendimi yatağıma ve düşündüm...

Asiye'ye konuşmamasını tembihleyen Sevda değildi galiba... Nimet de olamaz, gitti o çoktan. Kızın cebinde bir telefon vardı, biz konuşurken bir ara vınladı... sessize alınanlardan öyle derinden bir titreşim sesi gelir ya, duyduğuma emindim... Demek dışarda görüştüğü biri vardı... Neyse ne, beni ilgilendirmez. Zaten artık kimseler gelmese ne kapıma ne de aklıma... Yerimden hiç kalkmadan yatsam burada ta fecre kadar (haminnemin en sevdiği şarkıydı, *Koklasam saçlarını bu gece ta fecre kadar*...Yoksa nereden bilebilirim ben fecrin ne olduğunu), sadece içine düştüğüm durumdan nasıl kurtulacağımı düşünsem!

Haminnem, anneannem, ele avuca sığmayan annem... sizleri hatırlamıyor gibi yapmak çok canımı yakıyor. Gökyüzünde, yer yüzünde, her neredeyseniz, benimle olun, e mi. Elimi tutun. Bana kanat gerin. Beni kollayın, koruyun. Lütfen... lütfen... çok yalnızım çünkü... çok çaresizim... çok zor durumdayım ben... sevginize ihtiyacım var! Bana bir işaret gönderin. Bana yolumu gösterin.

Ne yapacağımı, nereye gideceğimi, kime güveneceğimi bilmiyorum. Bir mayın tarlasında yolumu el yordamıyla bulmaya çalışıyorum, her an bir yanlış adımla paramparça olabilirmişim gibi yaşıyorum. Sözlerimi, hareketlerimi sakınarak, sürekli arkamı kollayarak ve hiç ilerleyemeden hep aynı hat üzerinde dönüp duruyorum, dolap beygiri gibi!

Bugün hariç!

Bugün Orhan Hoca'nın odasında ileri doğru bir adım daha attım!

Yanına gittiğimde, yani yaklaşık yarım saat öncesine kadar, hafızamda yer yer boşluklar, kopukluklar vardı. Kaza sonrası ise, hiç yaşamamışçasına bomboştu! Biri beni itti mi yoksa ben mi atladım arabanın önüne bilmiyordum. Çantamı kim aldı ya da çaldı, beni kim hastaneye nakletti bilmiyordum.

Ama şimdi... ceketimle birlikte başka şeyler de hatırlamaya başladım...

Keşke hatırlamaz olaydım. Ne kadar rahattı hiçbir şey bilmeden yaşamak. Geçmişim bana parçalar halinde geri geldikçe, daha da tedirginim artık, kendimi hiçbir yerde emniyette hissetmiyorum. Ceketimi bulur bulmaz buradan gitmeliyim de, nereye? Nereye?

Dikilip oturdum yatakta, sıralamayı doğru yapmalıydım. Önce ceketimi bulmalıydım! Nereye gideceğim, onu kime nasıl götüreceğim ise, bir sonraki adımdı. Kısacası, önce teşhis, sonra tedavi. Böyle öğrendik biz! O yüzden salim kafayla düşün bakalım çakma Gizem, ceket nerede olabilir?

Aaa, bir şey daha hatırladım... Çok önemli bir şey! Tanrım, teşekkür ederim sana beni hafızamı sarmalayan gri tülden kurtarmaya başladığın için...

Kapım vuruldu yine!

Ne var be? Rahat versenize yahu! Tam da havaalanına gitmeden önce o çipi cebime koymayıp da, ceketin astarını söküp içine diktiğimi hatırladığım sırada, ne zamansız bir ziyaret bu! Kapının ardında Asiye'nin olduğunu düşünerek, sesime içimden gelenden daha neşeli bir ayar vermeye çalıştım.

"Kim o?"

"Komiser geldi, sizi bekleme odasında bekliyor," dedi Seyfi.

"Komiser mi! Ne komiseri bu saatte?"

"Gelmiş işte abla."

"Tamam, hazırlanıp iniyorum," dedim.

İçimden gitmek gelmiyordu ama bu mümkün değildi! Çatıdaki odamın penceresinden atlayıp kaçacak halim yoktu. Ama ne hazırlanması!? Komiseri uzun uzun bekletmemeliydim, ben de az önce üstümden çıkarttıklarımı giydim ve indim merdivenlerden.

Sevda hâlâ masasındaydı. "Bu saatte nerden çıktı bu komiser?" diye sordum.

"İyi bir yerden çıkmış olmalı valla... Çok yakışıklı ha laf aramızda!"

Bu kadın başka bir şey düşünemez mi?

Onu da tedaviye alsalar fena olmayacak diye içimden geçirirken, kendimi parmaklarımla saçlarımı kabartırken yakaladım. Kazadan beri ilk defa bakımsız görüntümden rahatsız olmuştum; acaba bu hayata dönmekte olduğuma dair bir işaret miydi bilemedim.

Bekleme odasının kapısında sınava girmeye hazırlanan öğrencilerin sıkıntısı bastı üzerime. Ayaklarım geri gidiyordu. Şu anda ayağım kaysa, düşsem, başımı çarpsam yine ama bu kez sahiden unutsam her şeyi... kurtuluşum böyle olsa...

Ama öyle olmadı, Seyfi bekleme odasının kapısını açtı ve, "Buyur ablam," dedi bana. Girdiğimde sivil giyimli iriyarı bir genç adam beni görünce ayağa kalktı.

"Ben Komiser Vural," dedi, elini uzattı tokalaşmak için. Iıh, benim tipim değil, Allah Sevda'ya bağışlasın! Uzattığı eli sıktım.

"Buyurun, oturun..." Başıyla işaret etti karşısındaki koltuğa, ev sahibiymiş gibi. Oturdum.

"Bu konuşmayı yapmak için, doktorunuzun talimatıyla, iyileşmenizi bekledik. İyisiniz, değil mi?"

"Evet, iyiyim."

"Rahat olun, stres yapmayın, Birkaç soru soracağım sadece."

"Rahatım ben. Buyurun, sorun."

Lafı uzatmadan dosdoğru sadede geldi komiser,

"Bana kaza gecesini anlatın," dedi, "Nereye gidiyordunuz? Kimden kaçıyordunuz?"

"Hatırlasam anlatacağım. Herkes bana o geceyi soruyor ama o gece bende yok!"

"Hatırladığınız kadarını..."

"Gözlerimin içine parlayan bir ışık... arabanın farlarıydı herhalde. Hepsi bu! Öncesi de yok sonrası da! Beyin, travmaları unutmayı tercih edermiş. Öyle dedi doktorlar."

"Kazayı hatırlamamanız normal ama siz adınızı dahi hatırlamıyorsunuz... İşte bu normal değil. Artık kimliğinizi bilmeniz gerekiyor."

"Bilsem neden saklayayım ki? Burada emanet kalmak hoşuma mı gidiyor sanıyorsunuz?"

"Gizem Hanım, ben de danıştım doktorlara, bunca zaman sonra, hiçbir şey hatırlamamak olmazmış..."

Lafını kestim,

"Oysa bana, her hastanın hatırlama süreci farklıdır, dediler. Ben yavaştan alan bir hastayım demek ki!"

"Ya da birinden, bir şeyden çok korkan bir hasta!"

"Anlayamadım."

"Bence anladınız. Size çok anlayışlı davrandık. Hastaneden bir özel kliniğe çıkmanıza da izin verdik ki, bir an evvel iyileşin. Sizi hiç zorlamadık, sabırla bekledik. Ama artık bize yardımcı olmak zorundasınız. Bakın sizi bugün karakola çağırtacak, fotoğrafınızı çektirip parmak izinizi ve ifadenizi aldıracaktım. Buraya mesaiden sonra, bizzat gelmeyi tercih ettim ki, size alışık olduğunuz ortamda, kendinizi rahatça ifade imkânı vereyim. Lütfen bana güvenin ve başınıza gelenleri anlatın."

Yüzüne baktım boş gözlerle.

"Kimden korkuyorsunuz?"

"Kimden korkacakmışım?"

"Bunu ben bilemem. Siz söyleyeceksiniz. Sırrınız kesinlikle bende kalır. Üstelik ben sizi korurum da. Şimdi söyleyin bana, kaza gecesi nereye gidiyordunuz?"

"Hatırlayamıyorum."

"Bu soruyu daha evvel de sordum size, bana aynı yanıtı verdiniz..."

Atıldım,

"Aaa, ne zaman?"

"Hatırlamıyorsunuz çünkü o sırada gerçekten hiçbir şey hatırlamıyordunuz. Oysa artık şimdi durum öyle değil. Şimdi bir şeyler saklıyorsunuz."

"Nerden çıkarıyorsunuz bunları Allah aşkına! Hatırlayabildiklerimi inkâr etmiyorum ki! Bakın İngilizce bildiğimi fark edince hemen söyledim. Komiser, sizi nasıl ikna edebilirim?"

"Doğruyu anlatarak. Ne bu ad ne de bu hayat size ait değil. Eğreti yaşıyorsunuz. Sizi korkutan her neyse paylaşın benimle ki sizi bu cendereden kurtarayım. Kimliğinizi öğrenmem an meselesi. Bir suç ya da suçlu varsa, bunu siz önceden itiraf edin ki, lehinize olsun!

"Suçlu değilim... yani olmadığımı hissediyorum."

"Size bir gün daha veriyorum! Ama daha önce bir şeyler hatırlarsanız, beni mutlaka arayın... kendi iyiliğiniz için."

Cebinden cüzdanını, onun da içinden kartvizitini çıkardı, uzattı. Alıp cebime, Orhan Hoca'nın kartının yanına koydum.

"Tekrar ediyorum, bana ne anlatırsanız, bende kalacak. Kimseyle paylaşmayacağım. Derdinize birlikte deva bulalım, tamam mı?"

Benden ses çıkmayınca, "Haydi ama," dedi, "bana güvenin."

İyi de komiser, ben sana neden güveneyim? Sen benim kim olduğumu bilmediğin için rahatsızsın ama ben de senin kim olduğunu bilmiyorum ki! Evet polis teşkilatındansın da, bu bana yetmiyor. Hangi tarafın adamısın? Hangi tarikatın kulusun? Kimin piyonusun? Devletin mi? Devlet içindeki devletin mi? Yoksa devlet içindeki devlet düşmanlarının mı? Hiç bilemeyeceğim bir başka örgütün adamı mısın? Bir üst aklın mı? Arsız, hayasız bir alçak aklın mı? Kim olduğunu nasıl bileceğim ben? Sana güvenebileydim, belki anlatırdım bana emanet edilen çipi kaybettiğimi, o bilgileri bana kimin ve ne için verdiğini... hepsini. Bunu yaptığım takdirde bana yardımcı mı olurdun yoksa beni tutuklar mıydın, bir bilsem! Sadece polise de değil, bu ülkedeki hâkime, savcıya, askere, avukata, bilgine, memura, bilim adamına hatta bakkala, çakkala bile... kimseye ama kimseye inanmıyorum, güvenmiyorum. Çünkü maskelerin ardında saklıyız her birimiz. Hepimizin içinden bir başkası çıkıyor ve her yeni yüzümüzle, tıpkı Matruşkalar gibi, biraz daha küçülüyoruz.

"Başka sorunuz yoksa çıkabilir miyim?" diye sordum.

"Elbette."

Kalktım yerimden, kapıya yürüdüm, tam çıkacakken aniden geri döndüm, şaşırdı.

"Bir şey mi hatırladınız?" dedi heyecanla.

"Hatırlamama yardımcı olabilecek bir şey geldi aklıma."

"Ne?"

"Kaza gecesi giydiğim giysiler nerede şimdi?"

"Hastanede çıkarmışlar üstünüzden, üzerlerinde herhangi bir yabancı madde var mı diye inceletmek için karakolda tutuluyordu..."

"Ne maddesi?"

"Kan, tükürük, spe... benzeri şeyler işte..."

"Giysilerimi görebilir miyim?"

"Elbette. Dosya kapanmadan elden çıkarmazlar. Hâlâ oradadırlar eminim."

"Ne zaman öğrenirsiniz?"

"Yarın ararım sizi."

"Teşekkür ederim," dedim.

Bu sefer komiser de kalkıp kapıya yürüdü benimle, birlikte bekleme odasından çıktığımızda, Sevda kabanını giymiş, boynuna eşarbını sarmış, holde volta atıyordu.

"Nasıl geçti?" diye sordu bizi görünce, "Gizem'in sırrı çözüldü mü?"

Her ikimizden de yanıt gelmeyince, ekledi,

"Çözülmediği belli, suratlar sirke satıyor!"

Zamanım aniden böyle daralıverince elbette sirke satacaktı suratım. Komisere gelince, bence, doğuştan asık yüzlüydü zaten. Belki de ciddi görünmek görevinin bir parçasıydı. Kapıya kadar eşlik ettim ona, kapıyı açtım,

"Güle güle," dedim.

"Yarın görüşeceğiz," dedi komiser.

Sevda'nın bunu duyunca gözleri mi parladı, bana mı öyle geldi bilemeyeceğim ama, o da çıkmak üzere kapının önüne geldi ve,

"Ne zaman gelirsiniz?" diye sordu komisere, "Sabah mı?"

"Yok, sabahları başımız çok kalabalık oluyor, yine akşamüstüne doğru uğrarım diyeceğim ama... şu parmak izi işi var ya... sabah mesai başlamadan..."

"Gizem uyku ilacı alıyor uyumak için, sabah erken kalkmaz o," diye resmen yalan söyledi Sevda, bana göz kırparak.

"Aah?" dedim ben şaşkınlıkla ve hemen sustum. Sevda bir ara annesine bakan yardımcının sabahları hep geciktiğini söylemişti. Komiseri kaçırmak istemiyor, beni bahane ediyordu.

Onu kazanmanın tam zamanıydı!

"Evet, sabahları erken kalkamıyorum," dedim, Sevda'nın doğrulamasını ister gibi onun gözlerine bakarak.

"Vallahi, onu sabah zorla uyandırırsanız, bu kızın parmak izi de uykuda olur, işinize yaramaz, ha!" dedi Sevda. Üçümüz de gülüştük ve o an aramızda dostane bir hava oluştu.

"Ben birini yollayacaktım bu iş için ama... Pekala, parmak izi zaten bu kadar gecikmiş, yarın akşamüstünü bekleyiversin madem! Ben giysilerinizi de hazır ederim," dedi Vural Komiser.

"Siz ne tarafa gidiyorsunuz? Aynı tarafa gidiyorsak, beni şu durağa kadar..." Sevda heyecanla yanıtını bekledi komiserin.

"Buyurun, durağa bırakayım sizi."

Sevda önce faresini yakalamış kedi gibi muzaffer bir bakış, sonra da dudaklarıyla bir öpücük attı bana ve önden yürüdü, yakışıklısıyla birlikte çıktılar.

Benim aklım fikrim artık yedek şifredeydi. Çipin yedek şifresini ben ihtiyaten birine yollamış olmalıydım, çünkü bana mutlaka bir yedek bulundur, aslı çalınırsa yedeği sende kalır, denmişti. Ne yaptım ben o yedeği, hiç hatırlamıyordum.

Allah kahretsin beni! Haminnemin sevdiği şarkıya kadar bir sürü gereksiz ayrıntıyı hatırlarken, bu kadar önemli bir şeyi nasıl unuturdum!

Neyse ki artık emindim, zaman içinde yedeği kime yolladığımı da hatırlayacaktım. Madem bir yapbozun parçalarını birleştirmek için sabır ve zaman gerekiyordu, belleğimin kendini toparlamasını da zamana bırakmalıydım. Geçmişte kalan bir görüntü bir başka görüntüyü çağrıştıracak, böylece bir parçacık daha yerleşecekti yerine... bir koku... bir ses... hatta belki bir tat... yavaş yavaş tüm parçalar yerlerine oturacaktı da... benim zamanım yoktu!

Onlar beni bulmadan ben aradığımı bulmalıydım!

Odama çıktım. Gökyüzüne bakan penceremin önünde durup kararan bulutlara baktım. Nereye yazmış ya da yollamış olabilirdim yedek şifreyi? Kime? Bir meslektaşıma mı? Bir arkadaşıma mı? Yoksa hayatta en güvendiğim kişiye mi? Yok, onu tehlikeye atmamak için, herhalde ona değil... ama içimdeki ses öyle demiyor!

İçimdeki sesle tuhaf bir ilişkim vardı kazadan beri. Belleğim gittikten sonra, sezgilerim sanki aklımın yerini aldı. Kime güvenmem gerektiğini mesela, içimdeki ses söyler oldu bana. Beş duyusundan birini kaybeden kişinin, o görevi üstlenmek üzere bir başka duyusunun devreye girmesi gibi, bende de sivrilmiş bir hassasiyet, bir sezgi yeteneği gelişti; Ayşe'ye güven ama Fatma'ya güvenme, Ahmet'e kalbini aç, ama Mehmet'ten kaç gibisinden... Hatırlamaya başladığımdan beri, bu özelliğimi kaybediyordum. İç sesim beni eskisi gibi yönlendirmiyordu. İşte bu yüzden, yaşadıklarımı sadece bir kişiyle paylaşabilir, içimi sadece ona dökebilirdim... ama beni dinliyorlarsa, onun da peşine birilerini takardım ki ne rahatı ne huzuru kalırdı ve kimliğim şak diye çıkardı ortaya!

Ya, dertleşmekten filan feragat edip sırf sesini duysam! Telefonu açıp o sıcak, sevecen sesini dinlesem ve hemen kapatsam, en azından telefona kadar geldiğine göre, evinde ve iyi olduğunu anlasam...

Resepsiyondaki telefonu kullanamazdım. Kesin dinleniyordu. Aradığım numaradan şıp diye bulurlardı kimi aradığımı.

Yatılı hastaların telefonlarını alıyorlardı ellerinden, doktorların odasındaki dolapta kilitli duruyordu telefonlar. Gün içinde sabah ve akşam olmak üzere iki 'telefon saati' sırasında, yarım saatlik izinleri vardı evlerini aramak için. Genellikle nöbetçi doktorun veya Nimet'in nezaretinde konuşuyorlardı. Sanırım sırf madde bağımlısı olanlar için alınmış bir tedbirdi bu ama bence kimse rencide olmasın diye herkesi kapsıyordu önlem... yoksa tedavi sürecinde yakınlarla görüşmek niye sakıncalı olsun ki!

Ben kimseden telefonunu isteyemiyordum. Hemen duyulur ve kimi aradığım araştırılırdı. Tanrıya gökten bir telefon düşürmesi için yakarırken, başıma telefon değil ama aklıma bir fikir düştü!

Asiye'nin telefonu!

İnsan panik içindeyken nasıl da karışık oluyor kafası! Onun bir telefonu olduğundan çok emin değildim, belki de bana öyle gelmişti, telefon sesi duyduğumu sanmıştım... tam da o vınlama sırasında elini cebine sokmuştu... Olamaz mı? İnsan elini cebine sokabilir yani... ama ya bir telefon var idiyse cebinde!

Denemeye değmez miydi?

Ani bir kararla yerimden kalktım, Asiye'nin odasına inip kapısını tıklattım.

"Kim o?" dedi, ürkek sesiyle.

"Benim Asiye... Gizem ben." Az bekledim. Kapı açıldı, Asiye şaşkın şaşkın baktı yüzüme.

"İçeri girebilir miyim?"

"Elbette." Yana çekilip yol verdi, girdim.

"Gizem Abla hoş geldin de... hayrola, bir şey mi oldu?" diye sordu.

Öyle pat diye telefonunu verir misin diyemezdim, önce onun güvenini kazanmalıydım. Açık mavi rengin hâkim olduğu, ferah ve az mobilyalı odadaki yegâne koltuğa doğru yürüdüm.

"Sen bana içini açtın bugün Asiye. Bana güvendin. Beni insan yerine koydun."

"O nasıl söz abla!"

"Öyle, öyle! Herkes bana hafızamı kaybetmiş olduğum için yarı deli muamelesi yaparken, sen beni sırdaşın yaptın ya, çok hoşuma gitti. Ben de sana içimi dökmek istiyorum, tabii eğer dinlemek istersen."

"Elbette istiyorum. Çok da merak ediyorum başına gelenleri."

Koltuğa yerleştim. Asiye yatağına bağdaş kurup sırtını duvarla arasına sıkıştırdığı yastığa dayadı. Öykümü dinlemeye hazırlandı.

Nerden başlasam? Ne kadarını anlatsam? Ben konuşamayınca, o sordu.

"Ne oldu sana abla? Anlat haydi. Senin başına da aynı şeyler mi geldi, merak ediyorum."

"Bilmiyorum ki canım, belki öyledir. Bir kaza olmuş... tek hatırlayabildiğim kafamı çarptığımda duyduğum, o ürkütücü, korkunç ses! Gecenin çok geç bir saatinde sokaktaymışım..."

"Tek başına mı?"

"Evet, yalnızmışım... kazaya şahit olanların ifadesi öyle."

"Ne yapıyordun o saatte sokakta kız başına?"

"Hatırlamıyorum işte! Ara sokaklardan birinden caddeye fırlamışım. Hızla gelen bir araba bana çarpmış. Benim hatırlayabildiğim, sadece o far ışığı, o ses... Başıma sanki çekiçle vurulmuş da, kafatasım bin bir parçaya ayrılmış gibi... o çatırtıyı beynimin içinde duydum. Daha sonrası ise sessizlik... Koyu, derin, dipsiz bir karanlık, kapkaranlık... hiçlik!"

"Öldün mü yani? Hastanede kalbine mesajla mı şey ettiler seni?"

"Sanmıyorum, öyle olsa söylerlerdi."

Ne diyeceğimi bilemediğimde sustum bir süre.

"Sonra?"

Sonrası karmakarışıktı!

2

BÜTÜN ÖZLEDİKLERİM BENDEN AYRI YAŞIYOR

GENÇ BİR KADINMIŞIM BEN

Gözümün içine adeta kurşun gibi sıkılan ışığın beni derin uykumdan uyandırmasından sonrasını hatırlıyordum sadece. Işık, önce mor bir noktayken, büyümüş, genişlemiş... giderek daha da parlamış, iyice kamaştırmıştı gözlerimi. Biri gözüme fener mi tutuyordu, ne?

Oysa ben bedenimden sıyrılıp bir kuş gibi uçmuştum ağaçların en yüksek dallarına doğru. Uçtum, uçtum, uçtum... Kozmosun derinliğinde bir tüy gibi hafif, salınıp dururken... ve halimden fazlasıyla hoşnutken... yine morumsu bir mavi ışık, yine tam gözbebeğimde... çok uzaktan, çok derinden bir ses, "Yukarı bakın, aşağı bakın, şimdi sağa... şimdi sola..." diyordu, gözkapağımı önce yukarı kaldırıyor, sonra aşağı çekiyordu.

"Neredeyim ben?" diye sordum.

"Hastanede," dedi biri.

"Uykum var," dedim.

"Yeterince uyudunuz," dedi uzaktan gelen ses, "artık uyanma vakti! Bize adınızı söyler misiniz?"

Adım mı? Adım ne benim? Tanrım, adım yok! Adsızım ben! Uykum var. Uyumak istiyorum. Rahat bırakın beni, uyumak, uyumak, uyumak istiyorum...

Rahat bırakmış olmalılar, hızla suları koyu lacivert bir denizin soğuk ve karanlık derinlerine iniyordum... daha, daha, daha derine... sonra nereden geldiğini bilmediğim bir başka ışığın peşine takılıp yukarı doğru süzülüyordum. Defalarca bir karanlık derinlere, bir yukardaki ışığa doğru yüzüp durdum..

Işığa doğru son yüzüşümde sulardan kurtulup bir sahile varmış olmalıyım ki, bir yatakta buldum kendimi. Kafam kazan gibiydi ve tam karşıma isabet eden noktada, geniş bir çerçevenin ortasında bir insan resmi vardı.

A ah, kımıldadı! Resim değilmiş!

Çerçeve sandığım da pencereymiş meğer. Beyaz stor perdeden süzülen ışık gözlerimi aldığı için, pencerenin önünde duran kişinin yüz hatlarını seçemiyordum ama sesi bana ulaşıyordu.

Adımı soruyordu.

Neden hastanede olduğumu bilip bilmediğimi...

Herhangi bir şey hatırlıyor muydum kaza anına dair?

Kaza anı mı? Ne kazası?

Yine uyumak istiyordum ama bu kez rahat vermiyorlardı. İlla uyanık tutmaya çalışıyorlardı beni.

Ne oldu bana?

Burası neresi?

Niye buradayım?

En can alıcı sorumu sona sakladım: Ben kimim?

Hatırlamıyor muydum?

Hayır!

Zorlayın hafızanızı... En son neyi hatırladığınızı söyleyin.

Zorladım... Nafile!

Pekala, biraz dinlenin sonra yine konuşacağız, demişti o benimle konuşan adam.

Uzun dinlenmiştim... çok uzun... bir ömür gibi gelmişti bana... Meğerse hepsi dört beş günlük bir süreçmiş. Nasıl da ağlamıştım sevinçten ömrümün bir hastane yatağında geçmediğini öğrendiğimde...

"Gizem Abla... Gizeem! İyi misin abla?"

Kollarıma, alnıma limon kolonyası serpeleyip duruyor biri...

"Gizem Abla... Heyy Gizem Abla, iyi misin? Neyin var, niye titriyorsun böyle? Vazgeçtim, vallahi vazgeçtim, anlatma böyle olacaksan... sus... sus haydi ablam benim, sus!"

Asiye'ymiş beni sarsalayan.

"Dur kız... gözüme kolonya kaçtı."

"Abla çok kötü oldun... korkuttun beni, ha!"

"Ne yaptım ki?"

"Bayıldığını sandım ben... öyle bembeyaz oldun, ellerin titredi, yaşlar aktı gözlerinden."

"Merak etme, iyiyim ben."

"Sahiden mi?"

"Vallahi iyiyim."

"E, o zaman haydi gerisini de anlat."

"Nerde kalmıştık?"

"Sana bir araba çarpmıştı..."

"Ha... Uyandığımda bir hastanedeydim. Denize sırtüstü uzanmış, suyla birlikte çalkalanıyor gibiydim. Cart bir ışık gözlerimi kamaştırıyordu, kulaklarımda ise hep o korkunç ses vardı. Ne kadar zaman geçti böyle, bilmiyorum ki Asiye, yanıma sürekli birileri gelip gitmeye başladı. Aynı gün mü defalarca geldiler, haftalar boyunca mı geldiler? Yoksa hepsi bir rüya mıydı? Bölük pörçük hayaller miydi gördüklerim? Bana sorular soruyorlardı, istedikleri yanıtları veremiyordum. Adımı dahi bilemiyordum..."

"Vah canım! Vah ablam benim. Neyse ki ben bilincimi hiç kaybetmedim, sen benden de beter olmuşsun. Ee, sonra?"

"Sonra... işte şu doktor olduğunu sandığım kişi, benden ümidini kesince, beni bana kendi anlatmaya başladı. Yumuşak, sakin bir sesi vardı. Bana bir araba çarpmış. Güya ben aniden fırlamışım arabanın önüne. Üzerimden hiçbir kimlik çıkmadığına göre, muhtemelen bir hırsızdan kaçıyormuşum ve o hırsız çantamı çalmış. Görgü tanıkları da aynı ifadeyi vermişler. Gerçek ancak ben hafızama kavuşunca belirlenecekmiş. Bunun dışında, iyi haber şu ki, sağlıklı bir genç kadınmışım... kız değilmişim yani, bunu kafama kaktılar kibarca... yirmili yaşların ortasında olmalıymışım. İnan bana Asiye, o anda kadın ya da erkek olmanın hiçbir farkı yoktu benim için. Sargıların arasında sırtüstü yatan bir bedendim. Kablolar, sondalar, incecik hortumlarla bağlıydım hayata. Konuşmak istediğimde bir hırıltı çıkıyordu boğazımdan. Ellerime her ne olduysa, sargılar içindeydiler ama neyse ki acımıyorlardı. Oysa her doğrulmak istediğimde, öksürdüğümde canım yanıyordu. Mümkünse kımıldamayın, kaburgalarınızda çatlak var, zaman içinde kaynayacaklar merak etmeyin, diyordu o ses, beni bana anlatıp duruyordu... Neler mi? Mesela çocukken bir apandisit ameliyatı geçirmişim, azı dişlerimde ve sol kaninde dolgum varmış. Sussana, diyordum içimden, ben uyumak istiyorum! Susmuyor ve bana bedenimdeki hasarları sayıyordu tek tek. Başımda dikişler, çarpmanın etkisiyle vücudumda morluklar... elbette yüzüm de iyice şişmiş ama şanslıymışım. Çok ucuz atlatmışım. Ambulans çabuk ulaşmış, iç kanama hemen durdurulmuş. Yine de hayati tehlikeyi atlattığıma emin olmak için, üçüncü günün sona ermesini beklemişler. Ezikler, kırıklar hiç önemli değilmiş... hepsi geçecekmiş, hepsi... Benim görebildiğim, sadece çarşafın üzerinde duran ellerimdi."

Ellerime ne olmuş, neden sargılarım var? Çünkü, diyordu doktor, kaza sırasında şey olmuş... parmaklarınız zedelenmiş ama üzerinde durmayın, elleriniz de, parmaklarınız da iyileşecek, hiçbir şeyiniz kalmayacak.

"Ellerin mi kırılmış?" diye soruyor Asiye.

"Yok, keşke ellerim kırılaymış. Beni ilk uyandırışlarında anlamışlar ki, en büyük darbeyi kafama aldığım için, belleğim uçmuş! O da zaman içinde geri gelecekmiş elbette. Benden uslu bir hasta olup iyi beslenmemi, zamanı geldiğinde egzersizlerimi ve koridor yürüyüşlerimi muntazam yapmamı istiyordu, konuşup duran doktor. Ama esas isteği, hatırlayabilmek için azami çabayı sarf etmemdi!"

İçimi çektim, "Ettim ama gördüğün gibi... çabam fayda vermedi."

"İlaç filan vermediler mi hatırlaman için? Bana yaşadıklarımı unutmam için kaç hap dayadılar bilsen. Geceleri de bir şurup içiriyorlar hâlâ."

"Uyumak için tamam da, hatırlamak için hap var mı bil miyorum. Neyse ki önceleri beni fazla zorlamadılar, bıraktılar doyamadığım uykularıma. Uyanık kaldığım ender zamanlarda, başucumda konuşmalar duyuyordum fısır fısır.

"Bir seferinde uykuya direnip dinledim. Konuşanın biri o doktordu, sesinden tanıyordum onu artık. Diğer ses, yabancıydı. Mümkün değil, diyordu doktorum, hastama yeni bir travma yaşatamam. Sizi de anlıyorum, görevinizi yapıyorsunuz ama ben de görevimi yapmaktayım şu anda. Onu zorlarsam zarar veririm. Adını hatırlayamayan birinin size ne hayrı dokunur ki? Yabancı ses ısrar ediyordu, ne zaman hatırlayacak, diye. Doktorum, bu işin bir ölçüsü yok, kiminin kazanın ertesi günü hafızası yerine geliyor, kimininki aylar alıyor, diyordu... ben size mutlaka haber vereceğim, asistanım, hemşireler hepsi tembihli, hatırladığı an size haber uçuracaklar diyordu... Sonra gittiler!

"Yalnız kaldım.

"İçinde bulunduğum bu sahneyi sanki bir kitapta okumuştum. Gerçek miydim ben yoksa bir hikâye kahramanı mıydım, emin değildim. Ama elbette bunu söylemedim kimseye. Beni, bellek kaybına uğramışlığımın, yani amnezinin yanında bir de deli zannetmesinler, diye kendime sakladım! Eee, bunu düşünebiliyorsam, beni deli sanmalarından korkuyorsam, gerçek olmalıydım! Harika bir şeydi bunu bilmek! Bir ayna istedim yüzümü görmek için. Moralim bozulmasın diye vermediler. Yüzümdeki şişler inince vereceklermiş. Hemşirelerin de biri geliyor, diğeri gidiyor ve hepsi aynı şeyi soruyordu: Adın ne? Adım olmayınca, iletişim kurmak zorlaşıyormuş, sanki adım yoksa ben de yokmuşum gibi... Öylesine tuhaf, saçma bir durumdu isimsiz kalmak!"

"Ama adın var senin!"

"Adımı hemşireler taktı bana. Gözlerinin içi gülen bir esmer kız vardı aralarında, Pınar diye. Siz gerçek adınızı hatırlayana kadar, biz size Gizem diyelim, dedi. Sevindim. Yeni ismim iyi örtüştü benimle!"

Sustum sonunda. Yorulmuştum. Bir süre karşılıklı konuşmadan oturduk. Asiye'ye her şeyi anlatmamıştım ama anlattığım kadarını dahi biriyle paylaşmış olmak bana iyi gelmişti. Keşke her şeyi paylaşabileydim... Ona, gün geldi başıma gelenlerin çoğunu da, adımı da hatırladım ve işte bu yüzden korkuyorum, diyebilseydim keşke. Asiye anlattığım kadarından bile etkilenmişti. Gözpınarlarında yaşlar titreşiyordu.

"Ben birer ıhlamur alıp geleceğim mutfaktan. Hiçbir yere ayrılma abla," dedi.

"Boş ver ıhlamuru. Şimdi uzun sürer su kaynatmak."

"Yok, sürmez. İki dakikada dönerim. Anlatırken senin boğazın kurumuştur, ben de çok kötü oldum. İçimiz ısınır."

Fırladı çıktı.

O gider gitmez ben de yerimden kalktım, başucu çekmecesine ve yastığının altına baktım, telefon var mı diye. Yoktu. Geri gelip yerime oturdum. Hiç kımıldamadan, bacaklarımı bitiştirmiş, uslu bir öğrenci gibi, ellerim kucağımda, dimdik oturmuş düşünüyordum... derken, aynı pozisyonda, bacaklarım bitişik, bir sandalyede dimdik oturduğum bir başka günü hatırladım... Koridor yürüyüşünden sonra, yatağımın başında duran iskemleye oturtmuştu beni Pınar Hemşire.

"Hemen yatağa girme, sandalyede bir süre dik otur, yorulunca yatarsın," demişti. Şimdiki gibi dimdik oturmuş, karşımdaki karyolanın açık bırakılmış perdesinin ardında, yatağında uzanan hastayı seyrediyordum. Kabartılmış yastıklarına yaslanmıştı, gözleri yarı kapalıydı ve başucuna tünemiş genç kıza mırıl mırıl bir şeyler söylüyordu. Ben söylediklerini duymuyordum ama kızın gözünden akan yaşları görüyordum... Herhalde son vasiyetlerini yapan biriydi. Benim de gözlerim yaşlanmıştı ve birden bir sahne belirdi kafamda... Bir yatak, bir hasta ve ben... Tanrım... Tanrım... neler hatırlıyordum böyle!

Bir kaleydoskopa bakar gibiydim, hayatıma dair rengârenk parçalar hızla dönerek bana yaklaşıyordu... yüzler, gözler, dudaklar, sesler, sözler... sonra parçalar birleştiler... bir damla gözyaşı dudağımın kenarına düştü, tuzun tadı ağzımdaydı... Hayatımın pek çok ânı hafızamdaydı.

Ayağa fırladım...

Aniden kalkınca başım döndü... düşüyordum... dizlerim bükülüyordu... biri koltuk altlarımdan yakaladı beni... usulca yatağıma yatırdılar. Yatağımın çevresindeki soluk gri perdenin çekildiğini duydum. Göğsüme stetoskopun soğuk metali değiyordu... koluma tansiyon aletini takıyorlardı...

"Fazla mı yürüttük?" Pınar'ın sesi endişeliydi.

"Tansiyonu düşmüş olmalı," diyordu bir başka ses.

"Yoo, sabah ölçtüm, normaldi... Aa ama bak tansiyon düşmemiş, yükselmiş... bir daha ölçeceğim..."

Beni rahat bırakın demek istiyordum ama mecalim yoktu. Bıraksalar, sadece düşünecektim... kim olduğumu, evimi barkımı, anamı babamı, sevdiklerimi, sevmediklerimi, yolculuklarımı, kaza anına kadar olanları...

Yamalı bohça gibi de olsa, hatırlayabiliyorsam...

Sonra ateş bastı her yanıma, kaza gecesini hatırladım!

Pera'nın ara sokaklarından birinde yokuş yukarı çıkıyordum. O saatte etrafta az insan vardı. Arkamda ayak sesleri duydum. Hızlandım. Her kimse peşimdeki, o da hızlandı. Korktum, geri döndüm ve caddeye doğru koşmaya başladım. Arkamdakinin de koştuğunu duydum. Caddeye çıktım, karşı kaldırımda kızlı erkekli bir grup, aralarında konuşup gülüşerek bana doğru yürüyorlardı, onların yanına gidersem, aralarına karışırsam emniyette olurum diye düşündüm. Hatta onlardan yardım isteyebilirdim, bir taksi bulup binene kadar eşlik edebilirlerdi bana...Yanlarına gitmek için caddeye fırladım... bir araba gördüm o anda, hızla geliyordu... farları gözümün içine parladı... geri dönmeliydim ama yapamadım nedense. Işıktan kaçacağıma bir tavşan gibi ışığa doğru koştum. Hatta koşmadım da uçtum sanki, beni kör eden ışığın tam kalbine girdim... O korkunç ses işte tam o anda patladı beynimde!

Hemşireler başıma üşüştüler.

Çırpındım hemşirelerin ellerinden kurtulmak için... boynumun altına kolunu sokarak başımı kaldırdı biri, ağzıma bir hap tıkıştırmaya çalıştı, tükürmek istiyordum ama su bardağını ağzıma dayamışlardı, boğulacaktım. Öksüre tıksıra yuttum hapı ve ya yine bomboş bir geçmişe uyanırsam diye düşündüm... Uyumak istemiyordum... uyutmayın beni, ben iyiyim, demek istedim... su ağzımın kenarından geceliğime damladı... elini ittim Pınar'ın... gözümün önünde hastane yatağına eğilmiş o genç kadın vardı hep... o ben miydim? Eğer bensem... bensem... gözlerim kapanıyordu... içim geçiyordu... yine o kahrolası koyu karanlık!

Uyandığımda hava kararmıştı. Uzun uyumaktan sersemdim ama hâlâ hatırlıyordum... Birinden kaçtığımı, yakalanmamam gerektiğini... ancak burada, şu yatakta yattıkça emniyette olabileceğimi... İşte tam da bu yüzden, geçmişimi bu kez bilinçli olarak unuttum, o an. Hatırladığımı kimse bilmemeliydi, kendimi tamamen güvende hissedene kadar kimliğimi açıklamak benim için mümkün olamazdı. Bir süre daha belleksiz kalmalıydım. Gizemli Gizem olmaya devam etmeliydim. Hayatta kalabilmek ve verdiğim sözü yerine getirmek için, mecburdum buna.

Oyunumu sürdürdüm.

Sonra bir gün Pınar Hemşire elinde bir aynayla girdi odama. "Artık tanışabilirsin Gizem'le," dedi. Aynaya baktım ve göz göze geldim kendimle. Başımda sargılar vardı. Suratım perişan haldeydi. O haliyle dahi yadırgamadım yüzümü, "Merhaba," dedim aynadaki aksime. Sonra dikkatle yüzümü inceledim. Şişlerim inmiş ama yüzüm yeşil, sarı mor renklerin skalası gibiydi. Geçecekti, biliyordum. Endişelenmedim.

Artık koridorda yürüyüşlere de çıkıyordum, yanımda hep bir refakatçiyle. İlk gün bebekler gibi ağırlığımı verdiğim yürütecimle, ertesi gün koltuk değneğime dayanarak, daha sonraları da bir hemşirenin kolunda, üzerimde boğazımdan yere kadar inen arkası bağcıklı soluk mavi gecelik, bir aşağı bir yukarı, koridor boyunca yürüyüşlere başladım. Hemşirelerin deyişiyle, *Gizem Hanımın Yürüyüş Sefası*, bahçe sefasına dönüştüğünde keyfim iyice yerine geldi... Ne tesadüf, güneşli bir pazar günü ilk defa bahçeye çıkardılar beni, ben de Şair gibi, yüzümü güneşe verip oturdum ve bahtiyar oldum! Kemiklerimi, içimi, yüreğimi ısıttım. Kaburgalarımı henüz zorlamıyorduk; öksürüp hapşırırken, sert hamleler yaparken canım yanıyordu ama bacaklarım çabuk güç kazandılar. Başımdaki sargılar alındı. Kaza gecesi kesilen saçlarım kirpi dikenleri gibi yeniden uzamaya başlamış bile. Daha da toparlanacaktım, güçlenecektim, biliyordum ama hastaneye girişimden itibaren bahçeye ilk çıkarılışıma kadar kaç gün geçti, ne ben sordum ne de onlar söylediler. Onlar, yani doktorlar ve hemşire takımı çok çabuk toparlandığımı söylüyorlardı ama ben kendimi sanki bu binada doğmuş ve hep bu koridorlarda yaşamışım gibi hissediyordum. Hatırlamamaya karar verdiğimden beri, ilerisini de hiç düşünmüyordum. Buradaki misafirliğimin sona ereceği günü sürekli uzaklaştırıyordum kafamdan. İyileşmeye çabalarken, bir yandan da barınma endişeleriyle başa çıkamazdım çünkü.

Birkaç gün sonra başhemşire elinde poşetlerle geldi, içlerinden çıkardığı iç çamaşırlarını, birkaç tişörtü, kırmızı hırkayı ve blucini yatağımın üzerine dizdi.

"Hastane giysilerinden kurtulmanın vakti geldi Gizem. Önce güzel bir banyo yapacaksın, saçlarını da yıkayacağız, sonra da bunları giyeceksin!" dedi.

Pınar yardım etti, duş kabinine koydukları alçak tabureye oturdum. Şırıl şırıl akan suyun sesi, sabun ve şampuan kokusu. Ohh mis!.. Mordan sarı-yeşile dönüşmekte olan eziklerimi, çürüklerimi hırpalamadan, yumuşak dokunuşlarla sabunladı, duruladı, kuruladı beni Pınar. Üzerime sinmiş Batticon, merhem, ilaç kokuları gitti. Keşke bir şişe de kolonya alsalarmış bana, diye geçirdim içimden. Odamda yeni çamaşırlarımı, giysilerimi giydim. Pantolon bol geldi ama ne gam! Kirpi saçlarımı kurutma makinesiyle kuruttuk. Eser Hemşire bir rujla rimel getirdi. Ellerim titrediği için, ruju dudaklarıma, rimeli kirpiklerime Pınar sürdü. Alıcı gözle baktım kendime. Eski halime gelmeye daha çok vardı ama nihayet bir insana hatta bir kadına benziyordum.

Çekinerek sordum, "Bu eşyaları kim ödedi. Çantamda cüzdanımı mı bulmuşlar?"

"Çantanı bulmuş olsalar en azından içinden bir banka kartın çıkar, kimliğin çoktan saptanırdı. Sen kafanı bunlara yorma, sadece kim olduğunu hatırlamaya çalış!"

"Bir çantam olmalı ama... insan çantasız gezmez, öyle değil mi?"

"Çanta yokmuş... herhalde çalındı kaza esnasında."

"Ceplerimden de mi bir şey çıkmadı... para... kimlik?.."

"Kaza yeri civarındaki belediye işçileri seferber oldu, çantanı bulmak için her yeri taradılar, çöpleri bile... netice sıfır!"

"Peki, şimdi ben kime borçluyum bu giydiklerimi?"

"Kimseye. Aramızda havuz yaptık, pazardan sana bir şeyler aldık. Takma kafana," dedi Eser Hemşire.

Teşekkür ettim. Tüm kalbimle.

"Haydi," dedi Pınar Hemşire, "Başhekimim odasında seni bekliyor. Gir koluma da gidelim."

İçeri girdik. Doktor Cemil yerinden kalktı, ellerimi avuçlarına aldı.

"Buradaki misafirliğin bitti Gizem," dedi. "Sana bundan sonra bizim yapabileceğimiz hiçbir şey yok. Bu yüzden seni çok güzel bir yere naklediyoruz."

"Nereye?"

"Öyle korku dolu gözlerle bakma. Senin iyiliğin için... hatırlamana yardımcı olacak doktorların ve tedavi yöntemlerinin olduğu güzel ve özel bir kliniğe. Çok şanslısın, sahibi benim yakın arkadaşımdır. Durumunu anlattım, seni bir müddet Orhan Hoca misafir edecek. Hafızan yerine gelince ki, bence çok yakındır..."

Sözünü kestim, "Ama ben nasıl... yani özel bir kliniği ben nasıl..."
"Sen sadece hatırlamaya odaklan. Başka şey düşünme!"

Öyle de yaptım. Zaten başka ne yapabilirdim ki... Çok alıştığım Pınar ve Eser Hemşirelerden, Cemil Doktor'dan ayrılmam kolay olmayacaktı ama buradaki günlerim dolmuştu.

Koğuşa döndüm, yattığım bölümdeki hastalarla, doktorlarla, hastabakıcılarla, hademelerle vedalaştım. Pınar ve Eser beni bir aracın beklediği ön kapıya kadar götürdüler. Klor kokulu koridoru dahi özlemekten korkarak, aralarında sendeleyerek gittim kapıya kadar. Üzerimde onların hediye ettikleri giysiler, elimdeki poşette geceliğim, terliklerim, yüz temizliği malzemelerim vardı. Diş macunumu ve kremimi yine onlar almıştı bana. Onlara sımsıkı sarıldım. Beni kapının önünde beni bekleyen aracın arka koltuğuna oturttular. Cemil Hoca geldi, şoför mahalline geçti.
"Ben yanınıza geleyim hocam," dedim.
"Yok, sen kemerini bağla ve arkada kal. Arka koltuklar her zaman daha emniyetlidir," dedi. Kızlar bana el sallarlarken hareket ettik. Dönüp bakmak istedim ama hem o hareketi henüz kolayca yapamıyordum, hem de emniyet kemeri dönmeme izin vermiyordu. Cemil Hoca arabayı çok yavaş ve dikkatli sürdü, İstanbul'u baştan başa geçtik ve bir saat kadar sonra, yeni evime, yani Ormed Kliniği'ne ulaştık.

Kliniğe vardığımızda bizi kapıda Sevda adındaki sarışın kadın karşıladı. Cemil Hoca, kadının ısrarlı kahve ikramını geri çevirdi. Beni teslim edeceği Orhan Hoca bir kongreye katıldığı için o sırada orada değildi. Sözünü ettikleri doktoru hastanedeyken bir iki kere Cemil Hoca'nın yanında görüşmüştüm. Hoş bir insana benziyordu. Ama kendi eşlik edeceğine, beni getir götür işlerini yapan Seyfi ile odama yollayan Sevda'ya içim hiç ısınmadı.

Odama yerleştikten sonra, aşağıya indiğimde, kliniğin giriş katını işte bu Sevda gezdirdi bana. Yemekler mutfağın yanındaki camekânlı, kış bahçesinde yeniyormuş. Bazıları yemeklerini odalarında yemeyi tercih ediyorlarmış. Bu durumda yemekleri tepsilerin içinde odalarına Seyfi taşırmış.

Akşam yemeğinde Sevda ile aynı masaya oturmuştuk. Hiç durmadan konuşuyor, sürüyle soru soruyordu. Geveze ve meraklıydı. Karşı masada mahzun bakışlı, çok az konuşan yaşlı bir bey vardı, sanki Sevda ondan biraz çekiniyordu, sesi yükseldikçe ona bir göz atıp sesini ayarlıyordu. Bir başka masada ise elleri titreyen bir kızla orta yaşlı bir kadın, aralarında hiç konuşmadan yemeklerini yiyorlardı. Bir ara kara gözlü zayıf bir genç kız gelip onların masasına ilişti. Yemek odasında on iki kişiydik ama hiçbirini yakından tanımak gelmiyordu içimden. Dertleri neydi, neden buradaydılar, beni ilgilendirmiyordu. Kalabalığın içinde yalnızlık, tam da böyle bir şeydi demek ki!

Günün sonunda nihayet yatağıma yattığımda, geride bıraktığım dostlarımı daha ilk geceden özlediğimi fark ettim. Burada bana kol kanat geren bir Pınar'ım, bir Eser'im yoktu... ne de şakacı ve sevecen Cemil Doktor'um... Ama şikâyete de hakkım yoktu çünkü burası hastaneye kıyasla çok daha lüks bir mekândı, yemekleri hastane yemeklerinden daha lezzetli, odaları çok daha ferah, aydınlık ve temizdi. Hasta sayısı ise çok azdı.

* * *

Asiye geri geldi. İki kupayı tepeleme doldurmuş, birer de limon dilimi atmış ıhlamurlara. Oda mis gibi koktu.

"İç abla, iyi gelir. Sakinleştirir," diyerek kupalardan birini bana uzattı.

Bir iki yudum içtim. İçim ısındı.

"Sen buraya nasıl düştün abla?"

"Hastanedeki doktorum aracı olmuş, buraya naklettiler, sakin bir ortamda olmak hafızamı yeniden kazanmama yardımcı olur diye."

"Kusura bakma da, üstün başın... pek değişmiyor... kazada üstünde olanları mı giyiyorsun hep?"

Güldüm, "Hayır, hastanede hemşireler aralarında para toplayıp aldılar bir iki parça... Ha, bir de ben burada resepsiyonda telefona bakıyorum, randevuları tanzim ediyorum ya, bir avans verdi Orhan Hoca, Nimet de bana pazardan bir iki parça giysi ve çamaşır daha alıverdi."

"Hay Allah! Ben amcama söyleyip getirteyim mi sana bir iki şey?"

"Gerek yok Asiye. Dışarı çıkmıyorum ki!"

Karşılıklı ıhlamurlarımızı içtik.

"Ee, anlatıyordun. Sonra ne oldu?"

"Bildiğimi anlattım işte. Devlet hastanesinden buraya nakledildim... hepsi bu."

"Kimden kaçtığını bilmiyorsun yani?"

"Henüz bilmiyorum."

"IŞİD'i duydun mu? Eminim ondan kaçıyorsun sen de."

"Neymiş o?"

"Çok kötü bir örgüt. Bizim bulaştığımız... işte..."

"Asiye, madem sen hatırlıyorsun her şeyi, asıl sen bana anlat nasıl kurtulduğunu."

"Abla... anlatırdım da... söylemesem... Çok tembihliyim..."

"Sen bilirsin."

Anlıyordum onu, hem anlatmak, paylaşmak, içini dökmek istiyordu hem de ödü patlıyordu konuşmaktan. Asiye'yi benden daha iyi kim anlayabilirdi ki!

"Belki sen de hatırlıyorsun da, korkudan söylemiyorsundur. Anlarım yani," demez mi bana! Gülümsedim,

"Yok ben sahiden hatırlamıyorum Asiye. Ama hatırlarsam, sana söyleyeceğim, söz," dedim.

"Ben de sana sadece şu kadarını diyeyim, amcam beni köle pazarında paramı ödeyip satın aldı da memlekete öyle dönebildim. Başka da sorma, e mi!"

"Amcan Suriye'ye mi geldi?"

"Evet abla. Öğrenmişler işte, arayıp bulmuşlar beni. Buraya da amcam koydu beni, hem tedavi göreyim hem de gözden uzak olayım diye."

Yerimden kalkıp yanına gittim kızın, yatağına oturup sımsıkı sarıldım ona, kıvırcık siyah saçlarını okşadım. Öyle sarmaş dolaş, birlikte yavaşça sallanmaya başladık. Gözlerimizden yaşlar akıyordu, her ikimiz de sessizce kendi kaderlerimize ağlıyorduk.

Sonra ben çözdüm kollarımı, gözlerinin içine baktım,

"Sana bir şey soracağım Asiye," dedim. "Bir tek sana güvenebilirim bu klinikte... eğer sende bir telefon varsa, kullanmak isteyecektim."

Hiçbir şey söylemedi. Yutkundu.

"Asiye, bir yere telefon etmeliyim ama kliniğin telefonunu kullanamam... Sen anlarsın neden kullanamayacağımı... Sen de aynı yoldan geçmişsin... Anlattın ya bana..."

"Yok, ben her şeyi anlatmadım abla... ama..."

"Öyle korkuyla bakma, hiç kimseye söylemem sırrını. Ben de benzer bir durumdayım. Ben de sana fazla açılamam. Telefonunu ver, tehlikeli bir yeri aramayacağım, bir yakınımı arayacağım. Sesini duyar duymaz kapatacağım, yeter ki evinde olduğunu bileyim... Evinde olduğunu bilirsem, o eve ulaşmayı denerim. Anladın mı?"

"Benim telefonum yok ki..."

"Belki vardır gizlediğin bir telefonun diye düşünmüştüm. Neyse, o zaman, gideyim ben. Odana geldiğim de aramızda kalsın... Dur ama, aramızda kalamaz, koridorda kamera vardır. Soran olursa, ben onu ziyarete gitmiştim, karşılığında o da beni ziyarete geldi dersin, e mi!"

"Olur."

"Ihlamura teşekkür ederim. İyi geldi."

Kapıya yürüdüm. Tam çıkarken, "Bir dakika abla," dedi, "ölümü öp kimseye söyleme... bir telefonum var benim."

Elim kapının tokmağında durdum, kalbim deli gibi çarpmaya başladı.

Asiye banyosuna girdi, kapıyı kapattı. Bekledim. Dışarı çıktığında yanıma geldi, bir telefon uzattı bana.

"Banyodaki kaloriferin arkasına saklıyorum. Çok az kullanıyorum. Amcam verdi onu aramam için... yoksa yasak yani telefon."

"Kimseye söyler miyim hiç! Zaten şimdi artık suç ortağı da olduk, seni dünyada ele vermem. Hem o zaman benim de telefonu kullandığım ortaya çıkar, öyle değil mi?"

"Evet öyle," dedi.

Telefonunu amcasının verdiğine pek inanmadım ama uzattığı telefonu aldım ve çok iyi bildiğim numarayı tuşladım.

"Biri geliverir filan... tuvalete gir, kapıyı kapat," dedi Asiye.

Öyle yaptım. Telefon çaldı, çaldı, çaldı, çaldı ve sonunda sustu. Bir daha aradım. Yine cevap vermedi. Bu saatte cevap vermemesine imkân yoktu. Evde nasıl kimse olmaz?! Bir daha denedim. Bir daha... bir daha... Yüzüm düştü. Çıktım tuvaletten.

"Ne oldu abla? Aradığın yanıt vermiyor mu?" diye sordu Asiye.

"Vermiyor."

"Belki sokaktadır."

"Bu saatte sokağa çıkmaz."
"Belki uyumuştur."
"Bu saatte yatmaz da."
"Merak mı ettin?"
"Çok merak ettim."
"Sevgilin miydi?"
Gülümsedim. "Senin dediğin anlamda sevgilim değil ama çok sevdiğim biri."
"Daha sonra yine ararsın. Ben şarja koyacağım yatmadan. Şarjı dolmadan uyumuyorum. İki saatte doluyor, hemen saklıyorum yine. Uykumda kâbus görürsem bağırıyorum ya, odaya dalıyorlar... bir keresinde az daha yakalanıyordum. Zor sakladım yorganın altına."
"Kapını kilitlemiyor musun?" diye sordum.
"Kilitlemek yasak. Uykusunda bağıran filan olursa geliyorlar ya, zaten bir de gece kontrolleri var..."
Doğru söylüyordu, benim odamın da yoktu anahtarı. İlk geldiğimde istemiştim ama kimse bir anahtar getirmeyince, soyunurken sandalyemi kapı kulpuna dayayarak çözmüştüm sorunu. Teşekkür ettim Asiye'ye.
"Sabah bir ara yine deneriz," dedi.
"Sağ ol canım," dedim. Çıktım odadan.
Merdivenlere doğru yürürken bin bir tilki dolaşıyordu kafamda. Neden cevap vermiyor bu telefon, neden? Bana bir şey söylendi de hatırlayamıyor muyum yoksa? Birkaç karanlık nokta daha var ya kafamda... özellikle de kaza gecesine dair, yoksa bu da o henüz bilinmezlerden biri mi? Ben, bana yanıt vermeyen telefonun esrarını, yarın ya da en geç öbür gün açığa çıkacak kimliğimden önce öğrenmeliydim. Ama nasıl? Nasıl Tanrım, nasıl?

Kliniğin bomboş koridorlarında, defalarca bir aşağı bir yukarı yürüdüm ve sonunda dayanamayıp Sevda'nın masasında duran telefona doğru gittim. Cebimde Doktor Orhan'ın bana verdiği numara vardı. Numarayı buldum ve çevirdim. Çaldı, çaldı... belki de yatmış uyuyordu adam, tam umudumu yitirirken açıldı telefon. Diğer uçta doktorun sesini duydum.

"Hocam affedin bu saatte aradığım için... Geç de olsa, aklına bir şey gelirse beni ara demiştiniz ya," diye kekeledim.

"Aklına bir şey mi geldi?" dedi, sesini zor duyuyordum. Kim bilir belki de bu saatte uyandırmak istemediği biri uyuyordu yanında... bir kadın... sevgilisi... Aman Allahım, ya sevişmelerini böldümse! Ama olan olmuştu, rahatsız etmiştim adamı bir kere, artık geri dönemezdim.

"Evet... sizi hemen görmem lazım," dedim ve bari sonuna kadar gideyim diye düşündüm, çünkü başka çarem yoktu, beni oraya ancak o götürebilirdi...

"Bir de hocam... şey... beni bir yere götürebilir misiniz acaba?" diye sordum.

"Nereye?"

"Evime."

"Kapatma telefonu, bekle..."

Orhan Hoca, biriyle bir şeyler konuşuyordu... Sesi uzaktan ve boğuk geliyordu, anlayamıyordum dediklerini. Biraz uzunca sürdü ama bana kapatma dediği için bekledim.

Nihayet, "Orada mısın Gizem?" diye sordu.

"Bekle dediniz ya... bekliyorum."

"İyi. Bak ben yola çıkıyorum şimdi. Bu saatte trafik azalmıştır artık, yirmi dakikada gelirim. Sen hazırlan. Ön kapıyı kullanma, hastalara filan, kimseye gözükme, mutfak kapısından çık... Gizem, mutfak kapısını açmak için, kapının solundaki dolabın dibinde kırmızı bir düğme var. Ona basınca kapı açılır ama hemen çıkman lazım, otomatik olarak kapanır çünkü. Arka bahçede çöpleri dışarı bıraktığımız kapı var ya, işte o kapının önünde bekle. Ben gece bekçisine haber vereceğim, açacak sana kapıyı. Dışarı çıkınca, sola doğru az yürü, bir eczane vardır orada, önünde bekle beni. Dur, dur... kapatma Gizem, kafanı ört, sokakta hiç kimseyle konuşma."

"Şey... tamam da... gecikmezsiniz değil mi?"

Kapandı telefon.

Dörtnala odama koştum, başıma saracağım şalı almak için. Dananın kuyruğu bu gece kopacaktı!

DR. CEMİL BOSTANCIGİL

Ameliyattan çıktıktan sonra yıkanıp üzerimi değiştirdim, cep telefonumu aktif hale getirdim ve gelen aramalara baktım. Cansu aramış, yarın sabah ameliyata girecek olan hastanın eşi aramış, bankamdan aramışlar, Orhan iki kez aramış ve bir de mesaj bırakmış...

Canım sıkıldı!

İşin bitince beni ara. Konuşmamız lazım!

Korktuğum başıma geldi işte! Bir küfür fırladı ağzımdan... Allah kahretsin, dedim, ben beladan kaçtıkça, bela gelip beni buluyor!

Hayır demesini bilmeyen bir salaktım madem, katlanacaktım sonuçlarına. Bugünü ne zamandır beklemiyor muydum zaten! Orhan'ın bir gün hesap soracağı kesindi ve işte o gün geldi! "Kim bu polisle derdi olan, başıma sardığın karı mı diyecek? Ne halt ettin sen?" diye mi atarlanacak?

Yok, çok kibardır arkadaşım, daha nazikçe sorar.

Nasıl sorarsa sorsun, bir yanıt bekleyecek benden. E, ne anlatacağım Orhan'a? Ben ne biliyorum ki ona anlatayım! Onu işine alet eden Ferdi artık yurtdışında! Toz olmuş herif! Kaçtı mı, saklanıyor mu belli değil. Kimse nerede olduğunu bilmiyor. Mümkünse ara da bul!

Elimdeki telefonu evirdim, çevirdim, kaçış olmadığını biliyordum ama bir çıkış yolu aradım ve sonunda attım mesajımı: "*Ameliyattan çıktım. Çok yorgunum. Üstelik uğrayıp oğlanı alacağım anasından, birkaç gün bende kalacak. Acil mi?*"

Karşı mesaj anında geldi.

"*Acil. Akşam yedide bende ol. Oğlanı getirme, konuşacağız.*"

Ne anlayışsız herifin teki oldu bu Orhan be! Yaşlandıkça huyu suyu değişiyor adamın. Suçumu bilmesem asla kabul etmezdim ama çaresiz, yanıt yazdım: "*Kliniğe mi geleyim?*"

"*Eve gel!*"

Kaçarı yoktu bu işin. Cansu'ya telefon edip oğlana akşam yemeğini yedirmesini söylediğimde, kim bilir ne dırdır dinleyecektim!

Dırdırı göze aldım. Madem bıçak kemiğe dayanmıştı, Orhan'a olduğu gibi anlatacaktım her şeyi!

"*Evde içkin var mı, getireyim mi?*" diye bir mesaj daha attım, ihtiyacım olan cesareti alkolden almak için.

"*Sadece kendini getir.*"

"*Ekocan'ı anasından en geç saat onda almış olmalıyım.*"

"*Vaktinde gelirsen, alırsın!*"

Önce Cansu'yu aradım, hastanede acil bir ameliyatın çıktığını, oğlanı akşam yemeğinden sonra alacağımı söyledim. Homurdanınca "Ne yapayım, hastayı ameliyat masasında mı bırakaydım," diye çattım. Sonra hastanenin garajına indim, arabamı bıraktığım yere yürüdüm. Bindim, arabayı çalıştırdım, iki dakika sonra İstanbul'un korkunç trafiğinde sağa sola küfür ederek direksiyon sallıyordum.

Tanrım, şoför olmak da varmış şu şehirde! Allah korumuş da olmamışım! Hekimlikten bile zor bir işti, tüm sürücülerin direksiyon başına geçer geçmez çıldırdığı trafikte araba sürmek! Şansım varmış da tıp fakültesine girebilmişim... şansım ve Ekrem Bey Amcam... yani Orhan'ın profesör babası!

Hoş, Ekrem Bey'siz de doktor olurdum da... yok, nankörlük etmek istemem, daha yedi yaşındayken ilkokulda yolum Orhan'la kesişmese ufkum genişlemez, tıp fakültesine girmeyi hayal dahi etmezdim. Ben de Ferdi gibi polis teşkilatında komiser olurdum. Ya da daha büyük oynayıp Mülkiye'ye girer, önce kaymakam sonra da vali olurdum. Valilikten politikaya atılır... kim bilir belki de bakan, başbakan olurdum! Aman istemez! Bu memlekette siyasete girenin kellesi hep koltuğunun altındadır, eksik olsun siyaset!

İyiydi cerrah olmak!

Orhan'a yediğim haltı nasıl söyleyeceğimi kafamda evirip çevirerek devam ettim yoluma. Korkunç bir trafik vardı. En fazla yirmi dakika sürecek mesafeyi bir misli zamanda zor kat edip Orhan'ın evinin önüne park ettiğimde, konuşacak halim kalmamıştı. Son küfrü de savurup çıktım arabadan.

Oh be! Küfür etmek hep rahatlatmıştır beni!

Böyle yapıyor insanı işte bu şehir... stresli ve küfürbaz!

Arkadaşımın evine vardığında, Orhan şarabı çoktan açmış, tek başına içmeye başlamıştı bile. Hafif çakırkeyifti. Kanepenin önündeki sehpanın üzerinde henüz açılmamış pizza kutusu duruyordu. Kutuyu açtı, ama bana ikrama gerek görmeden, damardan girdi söze.

"Cemil, kim bu kız?" diye sordu.

Hangi kız olduğunu bildiğim halde, "Hangi kız?" diye sordum.

"Gizem. Bu kız bence çok şeyi hatırlıyor ama numara yapıyor. Hakkında ne biliyorsan anlat. Madem beni de bulaştırdın bu işe, ne olup bittiğini öğrenmeye hakkım var."

Bir süre hiç sesim çıkmadı. Sonra, uzanıp sehpanın üzerindeki şişeden kadehe doldurup birkaç yudum içtim, rahatlamak niyetiyle. Farkındaydım, bir şey olmuş. Ama ne?

Boğazımı temizlemek için öksürdüm, kaşlarım havada biraz daha bekledim ve nihayet konuştum.

"Haklısın arkadaşım! Ne desen haklısın! Ben bu işin bu kadar uzayacağını tahmin edemedim. Kız ya hemen hafızasına kavuşacak ya da ailesi ona sahip çıkacak ve başından gidecek sanmıştım."

"Benim şikâyetim kızın klinikte kalmasıyla ilgili değil. Hastalara açmadığımız boş odaya koyduk onu, yani klinikte kalmasını hiç dert etmiyorum. Ama söyle bana Cemil, kim bu kız? Kimden saklanıyor? Yarın öbür gün polisle başımı derde sokmadan, bana her şeyi anlat ki..."

"Tamam, tamam! Ne biliyorsam anlatacağım ama benim de bilgim kısıtlı..."

"Dinliyorum."

"İzin ver de soğumadan pizzadan bir ısırık alayım. Bence sen de ye, çünkü sonra kayışa döner, yenmez!"

Uzanıp birer pizza dilimi aldık. Bir lokma ısırıp yavaştan çiğnemeye başladım.

"E, anlat haydi!" dedi Orhan. Kendi pizzasını ısırmamıştı bile.

"Geçen yılın son günlerinde olmalı... AVM'nin birinde benim oğlan ve yeğenlerle yılbaşı hediyeleri almış yürüyorduk... Ferdi aradı beni... şu benim kuzen, hani şeydeki... anladın işte..."

"Teşkilattaki mi?"

"Hıı, o! Elim kolum doluydu, telefonu açamadım. Geri aramayı da unutmuşum. Aynı akşam, gece yarısı uykumdan uyandırdı, sabahtan beri arıyorum, niye dönmedin diye bana posta koyuyor. Ulan serseri, sabahın köründe ameliyata girecek adam bu saatte uyandırılır mı hiç, diye ben de terslendim. Konuşmamız lazımmış. Acilmiş. Konuşuyoruz ya, dedim. Baş başa, dedi. Neden, bana sevgi sözleri mi fısıldayacaksın? diye sordum. Cıvıkmışım ben, bir kere de ciddiye alsaymışım lafını. Tamam, ne söyleyeceksen söyle, dedim. Telefonda olmazmış, sabah evime uğrayacakmış. Saat yedide ameliyatım var dedik ya, sen geldiğinde hâlâ ameliyatta olabilirim, dedim. O halde, ameliyattan çıkar çıkmaz ara beni, tamam mı, dedi. Yahu merakta bırakma insanı, yoksa anneme bir şey mi oldu, diye sordum. Aileden herkes sapasağlam ayaktaymış, benimle özel bir şey konuşacakmış.

"Evleniyor musun yoksa lan sen, dedim. Saçmalama abi, haydi görüşürüz, dedi ve kapadı..."

"Bak Cemil," dedi Orhan, "peşrevi geç, sadede gel!"

"Tam olduğu gibi anlatayım da, suçsuz olduğumu anla..."

"Sadede gel dedim!"

Orhan'ın göstereceği tepkiyi ertelemek için lafı dolandırıyordum ama ok yaydan çıkmıştı artık.

Derin bir nefes aldım, "Pekala! Ferdi, ertesi gün ameliyattan çıktığımda karşımdaydı. Ben onu aramadan gelmiş, beklemiş beni. Pat diye girdi konuya. Bana yardım etmen lazım abi, dedi. Senin bölümde bir kız yatıyor... yahu şu trafik kazası geçiren kız var ya, başından ameliyat ettiğin hani... Ameliyat etmedim, dedim ben, sadece ponksiyon... Lafımı kesti, her neyse işte, onunla ilgili konuşmak istiyorum seninle, dedi. Ha, onu mu soruyorsun, yaşayacak merak etme, dedim. Baktım sinirli sinirli ellerini ovuşturuyor, manitan mı yoksa o kız? Özel bakımını ihtimamla yaparız kardeşim, rahat ol sen, dedim. Abi, bir kerecik ciddi ol be! dedi..."

"Uzatma Cemil!" Orhan da nihayet ısırdı pizzasını.

"Ferdi, 'o kızın kimliğini saklamak icap ediyor, anladın mı,' dedi bana. O zaman işte, bende şafak attı."

Orhan'ın da renginin attığını gördüm. Isırdığı pizzayı kutuya geri bıraktı arkadaşım.

"Anlamadım... ne diyorsun sen?" dedi, bana doğru eğilerek.

Bir an nefeslendim... Gerisini de anlatacaktım da gücüm yoktu buna! Sana asıl söylemem gerekeni senden sakladım nasıl derim!

Ferdi'yle yaptığım konuşmanın tamamı, daha demin yapılmış gibi gözümün önündeydi. Mimiklerine kadar hatırlıyordum Ferdi'nin yüzünü. Boynunda bir damar atıyordu kuzenimin. Kızın kimliğini saklamaları icap ediyormuş... Doğru mu duydum? Ben de Orhan'ın sorduğu soruyu sormuştum, "Anlamadım, ne diyorsun sen?" demiştim Ferdi'ye. Ferdi ayağa kalkmış, oturduğum koltuğa yanaşmış, eğilmişti bana doğru.

"Şöyle abi; bu kızın kim olduğu bilinmemeli," demişti.

"Bilinmiyor zaten. Kızın üzerinden hiçbir kimlik çıkmamış."

"İşte o yüzden, kaza gecesi parmak izini almış polis. Kimliğini öğrenmişler. Bu bilgi benim önüme geldi. Parmak izini yok ettik. Kızın kimliğini teşkilatta benim grubum dışında kimse bilmemeli, yoksa kızı haklarlar."

"Sana ne elin kızından! Tanımıyorsan, sana ne?"

"O kızda var olduğunu düşündüğümüz bilgiye ulaşmam şart."

"Neden?"

"Memleket meselesi. Daha fazla söyleyemem abi. Sorma lütfen."

O anın bir rüya olduğuna inanırcasına gözlerimi kırpıştırıp durmuştum ama sonunda istediğini de yapmıştım Ferdi'nin. Şimdi bütün bunları nasıl anlatacaktım Orhan'a. Arkadaşım karşımda yay gibi gerilmiş, gözleri gözlerime dikili, bekliyordu. Yine derin bir nefes alıp Yaradan'a sığındım ve bir nefeste Ferdi ile aramızda geçen konuşmayı olduğu gibi anlattım.

Oh be! Sırtımdan bin ton yük inmiş gibi hafifledim!

"İnanmıyorum sana! Ulan sen nasıl girdin bu işe, Cemil! Sen doktorsun be!" dedi Orhan.

"Ben de aynı senin gibi şaşırıp kalmıştım Orhan. Yahu ben doktorum, polis değilim ki, demiştim. Bulaştırma beni bu işlere, en iyisi hiçbir şey duymamış, bilmemiş olayım, demiştim. Senin bir doktor olarak işin hayat kurtarmak değil mi, diye sordu bana Ferdi. Ben elbette, deyince o zaman üstüne düşeni yap, dedi."

"Neymiş üstüne düşen?" diye sordu Orhan.

"Ferdi kızın parmak izini karakolda yok etmişti ya, benden bir kere daha alınmasını önlemem için bir şeyler yapmamı istiyordu. Casus mu bu kız, diye sordum. Değilmiş. Kız tamamen masummuş, neye bulaştığının farkında bile değilmiş. Onu kurye olarak kullanmışlar."

"Kim kullanmış?"

"Anladığım kadarıyla sevgilisi... Beni bulaştırma dedim ama Ferdi bu kez de duygusal şantaja başladı. Ne de olsa kardeş çocuklarıyız, kardeş sayılırız diye yalvardı ve kız için, 'Üstelik o senin bir meslektaşın,' demez mi! Doğru veya yalan, orasını bilemem... Ben yine de direndim Orhan, inan ki direndim... ama bir yere kadar. İşte... sonunda ikna etti beni."

"Bu işe karışman, kız masum da olsa hata! Büyük hata!"

"Ne yapaydım Orhan? Gencecik kız, bir kazaya daha mı kurban gitseydi?"

"Gitmiş zaten kazaya kurban! Ne karışıyorsun elin kızına!"

"Kız birinciyi ucuz atlatmış, ikinci teşebbüste şansı yok, kesin öldürülür, dedi bana Ferdi... Neyse, kızın parmak izinin yeniden alınmasını önleyecek bir formül buldum. Hemen koştum, parmaklarında ezilme var diye kızın ellerini sarıp sarmaladım. Kız o sırada zaten yarı uyku halindeydi, itiraz edecek hali yoktu. Polis tekrar geldiğinde, parmak izi alamadı. Resmini de çekememişlerdi zaten, yüzü şişmiş, davul gibi olmuştu... İşte arkadaşım, ben bu boklu işe böyle bulaştım!"

"Sadece kendini değil, beni de bulaştırdın Allahın belası! Kızı kendi koğuşundan çıkarıp benim kliniğime yollayarak sorumluluğu bana attın. Allah seni ne etsin, Cemil! Ne bok yemeye girdin bu işe be!"

"E bir Hipokrat yeminimiz var bizim, öyle değil mi?"

"Sikerim Hipokrat'ını!" dedi Orhan. "Kızı kliniğime gazlarken anlatmalıydın bunları. Kararı bana bırakmalıydın!"

"Kusura kalma kardeşim, haklısın ama başın derde girerse, sen de topu bana atarsın. 'Arkadaşım rica etti, ben de çaresiz kabul ettim,' dersin... Neticede bir hasta kız var ortada, e biz de hekimiz birader, eşek değiliz ki."

"Hem de ne eşek!" dedi Orhan, "Şeddeli eşeğiz, ben sana kandığım için, sen de..."

Tam o anda telefonu çalmaya başlayınca Orhan'ın lafı yarım kaldı.

Telefonunu sesini kısmak için cebinden çıkarttı, önce, "Keseyim şunun sesini..." dedi, sonra arayanı görüp, "Klinikten arıyorlar, bir dakika..." dedi bana. Telefon elinde, fısır fısır konuşarak hole yürüdü ve hemen geri geldi. "Benim hastalardan biri... yine bir krize girmiş... hemen gitmem lazım şimdi. Bu konuşmayı yarın tamamlayalım, olur mu?" diye sordu.

Olmaz olur mu! Hem de harika olur! Hangi hastaysan, beni Orhan'dan bu kadar çabuk kurtardığın için, Allah senden razı olsun, diye geçirdim içimden.

"Elbette," dedim, "haydi gel çıkalım birlikte, ben oğlanı alayım anasından... Seni gideceğin yere bırakayım mı?"

"Ben kendi arabamla giderim... Dönüşü de var."

Kalktık, portmantodan kaptığımız montlarımızı her ikimiz de merdivenleri inerken giydik.

Dış kapının önünde ayrılırken "Benden bu kadar ucuz kurtulacağını sanma sakın," dedi Orhan bana, "seninle işim bitmedi henüz! Daha konuşacaklarımız var!"

İlk darbeyi ucuz atlattım ya, gerisi kolay diye düşünerek arabama yürüdüm. Çoğu kez dört ayağımın üstüne düşerim ben, şanslı herifimdir!

GİZEM'İN ESRARI

Bu kliniğe adım attığımdan beri ilk kez bahçenin dışına çıkıyordum. Ve arabayla buraya getirilişim hariç, kazadan beri ilk kez bir sokakta, kimsenin koluna girmeden yürüyordum. Heyecandan mı, korkudan mı yoksa soğuktan mı bilemiyordum ama dizlerim titriyordu. Allah gerçekten korumuştu beni, bin parça olabilirdim, felçli kalabilirdim, ölebilirdim de! Çatlak kaburgalarla, ezik büzüklerle, bir de kısa süreli bir hafıza kaybıyla resmen ucuz atlatmıştım!

Hava serindi, Nimet'in geçenlerde üşüdüğüm için verdiği yün şalı başımdan aşırıp sıkıca bürünmüştüm ama akşam ayazında kâfi ısıtmıyordu el örgüsü yün, bu yüzden dizlerim gibi içim de titriyordu. Kalbimin sesini duyuyordum... Sanki kalbim sadece göğsümde değil, tüm vücudumda, kollarımda, karnımda, parmak uçlarımda da atıyordu.

Bekçinin açtığı kapıdan dışarı süzüldükten sonra, eczanenin önüne yürümeden önce bir an bahçe duvarına dayandım, gücümü topladım. Sonra gözlerim hep yerde, hızlı adımlarla yürüdüm. Ne fazla araba ne insan vardı sokakta. O soğukta neyse ki çok beklemedim. Orhan Hoca'nın olduğunu umduğum bir araba bana yaklaşırken yavaşladı, kaldırıma yanaştı ve tam önümde durdu. Kaldırım tarafındaki camı indirip, "Gir," dedi sürücüsü. Arabanın önünden dolandım, uzanıp kapıyı açtı, yanındaki koltuğa oturdum.

"Kemerini bağla!"

Bağladım.

"Evin nerde?"

Adresi söyledim. Arabayı çalıştırdı, yola düzüldük ve anacaddeye çıkana kadar ikimiz de konuşmadık.

Sonra Orhan Doktor, "Bana adını lütfeder misin?" dedi nezaketine ters düşen emredici bir tonda.

"Gizem."

"Gerçek adın da mı Gizem?"

"Bir süre daha Gizem'im. Lütfen hocam."

"Bak Gizem, müsait bir yer bulduğumda duracağım ve sen bana baştan sona her şeyi anlatacaksın. Orada bizi bir dinleyen, duyan olur diye klinikte konuşmak istemedim. İnsanlar çok meraklı oluyor... biliyorsun, uykusu kaçanlar geceleri mutfağa, salona filan da iniyor. Şimdi, seni nereye götürüyorsam, oraya varmadan bana her şeyi anlat. Yoksa..."

"Yoksa yol ortasında beni indirir misiniz?"

"Kliniğe geri götürürüm ve sonra... neydi o komiserin adı... Ferdi miydi? Ona teslim ederim."

"Yok, başkaydı adı. Vural... Varol... öyle bir isimdi, bugün beni görmeye geleninki."

"Her neyse! İyi düşün Gizem. Ciddiyim."

Aaa, adam resmen beni tehdit ediyor diye geçirdim içimden, halbuki ben onun bende gönlü var sanıyordum.

"Pekala, anlatacağım," dedim.

Barbaros Bulvarı'ndan aşağı iniyorduk o sırada. Ihlamur Kasrı'na inen yokuşa saptı, bir sağ bir sol yaptık ve oralarda nasılsa boş kalmış bir arsanın girişinde durduk. Motoru stop etti, el frenini çekti, sırtını kapıya vererek bana dönük oturdu ve, "Anlat," dedi yine.

"Hocam, evime gidelim önce. Evimi aradım, yanıt gelmedi. Çok merak ediyorum, anneannem çok yaşlı... yalnız başınaysa... lütfen... bir an evvel eve varalım, sonra her şeyi anlatacağım."

Arabayı çalıştırdı. Sessizce oturdum yanında.

"Hafızan aniden mi teşrif etti, bu gece? Tıpkı beklenmedik bir ziyaretçi gibi?"

"Bugün kliniğe o komiser geldi ya, işte o beni sorgularken bir şeyler hatırladım. Yani yoğun bir sisin içinde değilim artık, evimi ailemi hatırlıyorum da... bazı boşluklar hâlâ var. Komiser gittikten sonra evi aradım. Ev yanıt vermedi. Çok telaşlandım hocam."

"Evinin telefon numarasına kadar hatırlıyorsan, bir anda muhteşem bir dönüş yapmış hafızan!"

"Benim hem de kaç kuşaktır yuvam orası, o evde büyüdüm, yaşadım. Nasıl hatırlamam hocam!"

"Komiseri niye aramadın? Herhalde sana numarasını bırakmadan gitmemiştir."

"O zaten yarın yine gelecek. Ama benim içimden sizi aramak geldi, ben sadece size güveniyorum hocam."

"İnsan polise güvenmez mi?"

Hele de polise artık hiç kimse güvenemez diye geçirdim içimden ama sessiz kaldım.

"Başın belada öyle değil mi Gizem?"

"Öyle!"

"Evine varınca tüm hikâyeyi dinlemek istiyorum. Sonra da komiseri ararız birlikte."

Başımı sallamakla yetindim. Fazla konuşmadan yol alıyorduk.

Kısa bir süre sonra, "Söylediğin sokağa Taksim istikametinden giremeyiz, aşağı taraftan nasıl ulaşacağız, tarif et," dedi.

Ettim. Yolun geri kalan kısmında daha da suskundu Orhan Hoca. Ben de süt dökmüş kedi gibi içime kapanmış, oturdum yanında.

Evimin yokuşunu tırmanmaya başlayınca ben arabayı park edebileceğimiz bir yer bulmak için, büzüldüğüm koltukta doğrulup bakındım ama hiç park yeri yoktu. Evimi işaret ettim, önünde durması için. Arabayı evin tam önünde durdurdu.

"Şimdi şöyle yapacağız," dedi bana yine emreden bir ses tonuyla. "Sen gidip kapıyı çalacak, büyükanneni görecek, içini rahatlatıp döneceksin, ben seni arabada bekleyeceğim."

Benim istediğim bu değildi ama itiraz etmedim. İndim, apartmana yürüdüm, bastım bizim dairenin ziline. Açan yok. Zili çaldım, çaldım, çaldım. Sonunda pes edip kapıcı ziline dayandım. Otomatikten kapıcının 'kim o' diye soran uykulu sesi geldi. Adımı söyledim.

Heyecanla, "Küçükhanım! Hoş geldiniz küçükhanım. Anahtarınız yok mu?"

"Yok maalesef."

"Hemen çıkıyorum yukarı, yedek anahtar bende."

Ben zili çalarken, bizim arabanın arkasına bir kamyonet gelmiş, korna çalıp duruyordu. Orhan Hoca arabasını kaldırıma çıkarmış olmasına rağmen, iki araç dar yola yan yana sığamadılar.

Adamcağız camını indirip, "Çabuk gel, bin arabaya," diye seslendi bana.

"Hocam, kapıcı anahtarı getiriyor. Eve girip içeri bakacağım. Siz bir iki tur atıp geri gelin. Ben buradayım, siz gelmeden hiçbir yere gitmem, evde bekliyorum sizi," diye geri seslendim.

"Hayır Gizem, çabuk gel, bin arabaya!"

Tam da o anda kapıcı elinde anahtarla belirdi apartmanın kapısında. Beni görünce birden kendini frenleyemeyip boynuma sarıldı, eline doğduğum Raifçik.

Orta yaşı çoktan aşmış, saçlarına ak düşmüştü ama apartmanın kadim kapıcısı olan dedesinin adını taşıdığı için, apartmandakiler onu doğduğunda Raifçik diye çağırmışlar, bu isim yapışıp kalmıştı üstüne. Yani, Raifçik'le ben kuşaklar boyu bu apartmanın sakini olduğumuz için, uzun bir ayrılıktan sonra birbirimize sarılmamız doğaldı ama kim bilir bunu gören Orhan Hoca ne düşünmüştü! Belki de beni kapıcının kızı sanmıştı. Bu arada kamyonet şoförü ara vermeden korna çalmaya devam ediyor, bir yandan da camını indirmiş, Orhan Hoca'ya "Yolu tıkıyorsun, yürüsene ulan!" diye bağırıyordu.

"Eve çıkıyorum hocam. Siz turlayın gelin... ben sizi evde bekleyeceğim," diye bir kere daha seslendim. Hoca, başka seçeneği olmadığı için mecburen önümden akıp giderken, onu selamlamak için elimi kaldırdım. O ise tehditkâr bir edayla işaretparmağını bana doğru salladı, peşinde hâlâ korna çalan kamyonet, vınladı gitti. Beni sonsuza kadar arkasında bırakmayı kesinlikle tercih edeceğine emindim ama dönecekti, eli mahkûmdu çünkü onun damının altındayken benden o sorumluydu. Adamın püsküllü belası haline gelmiştim, bu durumdan da çok utanıyordum fakat yapabileceğim fazla bir şey yoktu.

Raifçiğin aralık bıraktığı ağır kapıyı iterek içeri süzüldüm. Ben girince ışık kendiliğinden yandı ve bizim dairenin kapısında içeri girmemi bekleyen Raifçik loş ışıkta beni baştan aşağı süzdü.

"Nerelerdesiniz küçükhanım? Hiç bu kadar açmazdınız arayı," dedi. "Çok da zayıflamışsınız!"

"Apartmanda da modernleşme hareketleri olmuş yokluğumda. Sensörlü ışık taktırmışsınız hole. Hayrola?"

"En üst daireyi satın alanlar yaptırdı."

"Nihayet satıldı mı o daire? Söylemedi anneannem..."

"Büyükhanım gittikten sonra satıldı..."

"Anneannem gitti..." Sustum, lafımı tamamlayamadım korkudan. Duvara dayanmak istedim.

"Hanımefendiyi anneniz yanına aldı, biliyorsunuzdur. "

Şaşırdım, rahatladım ama renk vermedim.

"Ya, öyleymiş!"

"Bakıcısı gidince, ne yapsın yaşlı kadıncağız tek başına! Gündüzleri benim hanım bakıyordu işlerine ama ona gececi lazımdı. Anneniz çağırınca o da kızının yanına gitti."

"Şu kapıyı açsak önce... Çok yorgunum Raifçik Amca."

Raifçik kapıyı açmakla kalmadı, ertesi gün için siparişlerimi de sordu. Burada kalmayacağımı, evden bir şey almak için uğradığımı söyledim. Evden bir şey almaya bu saatte mi uğranır dercesine yüzüme baktı anahtarı bana verirken,

"Evi ara sıra havalandırıp saksıları da suluyorum ya, giderken mektup kutusuna bırakın anahtarı, ben oradan alırım küçükhanım... Aaa, hay Allah, mektup kutusu demesem hatırlamayacaktım! Büyükhanım size verilmek üzere bir mektup bırakmıştı, yukarı gelirken cebime soktum da vermeyi unutmuşum."

Cebinden, üzerinde adım yazılı bir zarf çıkartıp uzattı.

"Teşekkür ederim," diyerek aldım. "Gitmeden önce çiçekleri sularım, ben de bir işe yarayayım, öyle değil mi?"

"Estağfurullah, o nasıl söz! Bir şey lazım olursa..."

Her ikimiz de o saatte sohbete hevesli değildik.

"Olmaz, merak etme. Halime Hanım'a selam söyle."

"Başüstüne küçükhanım," dedi ve çıktı.

Oh, nihayet yalnız kaldım! Evin kapısını açıp el yordamıyla duvardaki düğmeyi bulup ışığı yaktım. Holün soluk ışığı ile hayal meyal aydınlanan salonda bir tuhaflık vardı. Salona yürüyüp ayaklı lambanın ışığını da yaktım.

AMAN ALLAHIM! NE OLMUŞ BURADA!

Sarı saten abajurun kırdığı mahzun ışıkla aydınlanan oda bir savaş alanını andırıyordu. Duvara dayalı konsolun bütün çekmeceleri çekilmiş, içindekiler yerlere saçılmıştı. Kanepenin yastıkları yerlerdeydi. Duvardaki resimlerin kimi yamuk, kimi yerinden çıkarılıp duvara dayanmış, halının kenarları kıvrılmıştı... Yatak odasına geçtim. Orası daha da beterdi, yatak örtüsü, çarşaflar ve yastıklar altüst edilmiş, dolap kapıları ardına kadar açık, giysiler rasgele saçılmış, başucu komidinlerinin içinde ne varsa yatağın üstüne dökülmüştü. Bir savaş alanıydı ev, kim ne aradıysa eline geçeni savurarak, sanki aradığını bulamamanın intikamını almış gibiydi. Sonra mutfağa geçtim... Güneş gören mutfak masasına kat kat yayılmış gazete kâğıtlarının üzerine, anneannem her uzun yolculuğa çıkışında yaptığı gibi, saksılarını koymuş. Saksılarla rafa dizilmiş turşu ve reçel kavanozlarına dokunulmamış ama kuzineli ocak az öne çekilmiş, belli ki arkasına bakılmış. Büyük boy buzdolabının kapağına küçük, mıknatıslı nesnelerle tutturulmuş aile fotoğraflarının hepsi yere düşmüş. Eğilip çoğu yaz tatillerinde çekilmiş resimlerimizi topladım yerden, dolabın kapağındaki yerlerine tutturmak üzere masaya bıraktım. Annemin bir seyahatinden anı olarak getirdiği yeşil ördek mıknatısla, onun beni plajda kucağında taşıdığı bikinili resmini tutturdum. Anneanneme hediyem olan kırmızı kalp ile nazar boncuğunu ise, babam dahil hep birlikte kumlara yayılmış sırıttığımız resmin uçlarına taktım ve dedemin meşhur mini termometresini, bir sandalda kürek çeken on yaşındaki kendi resmime raptederken, dedeciğimin yüzünü bu termometreye nerdeyse yapıştırmış, ısıyı okumaya çalışırkenki komik hali geldi gözümün önüne, burnum sızladı. Tanrım ne kadar özlemişim ailemi, evimi... Sanki yıllarca ayrı düşmüşüm gibi, kendi etrafımda dönerek, mutfağın her bir köşesine ayrı baktım. Devrilmiş mutfak sandalyelerinden birini kaldırıp oturdum, cebimdeki adıma yazılı zarfı titreyen ellerimle açtım ve anneannemin işlek el yazısıyla yazılmış mektubunu gözlerimden yaşlar akarak okudum.

Bir tanem, *24 Şubat 2017*

Annenin ısrarına dayanamayarak, az sonra Amsterdam'a uçuyorum. İstanbul'dan ayrılmadan önce sesini duymak isterdim ama sana ulaşamadım. Kim bilir belki de yoldasındır, evine gelmek üzere. Ah, keşke yavrum! Eğer öyleyse, ararsın beni annenin evinden, İstanbul'da uzun kalmaya niyetliysen, hemen dönerim. Sen gittikten sonra başıma neler geldi bir bilsen! Nadya'nın kız kardeşi trafik kazasında vefat etmiş. Acilen memleketine gitti. Yapayalnız kaldım evde. Ne zaman döneceği de belli değildi. Küçük Raif'in karısı Halime geldi benimle kalmaya ama, ben Nadya'ya alışmışım, onunla rahat edemedim. Annen bana ucu açık bilet yolladı, madem sen de yoksun, gitmişken uzunca kalacağım, Nadya gelmeden dönmek istemiyorum, yeni birine alışmam zor olur. Hem böylece biz de ana-kız, nihayet baş başa kalır, yılların hasretini gideririz.

Hepimiz seni çok merak ediyoruz ama artık genç bir kadınsın, her adımının hesabını soramayız sana. Bulunduğun yörede zaten iletişim çok zor, telefonun çevrimdışı mesajı veriyor. Kaç kere otelde aradık, hastanede bulmaya çalıştık, ulaşamadık. Zaten bir süre rahat bırakılmak için ültimatom verdin ya bize, uyacağız çaresiz. İlk ciddi aşkına olan saygımdan, annenle babanı, seni bir süre rahat bırakmaları için ikna ettim. Onlar beni pek merak ederler, diyerek dalga geçip güldüğünü görür gibiyim. Ama bu aynı şey değil yavrum, onların seni ihmal ettiği yıllarda, sen bizimleydin, emin ellerde olduğunu biliyorlardı. Şimdi ise, bir meçhuldesin. Koca bir kız da olsan, bizi uzun süre merakta bırakma e mi!

Senin son mailini bu hafta başı aldım, hemen istediğini yaptım ve sırrını kalbimize sakladığımı sana yazdım. O ileti eline geçmeyebilir korkusuyla, bir kere de buraya yazıyorum, eve geldiğinde bulasın diye.

Sırrını nereye saklayabilirim ki, kalbimizden başka... Kısacası, sırrın bende, her zamanki yerinde!

Esra'm, beni bu yaşta iyice dindar ettiniz, her gün dua ediyorum Tarık'ın bir an önce sağlığına kavuşması ve birlikte dönmeniz için. İçim temizdir, dualarım tutar benim.

Güzel yüzünü hasretle öpüyorum. Kendine iyi bak.

Seni çok seven anneannen,
Suziş'in.

Mektubu önce süratle, ikinci kez dikkatle okudum, yüreğime bastırdım sımsıkı. Birtanem, kıymetlim, canım benim diye fısıldadım, sanki beni duyacakmış gibi, ne akıllısın sen! Seksen beş yaşında dahi zekâ küpüsün!

Ailece yemek yediğimiz bir akşam, kimin aklına estiyse, sofrada bir evin kalbi neresidir muhabbeti yapılıyordu. Mutfaktan kütüphaneye, her kafadan bir ses çıkıyordu. Dedem de lafa girip rahmetli annesinin her evin kalbinin Kuran-ı Kerim'in bulunduğu oda olduğuna inandığını söylemişti. O andan itibaren, dedemle anneannemin, duvarında bir Kuran'ın asılı olduğu yatak odaları aramızda '*evimizin kalbi*' olarak kaldı. Ben ortaokula giderken mesela, dedem bazen kulağıma fısıldayarak, "Evimizin kalbine bir şey sakladım senin için," derdi.

Hemen yatak odalarına koşup yatağa çıkar, elimi duvardaki atlas kesenin içine sokardım ve bir zarfın içinde bazen bir onluk bazen bir yirmilik bulurdum, kesenin dibinde. Bazen de rasgele bakardım ve çoğu sefer, beni bir sürpriz beklerdi. Bir keresinde incecik bir altın zincir, bir keresinde el yazısıyla yazılmış bir şiir, bir başka sefer o gün için çok şey ifade eden bir atasözü bulmuştum.

Dedemle aramızdaki sırdı bu ama dedemle anneannemin arasında hiç gizli saklı yoktu ki! Yani her sır, üç kişilikti evimizde.

Ah benim güzel ailem!

Anneannemin dedemi kaybettikten sonra tek başına yattığı şu andaki darmaduman olmuş odasına yürüdüm. Pabuçlarımı çıkarıp yatağa çıktım ve dedemin tarafında asılı atlas keseye elimi sokup karıştırdım. Kuran'dan başka hiçbir şey yoktu kesede!

E, hani evin kalbindeydi mesaj!

Bir daha yokladım keseyi. Sadece Kuran vardı içinde. Kalbim deli gibi çarpmaya başladı. Ya benden önce biri gelip aşırdıysa şifreyi! Yok olamaz, kimse bilemez anneannemle aramızdaki mesajı, kimse! Tanrım, ne yapsaydım? Nereye baksaydım? Kuranı aldım ben de, yatağa oturup sayfalarını karıştırmaya başladım... ve, evet!

Son sayfasına kurşunkalemle yazmış anneannem şifreyi.

Asla unutmam sandığım şifreyi tasarlarken bir arabanın kaportasına kafamla pike yapacağım hesapta yoktu ki!

Şifreyi tekrardan ezberime almaya çalıştım: Başta annem ve ben, ortada canlarımın, yani anneannemle dedemin doğum günleri ve babamın adının son harfi! Harflerin de kimi büyük, kimi küçük üstelik... of ya! Kazadan beri keskin hafızamın iyice törpülenmiş olduğunun bal gibi farkındaydım, keşke daha basit bir formül bulaymışım diye düşündüm. Evimden uzakta bir yerde de hatırlamak için bir yere not mu etseydim acaba? Etrafıma bakınıp kalem arandım, şimdilik avucuma yazmak için. Annem şu an beni görse, normal insanların dünyasına hoş geldin diye dalgasını geçerdi benimle, çünkü çoğu telefon numaralarını ve araba plakalarını kafamda tutardım ben.

Kuranı yerine yerleştirdikten sonra, anneannemin koynunda sık sık kıvrılıverdiğim yatağın dede tarafına uzanmak geldi içimden. Uyku fena bastırıyordu. Yorgundum, bitiktim ama uyumamalıydım. Ortalığı toplamalıydım ki kapıcı çiçekleri sulamaya, evi havalandırmaya geldiğinde polis çağırmasın!

Burada neler olup bittiğinden madem haberi yoktu, öyle kalmalıydı. Zaten Orhan Hoca da birazdan gelirdi...

Zor kalktım oturduğum yerden, dışarı saçılmış eşyaları rasgele çekmecelere doldurdum. Giysileri alelacele dolaba tıkıştırıp kapısını kapadım. Yatağı sözüm ona düzeltip örtüsünü yaydım. Sonra mutfağa koştum, ters türs duran sandalyeleri kaldırıp yerlerine koydum, çiçeklere su verdim, ocağı ittim ama kımıldatamayınca bıraktım öylece, artık çiçek sulamaya geldiğinde ne isterse onu düşünsün Raifçik! Salona yürüyüp etrafı toparladım, resimleri yerlerine astım, yastıkları divanın üzerine fırlattım. Sonra perdeyi araladım ve sokağı gören koltuğa oturdum. Anneannem, hep oturduğu berjerde, sen bu işin de üstesinden gelirsin gibisinden gülümseyerek, beni seyrediyordu sanki!

* * *

Bu evdeki son akşam yemeğimde, savaş muhabiri sevgilimin Suriye'de yaralandığı ve Mardin'e gönderildiği haberini almıştık. Ben ayılıp bayılırken, anneannem bana Güneydoğu şehirlerine o saatte uçak bulamadığı için, Adana'ya giden son uçakta yer ayırtmış, bakıcısı Nadya'ya çantamı hazırlatmış, bir de taksi çağırmıştı. Taksiye binmeden önce, başıma gelecekleri bilmişim gibi, bir an durup evime bakmıştım.

Şimdi araladığım perdenin gerisindeki pencerede, kanadı kırık bir kuş gibi duruyordu anneannem. Nasıl olmasın, biricik torunu bir bilinmeze gidiyordu. Bir gizeme!

O saatte yollar boştu, çabuk ulaşmıştım havaalanına. Adana uçağına binmek için kontuara yürüdüm. Kimliğimi uzattım ve önlerde bir koridor rica ettim. Yeriniz ayrılmış, dedi yer hostesi.

Anneannem ayırtmış.

Uçağa bindim. Yarım saat gecikmeyle kalktık. İnişe geçtiğimizde, Mardin'e nasıl gideceğim bana dert olmaya başladı. Gece yarısı tek başıma bir taksi tutmayı sakıncalı buluyor, öte yanda da bütün kalbimle sevgilime bir an önce ulaşmak istiyordum.

Uçaktan indim, elimde taşıdıklarımın dışında valizim yoktu. Omzumdan sarkan bilgisayar çantam ve çekiştirdiğim tekerlekli küçük valizimle çıkış kapısına doğru yürüyordum ki, karşımda babamı buldum.

Anneannem ayarlamış!

Pek az görüştüğü eski damadına telefon etmiş, durumu anlatıp uçağımı bildirmiş, babam arabasına atlayıp Antalya'dan Adana'ya tam gaz yola düzülürken, anneannem ayrıca bir de mesaj atmış, *Baban yolda, onu bekle,* diye.

O mesaja çok şaşırdı ama babam danışmadan herşeyi öğrenmişti. Ben de işte ancak o zaman hayal meyal hatırladım, anneannemin havaalanına vardığımda, babama bineceğim uçağı mutlaka bildirmemi tembihlediğini. O heyecan ve koşuşturma içinde unutmuşum babama haber vermeyi. Ne fark eder, lojistik anneannemin sevk ve idaresindeyse, hiçbir şey aksamazdı ki!

Tuvalete gitmek için uzaklaşan babamı, bankolardan birinin üzerine yığılıp bekledim. Yorgunluktan gözlerim kapanıyordu. Herhalde arabaya biner binmez uyuyacak ve benim için buralara kadar gelmiş olan babama çok ayıp edecektim.

Ömür boyu ayıp etmedim mi babama zaten! Onun da bana pek ilgi gösterdiği söylenemez aslında; anası babası yollarını ayırmış olan çocukların ortak kaderidir bu, kimin yanında kaldılarsa, diğerine yabancı büyürler. Neyse ki benim durumumda bir adalet söz konusuydu, çünkü ben annemin ya da babamın değil, anneannemle dedemin yanında büyümüştüm. Annem de babam da bana eşit mesafede uzaktılar. Ya da ben öyle olduklarını düşünmüşüm. Yılların içinde her vesileyle görüyordum ki, aslında onlar bana değil, ben onlara uzakmışım. Çocukluğum ve ilkgençliğim boyunca düşkünlük ve sevgi tercihimi hep anneannemle dedemden yana koymuşum. Son birkaç yıldır görebiliyordum ancak, her derdimde yanıma koşmaya hazır olduklarını. Bu yüzden arabaya biner binmez uyumamalı, fedakâr(!) babamla sohbet etmeliydim yol boyunca.

Çok beklememe gerek kalmadı. Babam az sonra geri geldi.

"Birer fincan koyu kahve içelim mi yola çıkmadan?" diye sordum.

"Direksiyon başında uyumamdan mı korkuyorsun?"

"Ben uyurum diye korkuyorum. Seni yalnız bırakmamalıyım."

"Çok yorgun görünüyorsun canım. Beni sakın düşünme, sen arabaya biner binmez, kapa gözlerini, uyu. Sabaha seni zor bir gün bekliyor zira hastaneler çok yorucudur."

"Baba, sana çok teşekkür ederim. Çok çok teşekkür..." sesim boğuldu, "hiç beklemiyordum böyle hemen kalkıp geleceğini ve... ve..."

"Esra, ben sana çocukluğunda hakkıyla babalık yapamadım, şimdi elime fırsat geçtikçe telafi etmeye çalışıyorum ve bundan çok keyif alıyorum. Keşke bir ömrü birlikte geçireydik... keşke annenle..."

Konuşturmadım babamı, "Hayatımız böyle çizilmiş baba," dedim, "hayıflanmayalım, çoğu kimseden daha renkli yaşamlarımız oldu üçümüzün de."

"Annen ve ben hem seni hem birbirimizi çok sevdik ama bizim sevgi anlayışımız değişikti."

"Biliyorum baba. Ama bana klasik ana-baba sevgisini dedemle anneannem yüksek dozda verdiler, üzme kendini, sevgisiz kalmadım."

"Onların hakkı ödenmez!" Elini uzatıp gözüme düşen saçımı geriye aldı, "ama şimdi yolcu yolunda gerek!"

Elimden valizimi aldı, yan yana çıkış kapısına yürüdük ve gecenin serin karanlığında bulduk kendimizi. Park yerine bıraktığı arabasını bulunca, babam önce beni oturttu yerime, sonra direksiyona geçti.

Yola koyulduk.

Bir süre sonra, "Baba, sana Tarık'tan söz edeyim mi? Kimdir, neyin nesidir, nasıl tanıştık filan... bunları bilmek ister misin?" diye sordum.

"Gazeteciymiş... savaş muhabiri. Annen söylemişti. Sanırım senin de ilk aşkın?"

"İlk flörtüm değil ama..."

"E, herhalde!" dedi babam.

"Anneannem Tarık'ı ona tarif ettiğimde, tarzını biraz sana benzetmişti."

"Yapma ya! Bu iyi mi kötü mü bilemedim Esra. Ben pek başarılı bir eş olamadım, malum. Anneannen kızını hiç mutlu edemediğimi düşünür."

"Doğru değil. Sever seni kendince."

"Ben de onu severim kendimce."

"İşte ben de bu Tarık'ı kendimce seviyorum baba. Sık görüşemedik çünkü o hep görevdeydi, ben ya hastanelerde ya da sınav hazırlıklarında. Sevgi illa dip dibe olmayı gerektirmiyor."

"Kesinlikle haklısın!"

"Bundan sonra bakalım neler olacak? Kötü yaralanmış, savaş alanlarına göreve gidemeyebilir bir daha. Zaten gazeteciliği bırakıp bir kitap yazmayı düşünüyordu."

"Hayırlısı neyse o olsun," dedi babam ve bu cümle onun ağzına hiç yakışmadı. Dedemin cenazesinde saçlarına düşen akları, yüzündeki derin çizgileri görüp hayıflanmıştım. Benim aykırı babam bir de büyükanne ağzıyla konuşmaya başladıysa, ruhu da yaşlanmış demekti. İçimden ona sımsıkı sarılmak, en azından sevgiyle dokunmak geçti.

Ama sadece, "Radyo var mı arabada?" diye sordum.

"Olmaz olur mu! Nasıl müzik istiyorsun? Sen caz seversin değil mi?"

"Bul bir şey, çalsın. İkimizi de uyanık tutar," dedim.

Babam uzun süre caz müziği aradı. Bulamayınca klasik Türk müziği çalan bir istasyonda karar kıldı. Bir süre gittik hiç konuşmadan, sonra galiba bir şeyler anlatıyordu bana, içim geçmiş.

Gözlerimi açtığımda şafak söküyordu. Doğruldum kaykıldığım köşeden.

"Derin uyudun, iyi oldu," dedi babam.

"Sen yorulmuşsundur. Biraz da ben kullanayım."

"Geldik bile! Birazdan şehre giriyoruz. Seni kahvaltı edebileceğimiz çok güzel bir yere götüreyim mi? Karnını hastane kafeteryasında doyurmanı istemiyorum."

"Yok baba, doğru hastaneye gidelim lütfen."

Bir süre ses çıkmadı babamdan, sonra kırık bir sesle, "Olur kızım," dedi.

Ben ne yaptım! Gecenin ortasında bana şoförlük etmek üzere eski kayınvalidesi konumundaki ihtiyarın emriyle yatağından kalkıp yollara düşen ve ben fosur fosur uyurken direksiyon sallayan babamın kahvaltı isteğini geri çevirdim! Büyük bir ihtimalle de hastaneye girince onun varlığını hepten unutarak sevgilime koşacaktım. Ne berbat bir kız evlattım ben! Bencil diye suçladığım annemden de beterdim! Vicdanımın sesini susturmak için,

"Baba, haklıydın, güzel bir kahvaltı ikimize de iyi gelecek," dedim usulca. Babamın yüzüne yayılan gülümsemeyi görünce de çok sevindim.

"Aklın yolu birdir kızım," dedi.

"Baba ya, sen atasözleriyle konuşur olmuşsun. Dervişlik dönemin mi başladı?"

Güldü, "Ben zaten derviştim Esra. Olmasaydım hayatla başa çıkamazdım."

"Bir gün bana hayatını anlatır mısın?"

"E, sen biliyorsun hayatımı az çok."

"Annemden öncesini bilmiyorum. Neden gelip Antalya'nın bir kasabasını mesken tuttun mesela? Neden annemin keyfince gelip gitmelerine göz yumdun? Beni anneannemin almasına niye karşı çıkmadın?"

"Anneni zincire mi vuraydım? Sadece kendi rızasıyla yanında kalanlar senindir, bu bir! Anneannenin seni almasına göz yumdum çünkü her çocuğun ana kucağına ihtiyacı vardır. Ana sevgisinin o özel sıcaklığını ben iyi bilirim. Annen birinci plana dünyayı dolaşmayı koymuş, geziyordu ama anneannenle deden seni kucaklamaya hazırdılar. Ayrıca senin o Allah vergisi zekânla bir kasaba okulunda heba olmanı da istemedim; bu da iki. Ama ilk soruna gelince, o uzun bir hikâye. Başka bir zamana saklayalım, çünkü geldik."

İki yanı kepenkleri inik dükkânlarla dolu dar bir caddeden geçtik, park yerine bıraktık arabamızı.

"Gel benimle," dedi babam, "seni çok hoş bir yere götüreceğim."

"Sen daha önce buralara geldin miydi?"

"Ben kendi ülkemin her karışını gezdim. Dünyanın pek çok yerini de..."

"Hiç anlatmazsın!"

"Anlatmak için gezmedim."

"Ne için gezdin?"

"Hayatı anlamak ve kendimle barışmak için."

"Dargın mıydım kendinle?"

"Çoğu genç insan gibi, yanıt aradığım sorularım vardı... neyse, gel bakalım."

Babam beni bir binanın dar kapısından içeri sürükledi. Birkaç basamak çıkıp resepsiyon niyetine kullanıldığı belli olan küçük bir hole geldik. Uykusundan ayak seslerimizle uyandığı mahmur gözlerinden belli bir genç adam belirdi bir köşeden, ayaküstü babamla konuştu ve bizi bir terasa çıkardı.

Babam bana, "İşte kızım, Mezopotamya!" dedi.

Tanrım! Önümde, yeni rüzgâr yemiş bir denizin kabaran dalgaları kıvamında höyükleriyle uçsuz bucaksız uzanan mor bir vadi vardı. Ağaçsızdı, yeşilsizdi, çoraktı ama morun değişik tonlarında uzanan bu acayip arazi sanki insanlığa dair nice sırlarla dolu, müthiş öyküler saklıyordu engebelerinde. Kulak versem nerdeyse tarihten sesler duyacaktım! Büyülenmiştim! Sabahın ayazında donuyordum ama içeri giremiyordum.

Babam, "Gir artık içeri, üşüteceksin!" dedi.

"Manzara çarptı bana baba, hayatımda ilk kez böyle bir şey görüyorum."

"Kahvaltı masamızı camın önüne hazırlıyorlar, gel içerden seyret, hasta olacaksın yoksa."

Kendimi mor vadiden zor kopardım ve ancak içeri girdiğimde fark ettim üşümüş olduğumu. Masamıza oturduk. Aynı genç adam, bir kedi gibi yumuşacık hareketlerle hiç gürültü çıkarmadan, ballı kaymaklı serpme kahvaltımızı hazırlıyordu.

"Çayın demlenmesi az vakit alacak," diye haber verdi.

"Çayı beklerken elimizi yüzümüzü yıkayalım, haydi kızım."

Az sonra yine karşılıklı oturuyorduk masamızda ve ben, baba kız uzun zamandır hiç baş başa kalmamış olduğumuzdan, ilk kez buluşan âşıklar gibi konu sıkıntısı çekeceğimizi sanıyordum.

Babam beni yanılttı, "Şimdi, salim kafayla anlat bakalım şu Tarık'ı bana," diyerek girdi lafa. Gezi Parkı olayları sırasında, Türk Tabipler Birliği'nin Taksim'de geçici olarak kurduğu acil serviste çalışırken, Tarık'ın plastik mermiyle yaralanan koluna pansuman yaptığımı, onun da karşılığında akşamüstü beni bir kahve içmeye davet ettiğini anlattım. Bir sonraki buluşmamız ise aylar sonraydı çünkü ben İzmir'e, Dokuz Eylül Üniversitesi'nin acilindeki stajıma dönmüştüm, o da Suriye'ye geçmişti.

Buluşmalarımızın arasına giren haftalarla, bazen de aylarla bugüne kadar gelmiştik. Az görüşüp yoğun sevişen bir çifttik; çünkü kader, birlikteliğimizin önüne sürekli engeller çıkarıyordu.

Benim anlatacaklarım bu kadardı ama ben biraz da hayretle, babamın Tarık hakkında art arda sorduğu sorularla, sevdiğim adamı ne kadar az tanıdığımı fark ediyordum. Nereliymiş bu genç diyordu mesela babam, nerde doğmuş büyümüş? Eğitimi nedir? Hangi üniversitede okumuş? Başka kardeşleri var mı? Anası, babası sağ mı?

Tarık'ın savaş muhabiri oluşu dışında, ona dair başka bilgim yokmuş meğer! Hayatımda ilk kez kendimi babasına hesap vermesi gereken bir yeniyetme gibi hissetmeye başlamıştım. Hiç alışık olmadığım bir duyguydu bu. Baba yerine koyduğum dedem, engin bir sevgi deniziydi, sığındığım limanımdı benim. Babamsa tüm bu geçmiş yılların içinde, bana babalık değil, abilik etmişti. Tatillerde Side'deki yazlığımızda buluştuğumuzda, yaz boyunca birlikte yelken yapar, yüzer, bisiklete binerdik, balık tutardık. Baba-kız gibi değil, iki arkadaş gibiydik. Oysa şimdi ben, sevgilimin eksiklerinin üzerini örterek onu babama beğendirme çabasında bir ergen gibi davranıyordum. Üstelik küstahtım da!

"Annem seninle olmadan önce, sanki onun peşine dedektif takmış da tüm geçmişini öğrenmiş gibi konuşuyorsun, baba."

"Bana çıkışma Esra, ben sadece senin iyiliğini istediğim için, kırk yılın birinde babalık vazifemi yapıyorum. Bu, ne senin hoşuna gidiyor ne de bana yakışıyor. O yüzden en iyisi şimdilik susmak. Sevgilinle tanıştığımda fikrimi son bir kez daha söyler, sonra ebediyen susarım. Bu senin hayatın, kararlarını da sen vereceksin."

Masanın üzerinden uzanıp elini tuttum, sonra usulca yanağına dokundum.

"Benim hep arkadaşım gibiydin ya, bazen babam olduğunu unutuyorum, kusura bakma."

"Sana benden iyi babalık eden deden varken, ben arka planda kalmayı seçtim. Ama deden artık yok. Öksüz kalmana izin veremem."

"Sakın verme! Bir babaya çok ihtiyacım var," dedim.

Garson çaylarımızla kızarmış ekmeklerimizi ve sıcacık pideleri birlikte getirdi. Ne kadar acıkmış olmalıyız ki, bir süre hiç konuşmadan atıştırdık. Çaylarımızı bitirip ikincileri istedik. Peynirlerin içine düştük. Tabaklarda ne bal ne kaymak kaldı.

"Annem görse bizi şimdi, çenesi hiç durmazdı," dedim ben, "o sadece fındık fıstıkla besleniyor."

"Son gördüğümde incecikti. Sağlık sorunu yok, yaşından çok daha genç gösteriyor, enerjik... demek ki annen doğru yapıyor!"

"Ama baba damak tadı diye bir şey var. Et yemez, yağ yemez... yazık ona!"

"Annen ne yaptığını bilir."

"Bakıyorum toz kondurmuyorsun anneme!"

"Çünkü o benim biricik kızımın annesi," dedi babam.

Karnım doymuştu. Artık bir an önce gitmek istiyordum hastaneye. Babam etrafımızda dolanıp duran gençten hesabı istedi.

Sonra bana, "Sana bir otel ayarlayalım," dedi. "Burada kal diyeceğim ama baktım, hastane şehir dışındaymış. Gidip gelmen zor olur."

"Hastaneye yakın kalmayı tercih ederim. Belki yakınında bir otel vardır."

"Ayrılmadan önce tuvalete git. Hastanedekilerde rahat edeceğini sanmam."

"Alaturka mıdır hepsi?"

"Pistir. Günde beş kez el ayak yıkamayı şart koşan dinimiz, o zamanlar sifon olmadığından sifon çekmeyi emretmemiş zahir."

Babam, nedense umumi helaların temizliğine takmıştır. Ben çocukken Side'deki lokanta ve plaj tuvaletlerinde fahri tuvalet müfettişi gibi davrandığını hatırlayınca, gülmem tuttu. Ben tuvalete gitmek için kalkarken hesabı getirdi garson.

Babam cüzdanını çıkarırken seslendi arkamdan, "İşin bitince kapının önüne çık, arabayı getireceğim!"

Tuvaletten çıkınca o muhteşem görüntüye son kez bakmak için bir koşu terasa döndüm, güneş yükselince mor vadi eflatuna çalmıştı. Bir gün Tarık'la birlikte gelip bu terasta vadinin saat başı değişeceğine emin olduğum rengini seyretmeliydik... Eğer yapamazsam, aklım kalırdı... Daracık sokaklarıyla merdiven gibi kat kat yükselen bu tuhaf, gizemli şehir, bir kere daha gelmem için beni kendine çekecekti, gelmezsem sanki arkamdan gelecekti, hissediyor hatta biliyordum bunu!

Babamla Mazıdağı Devlet Hastanesi'ne gitmek üzere, düştük yine yollara. Hastaneye ulaşacak şoseyi, üzerinde jandarma lojmanları olduğu için, güvenlik nedeniyle özel izinli araçların dışında trafiğe kapatmışlardı. Kötü bir toprak yolda, toz bulutu içinde ilerledik. Etrafımızdaki çorak arazide otlayan birkaç hayvandan başka canlı yok gibiydi... Bu tozlu yolda, uzun bir süre gittik. Yol hiç bitmeyecek mi derken, sağ tarafımızdaki eczaneyi, sonra da iki katlı hastane binasını gördüm. Tanrım! Burası mıydı Hastane! Devlet Hastanesi deyince, Şişli Etfal gibi birbirine yakın birkaç bina beklemiştim en azından. Babamı üzmemek için, tuttum kendimi, hiçbir şey söylemedim.

Hastane binasının, biri acil vakaların, diğeri normal hastaların, üçüncüsü de doktorların girmesi için üç kapısı vardı. Doktorların girişinde bir de araba parkı olduğunu gördüğümüz için, babam o tarafa yöneldi.

"İşte güzel kızım, bunca emeğinin karşılığını görme anı geldi," dedi bana. "Eğer doktorluğun geçerliyse, buradan kovulmayız."

Kovulmadık.

Arabamızı park edince ben acil girişine koştum. Babam peşimde bana yetişmeye çalışıyordu...

* * *

Israrla çalan zilin sesiyle kendime geldim. Evimdeydim... Dalıp gitmişim hatıralarıma... yoksa acaba o kısacık yorgunluk uykularından birine mi?.. Bizim meslektekiler gece nöbetlerinde kuş uykularına yatmakta ve beşer, onar dakikalık uykularda enerji toplamakta mahirdirler çünkü.

Fırladım yerimden, pencereyi açtım ve dışarı sarkarak kapının önünü görmeye çalıştım.

Hoca dönmüş! Koşup otomatiğe ısrarla bastım ve daire kapısının dışına çıkıp bekledim onu. Apartmanın ana kapısı açıldı, Orhan Hoca telaşlı adımlarla antreyi geçti, birkaç basamağı bir hamlede çıkıp yanıma geldi.

"Duymadın mı zili Gizem? Neredeyse geri dönüyordum!"

"Sizi beklerken içim geçmiş hocam, özür dilerim. Ben de sizi merak ettim... geciktiniz."

"Tarlabaşı'nda su borusu mu ne patlamış, yolu kesmişler, araç akışını daracık bir yan sokağa vermişler, trafik altüst olmuş. On dakikalık yolu yarım saatte zor geldim. Evde her şey yolunda mı? Büyükanneni gördün mü?"

"Annemin yanına Hollanda'ya gitmiş. Kapıcıdan öğrendim."

"Ailenin selamette olduğunu öğrendiğine göre, artık bir açıklamada bulunabilirsin bana, öyle değil mi?"

"İçeri girmek ister misiniz?"

"Hayır. Senden bir açıklama istiyorum sadece. Arabada anlatırsın."

"Araba nerede?"

"Bir aşağı sokağa park ettim."

"O halde girin de... evde kimse yok zaten... Buyurun, içerde konuşalım..."

Kapının önünden çekilip yol verdim içeri geçmesi için ve salona yönlendirdim misafirimi, az önce oturduğum koltuğu işaret ettim oturması için. Gözü, az önce aceleyle astığımdan duvarda çarpık çurpuk duran resimlere takıldı.

Ben dikkatini başka yere çekmek için,

"Buzdolabında sudan başka hiçbir şey yok. Dolapta sallama ıhlamur ve çay vardır eğer isterseniz..."

"Misafirliğe gelmedim," diye sözümü kesti. "Sen hemen anlatmaya başla Gizem ve lütfen hiçbir şey saklamadan anlat ki, sana yardımcı olabileyim!"

"Orhan Hocam, bana gerçekten çok iyi davrandınız, sabırla hatırlamamı beklediniz. Keşke size daha önce açılabileydim ama korktum. İnanın çok şeyi zaten hatırlamıyordum ama içimde her nedense hep bir korku vardı, ailemi de korumak zorunda olduğumu hissediyordum... Sizi aldatmak için filan değil, emin olun..."

"Bana laf salatası yapma! Gerçeği söyle!"

Evet, ben de artık gerçeği ve sadece gerçeği söylemek istiyordum!

"Hayatım tehlikede, peşimde bilmediğim adamlar var. Evi de siz gelmeden önce aceleyle topladım, o yamuk duran resimler yerdeydi hep... altüst etmişlerdi her yeri."

"Kimler?"

"Bilmiyorum. Yemin ederim bilmiyorum. Darmaduman etmişler evimi. Bir şey aradılar herhalde. Ama ne aradılarsa, o şey bende yok!"

"Ne zaman gelmişler? Kapıcı görmemiş mi? Ya da komşular?"

"Kapıcının haberi yok. Olsa, bana kapıyı açtığında söylerdi."

"Şimdi hemen polisi arayacağım ve..."

"Hayır! Hayır hocam, hayır!"

"Neden ama? Hayatı tehlikede olan insan polise sığınır."

"Polis... biliyorsunuz siz de... peşimdeki kişi polisten biri de olabilir çünkü, malum, artık ne polise ne de askere güvenimiz var... Önce bir konuşalım hocam. Bir dinleyin beni, yalvarırım. Benimle hiç ilgisi olmayan bir işe bulaştım, ama bo..." Bok yoluna diyecekken tuttum kendimi, "şey, pisipisine ölmek istemiyorum. Polis çağırmayın, önce izin verin anlatayım çünkü artık çok korkuyorum... Düşünün, evime kadar girdilerse..."

"Ne zaman olmuş bu?"

"Herhalde birkaç gün önce çünkü Raifçik saksılara haftada bir su verir. Onun hiç haberi yoktu."

"Raifçik?"

"Kapıcımız... şu bana kapıyı açan adam. Bir dakika hocam..."

Mutfağa koştum, parmağımı saksıların toprağına değdirdim, Orhan Hoca peşimden gelmiş bana bakıyordu.

"Bakın, dipleri nemli. Demek kapıcımız bunlara su verdikten sonra geldiler... yani çok yakında, belki de bugün, bizden hemen önce..."

"Aradıkları ne olabilir?"

"Sanıyorum bir hafıza kartı... yani çip gibi bir şey..."

"Gizem, kimsin sen? Başına ne geldi senin? Kimden korkuyorsun? Lafı dolandırmadan bana doğru açıklamaları yap. Yoksa karakolu arayacağım ve..."

"Durun hocam... her şeyi anlatacağım," dedim.

Hoca önde ben peşinde salona döndük, eski yerlerimize oturduk.

"Benim adım Esra Atalay Solmaz," dedim ona doğru eğilerek. "Yeni doktor çıktım..." Yüzünün ifadesi görülecek şeydi... "Mart ayındaki uzmanlık sınavına hazırlanıyordum, kaza olduğunda. Şimdi size kazaya kadar olanları özetleyeceğim ve hocam, ne derseniz onu yapacağım çünkü çok yoruldum... Çok yoruldum..."

Gözyaşlarımı elimin tersiyle silerken, ağlamamak için dudaklarımı ısırdım ama başaramadım,

"Çünkü ben..." artık hıçkırıklarla sarsıldığım için konuşamıyordum.

Yerinden kalkıp yanıma geldi, önümde diz çöküp ellerimi tuttu.

"Korkma," dedi. "Anlat, içinde ne varsa dök bana! Gerçekten sen de hekimsen, seni incitmeyeceğimi bilmen gerekir çünkü biz hekimlerin insana zarar vermemek için ettiğimiz yemin kutsaldır!"

Gözümden yaşlar, burnumdan sümükler akarken, küçük bir çocuk gibi bağıra çağıra ağlayarak, koltuğuna yeniden yerleşen Orhan Hoca'ya başıma gelenleri anlatmaya başladım.

ESRA

"Benim gazeteci bir sevgilim vardı hocam, Gezi olayları sırasında tanışmıştık. O yıl ben İzmir'de, tıp fakültesinin dördüncü sınıfındaydım. O da savaş muhabiri olduğu için Suriye'deydi. Türkiye'ye geldiği zaman, beni arıyordu, buluşuyorduk. Geçen yılın sonuna doğru, uzun süre ondan hiç haber alamamıştım. Ne telefonla ne e-postayla ulaşabiliyordum. Yer yarılmış, içine girmişti sanki. İlişkimizden sıkıldığını sandım. Belki de bir başkası vardı hayatında. Onu kalbimden, kafamdan çıkarmaya çalıştım. Bir ara İstanbul'a anneannemi ziyarete gelmiştim, işte tam da şu masada (gözlerimle işaret ettim yemek masamızı) akşam yemeğimizi yerken, telefonuma bir mesaj düştü. Tarık, yani sevgilim Suriye'den Mardin'de bir hastaneye gönderilmiş. Ağır yaralıymış. Deliye döndüm tabii. Anneannem beceriklidir, hemen uçakta yerimi ayarladı, o gece Adana'ya uçtum, Mardin'e kadar babam götürdü beni."

"Ne zaman oluyor bu?"

Orhan Hoca koltuğunda öne doğru eğilmiş, bakışlarını benim gözlerimin içine dikmiş, sanki doğruyu anlatmazsam, gözümde ışıklar çakacakmış da yalanımı yakalayacakmış gibi dikkatle bakıyordu.

"Geçtiğimiz Kasım'dı galiba," dedim, "çünkü Tarık'tan umudu kesince, bir başvuru yapmıştım İngiltere'de bir hastaneye. Uzmanlık sınavını kazandığım takdirde, görüşmek için randevu vereceklerdi. İstanbul'a gelmiştim, bu güzel haberi anneannemle kutlamaya. Evet, evet, kesin Kasım ayıydı. İstanbul çok serindi ama Mardin'de hava güneşli ve ılıktı. Üzerimdekiler fazla gelmişti..."

Nefeslenmek istedimse de aman vermedi.

"Evet... dinliyorum."

Sen dinliyorsun da, ben anlatmak istiyor muyum acaba, diye geçirdim içimden. O korkunç günlerin bir saniyesini dahi yaşamamış olmayı dilerdim; hazır üzerime hızla gelen bir araca kafamla tos vurmuşken, o kazayı da sonsuza kadar zihnimden koparıp atabilmeyi isterdim... Hiç ama hiç hatırlamamayı... Sevdiğim adamı alçılar, sargılar içinde, makinelere bağlı bilinçsiz bir yarı ceset gibi görmemeyi! Ben ki bazıları gibi ayılıp bayılmadan, öğürmeden kadavra üzerinde kaç kere çalışmış bir doktor adayıydım, Tarık'ın kendine gelmesini beklerken koridorlarda ve koğuşlarda rastladığım savaş yaralılarının görüntülerine, onlardan yükselen iniltilere, hele de kokulara ve geçmek bilmeyen saatlere, günlere, gecelere, ilk günler babam yanımda olmasa asla göğüs geremezdim. Halimi görünce, babam haklı olarak, acaba kendin için doğru olan mesleği mi seçtin, diye sormuştu. Bir şehir hastanesinde safra kesesi, apandisit veya kalça protezi ameliyatı geçiren hastalarla haşır neşir olmak başka şeymiş, paramparça insanlarla uğraşmak, bambaşka!

Hele sevgilimi ilk gördüğümde içim kıyılmıştı, babam yakalamasa yere düşüyordum, dizlerimin bağı çözülmüştü sanki. Ben Tarık'a kavuşmaya, ona sarılmaya koşmuştum; hareketsiz, bilinçsiz ceset gibi serilmiş yatıyordu önümde. Sabırla onun kendine gelmesini beklerken, sürekli delik deşik yaralılar geliyordu sınırdan. Çoğu Türkçe bilmiyordu. Hastane personeli elinden geleni yapsa da yetişemiyordu. Doktorlarla konuşup ben de girdim devreye, Mazıdağı'ndaki hastanenin acilinde çalışmaya başladım. Birkaç gün sonra, o ilk gördüğümde beni bayılma noktasına getiren yaraları, kokuları kanıksadım, öğürmez, tiksinmez oldum. Benim alışık olduğum büyük şehir hastaneleri meğer lüks oteller, hastaları da tövbeler olsun, savaş gazilerinin yanında kremalı pastalarmış!

Orhan Hoca sıkıntıyla kıpırdanıyordu.

Mazıdağı Hastanesi'nde hasta, doktor, refakatçi, hepimiz katlardaki ortak tuvaletleri kullanıyorduk çünkü doktor tuvaleti onca doktora yetmiyordu. Tuvalet eziyeti babamın katlanabileceği bir durum değildi. Bahçedeki yegâne kantine de, açıldığı saatten itibaren yapılmaya başlanan kavurmalı tostun kokusundan dolayı giremiyordu. Beni akşam saatlerinde Mardin'deki otele götüren ve sabah erkenden hastaneye geri getiren babam, bu eziyete ancak on gün katlanabildi. Zaten ben de hastanedeki yoğunluktan ötürü pansuman yapmaktan, dikiş atmaktan başımı kaldıramaz olmuşum. Ona artık gitmesi için ısrar ediyordum. Hayatı boyunca hep kendine dönük, hiçbir alışkanlığından feragat etmeden yaşamış olan babam, itiraz etmedi, evine döndü. Gitmeden de, onunla hep irtibat halinde olmamı tembih etti bana.

"Bu pek mümkün değil," dedim. "Sen de gördün, koğuşlarda, koridorlarda cep telefonları yasak. Tarık'ın başında değilsem acilde hasta bakıyorum. Ancak müsait oldukça ararım ara sıra."

"Ara sıra?"

"Evet baba, bir ömrü öyle geçirmedik mi biz? Ne oldu şimdi, kazık kadar olunca mı kıymete bindim?"

"Sen her zaman kıymetlimdin benim. Sevgiyi gösterme tarzlarımız değişikti sadece."

Güldüm, "Fabrika ayarlarımıza dönelim mi bir süre için. Çünkü, gördün işte burada irtibatın her türlüsü zor."

Babamla sarılmıştık birbirimize. Sanki bir daha hiç görüşemeyecekmişiz gibi sımsıkı göğsüne bastırdı beni ve yine kendi tarzına yabancı bir cümleyle veda etti. "Allaha emanet ol sevgili kızım!"

Gülümsedim, demek yaşlanınca herkesin işi Allaha düşüyordu.

"Sen de babacığım," dedim, "sen de Allaha emanet ol, çok dikkatli kullan, hız yapma."

Babamı gönderdikten sonra Tarık'ın yanına döndüm. Her zamanki gibi başucuna tüneyip konuştum onunla, "Babam sana selam söyledi, beni sana emanet etti ve gitti," dedim, "benden artık sen sorumlusun, üzerine düşeni yapmak üzere uyan haydi!" Tarık karşısındaki duvara diktiği bakışları yana kaydırıp bana baktı ve ilk kez gülümsedi.

Tanrım, tanıdı beni! Tanıdı! Yüzüne doğru eğilip elini tuttum, "Tarık," dedim, "seni İstanbul'a götürmeye geldim. Bir an önce iyileş ki..." O an elimi sıktığını hissettim, "Ah, Tarık... sevgilim kendine geldin, sen bu yataktan kalkana kadar yanındayım. O yüzden bir an önce iyileşmeye bak."

Bir şey söylemeye çalışıyordu ama sesi o kadar cılızdı ki. Daha da eğildim, kulağımı ağzına yaklaştırdım.

"Esra," dedi bana, "Esra...Esra..."

Şükürler olsun, bilinci yerindeydi.

Ancak akşama doğru bırakabildim onu, bahçeye çıkıp anneanneme telefon ettim, sevgilimin nihayet kendine geldiği müjdesini vermek için.

Önce müjdeli haberime sevindi ama hemen ardından, "Kızım öldürdün beni meraktan. Aramıyorsun, telefonun hep kapalı," diye mızmızlandı. Babama söylediklerimi ona da tekrarladım, "Telefon bodrum katındaki acilde çekmiyor. Koğuşta ise yasak.

Anneanne ne olur her gün telefon etmemi bekleme benden. Ben iyiyim, seni gerekmedikçe aramıyorum diye kızma, önemli bir şey olursa mutlaka ararım," diye pazarlık yapmaya çalıştım.

"Gerekmese de ara. Ben rahatsız olmuyorum."

"Ama hani sen zırt pırt telefon edenlerden hiç hoşlanmazdın? Hani kafayı telefonla bozmak görgüsüzlüktü, hani çocukluğun, gençliğin, hatta orta yaşın cep telefonsuz geçmişti ve sen bundan hiç şikâyetçi değildin! Seni gidi numaracı seni!"

"Pekala, hiç olmazsa birkaç günde bir haberleşelim."

"İşte budur! Seni üç günde bir ararım. Söz!"

Ben sözümü tutamadım. Çünkü Tarık'ta elle tutulur bir iyileşme baş gösterince, onu acilden çıkarıp koğuşa taşımışlardı ve doktoru, onu benim hayata döndürdüğümü iddia ettiği, ben de buna inanmayı seçtiğim için, çarşıdan branda bezinden yapılmış, açılır kapanır dandik bir mini tabure almıştım, koğuştaki üç beş sandalye başkaları tarafından kapılmışsa, açıyordum taburemi, ziyaretçilerin çıkış saatine kadar oturuyordum sevgilimin dizinin dibinde. Bazen Tarık'a gazete ve dergi okuyordum, bazen de kendi okuduğum kitaptan pasajlar. Onun konuşacak hali yoktu, dinlemeyi tercih ediyordu, şayet beni dinlerken uyuyakalmamışsa... Bu kadar yorgun olması, çok uyuması normal miydi? Doktoru normal buluyordu; kemikleri kırılmış, iç organları parçalanmış, dalağı alınmış bir insanın yaşaması dahi mucizeydi!

Şu adam mıydı mucize?

Yüzümün ifadesini görünce doktor, "Mucizelere inanın Esra," demişti bana. "Hayata asılanlara doktorları olarak siz de destek olmayı başarabilirseniz, daha pek çok mucizeye şahit olursunuz!"

Haklıymış!

Öleceğini sandığım Tarık iyileşiyordu. Biraz daha toparlandığında onu Diyarbakır'daki devlet hastanesine nakledeceklerdi ki, bu çok iyi olacaktı. Çünkü babamın gitmesiyle dev bir ulaşım sorunuyla baş başa kalmıştım; Mardin'e son otobüs hastane durağından öğleden sonra ikide kalkıyordu. Diyarbakır'ın son otobüsü ise, ikide değil de beşte kalktığı için, birkaç sefer Diyarbakır'a gidip orada bir otelde kalmayı denemiştim. Sonunda, hastanede gecelemeye karar verdim. Bazen boş bulduğum bir odanın yatağına kıvrılıyordum, çoğu zaman da doktor odasının yataklarından birine.

Tarık'ın Diyarbakır'a nakliyle, işte bu eziyetten kurtulacaktım. Bu arada Tarık yastıklarına yaslanarak hafifçe doğrulup sıvı besinlerle ağızdan beslenmeye, etrafıyla ilgilenmeye başlamıştı.

Bir zaman sonra Tarık'ı koğuştan çıkarıp bir odaya taşıdılar. Böylece, kenarlarından yırtılmaya başlayan branda tabureden, odadaki refakat koltuğuna terfi ettim ki, üstelik bu koltuğu geceleri dar da olsa tek kişilik bir yatağa dönüştürmek mümkündü. İnsan nelere sevinebiliyormuş! Kendimi lüks mevkide seyahat eden yolcular gibi ayrıcalıklı hissetmiştim, koltuktan bozma yatakta yattığım için. Tarık'ın içinde pasaportunun, gazeteci kartının ve üzerinden çıkan eşyaların bulunduğu çantasını da emanetten alıp başucundaki komidine tıkıştırmıştım ki, kimsesiz bir gariban gibi yatmasın yatağında. Onun da başucunda, diğer hastalar gibi, kendine ait bir şeyleri bulunsun...

Kapımızın dışında dikilen adamı da ancak odadaki ikinci günümüzün öğlen saatlerinde fark ettim. Ekose gömlekli, kara yağız genç bir adamdı. Arada bir koridorda turluyor, sonra geri gelip kapının dibinde dikiliyordu. Akşama doğru dayanamadım, neyi beklediğini sordum.

"Hastayı" dedi.

"Benim hastamı mı?"

"Hıı."

"Neden?"
"Öyle!"
"Ne demek, *öyle*? Yanlış hastayı bekliyor olmayasın kardeşim. Bu odada yatan hastanın adı Tarık Azak. Gazetecidir. Suçlu ya da asker kaçağı filan değil."
"Evet, doğrudur."
"E, o halde niye dikiliyorsun kapısında."
"Öyle emir aldım."
"Kimden?"
"Şefimden."
"Şefin kim?"
"…"
"Şefin her kimse git söyle, kaçmasından korkuyorsa, kaçamaz. Adam tuvalete dahi kalkamıyor henüz. Yani burada boşuna yorulma kardeşim, var git işine!"
"Onu koruyorum ben."
"A ah! Kimden koruyorsun?"
"Öyle işte!" Arkasını döndü, birkaç adım yürüdü koridor boyunca, sonra geri geldi, aynı yere dikildi yine. Ne sorsam yanıtlamıyor, sadece bön bön bakıyordu. Baktım konuşacağı yok, içeri girip kapıyı kapattım.
Aynı akşam Tarık'a kompostosunu içirirken, "Seni kimden koruyorlar?" diye sordum.
Gözlerine bir telaş oturdu sevgilimin. Elleriyle kim? Nerede? der gibi işaretler yaptı.
"Kapımızın önünde biri duruyor," dedim.
"Dikkat et, bakalım seni de takip eden var mı?" diye fısıldadı.
Ettim. Benim peşimde kimse yoktu. Üzerime geçirdiğim lacivert önlüğümle Tarık'a yemeklerini yedirdiğim, serumlarını takıp çıkardığım ve pansumanları sırasında doktorlara yardım ettiğim için, herhalde beni görevli hemşire zannediyorlardı.

Bu arada fark ettim ki, bizim kapının gece nöbetlerini de, cılız kara kuru bir başka genç adam tutuyordu. Onun da ağzını aradım ama hiç laf alamayınca, ne halleri varsa görsünler diyerek bıraktım peşlerini. Varsın dikilip dursunlar kapı diplerinde, kimseye bir zararları yoktu ki... Hatta gerçeği söylemek gerekirse, varlıkları benden çok Tarık'ı rahatsız etmişti.

Orhan Hoca'nın sesiyle kendime geldim...

"Bulabildin mi bari?"

"Neyi?"

"Neyi mi? Sevgilini elbette! Daldın, gittin yine bir yerlere Giz... Esra, dünyamıza dönsen de bitirsen hikâyeni."

"Tarık'ı buldum, hocam. İlk bulduğumda hali perişandı. Yaşayamaz, kesinlikle ölür diye düşünmüştüm ama tutundu hayata. Beni duyduğunu varsayarak günlerce başında bekledim, kan değerleri normale dönmeye, bilinci açılmaya başladı. Çok süratli bir iyiye gidiş yaşadık. Onu ameliyat eden doktor dahi bunun bir mucize olduğunu söylüyordu."

"Sonra?"

"Sonra... Sonra her şey yolunda diye sevinir, onu Diyarbakır'a nakletmeye hazırlanırken Tarık'ın böbreklerinde sıkıntı çıktı... diyaliz makinesine..." Sesim titremeye başladı yine. O günleri düşünmek bile istemiyorum.

"Devam et."

"Hocam, şöyle oldu, kötüledi, birkaç gün kendinde değildi, ara sıra gözlerini açıp boş bakıyor, sonra yine dalıyordu. Ben hep başındaydım yine ve beni duyduğuna inanarak sürekli onunla konuşuyordum. Bir haftayı böyle geçirdik ve bir sabah su gibi terlemiş olarak uyandı. Ateşi düşmüştü fakat çok halsizdi. Bir akşam ben yemeğini yedirmek için yanına gittiğimde, gömleğimin kolundan tuttu, beni kendine çekmeye çalıştı. Belli ki bir şey söylemek istiyordu. İyice eğildim:

"'Bana geri döndün sevgilim,'" dedim kulağına. "'Hoş geldin. Sakın gitme bir daha!'

'Benim için... bir şey... yap,' diye fısıldadı. Sesi güçsüzdü.

'Dile benden ne dilersen.'

'Sana söylemem lazım... sana bir şey...'

'E, söyle haydi. Dinliyorum.'

'Halim yok... bir şey anlataca... yardım et... lüt... lüt...'

'Birkaç gün sonra daha güçlenince...'

'Vakit yok... vakit...'

'Bak Tarık, ölmeyeceksin sen! Yırttın! Geri geldin. Şimdi iyileşme zamanı.'

'Va... kit... yok...'

'Hay Allah! Ne yapmamı istiyorsun?'

'Beni... bir süre can... lan... dıracak... ilaç... sen bilirsin ne...'

'Anlayamadım Tarık, vitamin mi istiyorsun?'

Başıyla hayır işareti yaptı. 'Sana bir şey anlataca... yardım et... lüt... lüt...'

'Yorma kendini. Ben konuşayım, sen başınla onayla. Seni canlandıracak bir hap... bir karışım...' Başını salladı evet anlamına. 'Çünkü bana bir şey söylemek istiyorsun, öyle mi?'

Bu sefer hem başıyla hem gözleriyle onayladı.

'Beni sevdiğini mi? Bunu zaten biliyorum.' Ben gülümsedim ama onun gözlerinin içi bile gülmedi. Sadece kaşlarını kaldırdı, hayır anlamına.

'Başka şeyler söyleyeceksin, öyle mi?'

'Hıı.'

'E, söyle haydi...'

'Uzun.'

'Biraz toparlanınca söylersin.'

'Hemen... he... men... bu gece...'"

"İşte aşağı yukarı böyle bir konuşma geçti aramızda. Anladım ki bana söylemek istediği bir şey vardı ve onu söyleyemeden ölmekten korkuyordu da, mecali yoktu konuşmaya. Nasıl yalvaran bir ifadeyle bakıyordu gözlerime, bilseniz. Doğrusu pek ciddiye almadım hocam, çünkü ben ona öyle iyi bakacaktım ki, zamanla nasılsa güçlenecekti. O sırada bilmiyordum tabii, ölmek kadar öldürülmekten de korktuğunu. Kim öldürmek isteyebilirdi ki bir gazeteciyi... hani birilerini vurmuş, yaralamış bir asker ya da polis olsa anlarım da..."

Ama artık biliyorum, onun eriştiği bilgilerin ortalığa saçılmasını istemeyenler varmış!

"Sonra ne oldu? Konuşabildi mi seninle?"

"Başka bir şey söylemedi ama bana yalvaran gözlerle bakıyor, pikesini düzeltmek için filan üzerine eğildiğimde, gömleğimin kolunu çekeliyordu. O gün yaptığım hiçbir işten hayır gelmedi hocam. Bu konu aklıma takılmıştı. Sonunda, vicdan azabı çekmektense istediğini yapmaya karar verdim! Ecza dolaplarının bulunduğu odaya sızdım, yakalanırsam ağrı kesici aradığımı söyleyecektim, Coptagon ya da Amfetamin cinsi bir şeyler aradım, neyse ki aradığımı buldum, çok ağrısı var diyerek, o gece nöbetini bizzat tutmayı talep ettim. Herkesin uykuda olacağı, kimsenin yanımıza gelmeyeceği bir saati hesaplayarak ilacın etkisinin zamanını ayarladım, ona zarar vermeyecek dozda hapı suda ezerek kaşıkla içirdim."

"Ne yaptın sen! Deli misin!"

"Hocam Amerikalılar Vietnam'da yıllarca kendi askerlerini haplayıp durmuşlar, ben sadece sevgilimin son arzusunu yerine getirmek için en düşük dozda, azıcık vermişim... Aşk olsun yani!"

"Vietnam'da çarpışanlara hap verildiğini nereden biliyorsun sen?"

"Bir kitapta okumuştum, İngiliz bir filozof vardır... adı... adı neydi?.. Nick Land'di galiba, Vietnam Savaşı için, uzun saatler strese dayanabilsinler diye askerlere yerine göre uyarıcı, steroid veya ağrı kesicilerin içirildiği ilk postmodern savaştı, diye yazmıştı. Her neyse, hocam, iyi ki de yapmışım çünkü işte o akşam Tarık rahatça konuşacak gücü buldu ve içini dökebildi bana."

"Ne istiyormuş senden?"

"Onda olan bir bilgiyi İstanbul'da birine iletmemi. Bölgenin selametini ilgilendiren ve çok gizli belgeleri içeren bir hafıza kartı mı, hafıza çipi mi... bir şey varmış işte... o bilgileri yepyeni bir şifreyle kaydetmemi ve o şifreyi çok iyi saklamamı hatta hiçbir yere yazmayıp aklımda tutmamı istedi. Çipi de sadece söylediği kişiye verecektim. O kişiye ulaşamaz, onu bulamazsam, imha edecektim. Bu bilgi başka hiç kimsenin eline geçmemeliymiş çünkü asker, jandarma ya da polis diye bildiklerimiz, bambaşka bir örgütün üyesi olabiliyorlarmış. Kim dost kim düşman asla belli değilmiş. Bu yüzden bana verdiği isim hariç... kimselere... ama hiç kimselere... ay içime baygınlıklar bastı hocam, bir ara acaba paranoyak mı oldu Tarık diye şüphe bile ettim. Öyle telaş içindeydi ki, onu üzmek istemedim, aynen dediği gibi yapacağıma yemin billah ettim."

"Ne varmış acaba bu çipte bu kadar önemli?"

"Bilmiyorum ki, hocam... ülkenin, bölgenin selametiyle ilgili bilgiler dediydi..."

"Bir tuhaflık var bu işte. Ölümcül yaralar almış bir adam bu çipi nasıl saklamış? Pek inandırıcı değil söylediğin!"

"Yaralanmadan çok önce saklamış. Hem de nereye biliyor musunuz? Pasaportunun kapağına. Oda kapısının tokmağına sandalyeyi dayadım, Tarık'ın altına güya bir sürgü sürdüm, hani kapı niye açılmıyor diye soran olur filan... Başucundaki dolaptan pasaportu alıp arka kapağını sivri uçlu makasla ikiye ayırıp açtım, bana söylediği gibi yatak örtüsünün üzerine salladım, içinden bir pasaportun kılıfına sığacak incelikte minicik bir şey düştü. Bilgisayarıma vınn çubuğumu takıp internete bağlanmayı bekledim.

Bekledim... bekledim... Beş dakika beş saat gibi geldi... Sonunda bağlandım ve çipteki bilgiyi, o anda yarattığım bir başka adrese yolladım. Bana Tarık adresi illa aklında tut dediği için, yazmadım bir yere... sanki başıma gelecekleri önceden sezmişim gibi, unutuverirsem diye çok korkuyordum." Gerçi sırf bu yüzden, o adresi de emniyete almıştım fakat bunu söylemedim Hoca'ya. "Sonra pasaportun kapağını sargı bandıyla yapıştırdım... evet... biraz tuhaf durdu ama sürekli bombaların patladığı bir bölgeden gelen bir yaralının pasaportunun biraz hasarlı olması kabul edilebilirdi ne de olsa, değil mi? Her neyse, ben İstanbul'a varınca çipi bana söylediği kişiye verecektim."

"Kime verecektin çipi?"

"Bir gazeteciye."

"Adı yok mu?"

"Adı kalsın şimdilik... Paradoks dergisinde yazan biri..."

"Çipi ne yaptın?"

"Çok emin bir yere sakladım."

"Nereye?"

"Şey... hatırlamaya çalışıyorum işte..."

"Gizem... pardon, ağız alışkanlığı... Esra, benden hiçbir şey saklama ki sana yardımcı olabilcyim."

"Bir şey saklamıyorum hocam. Her şeyi anlatıyorum size. Tarık benim ertesi sabah hiç vakit kaybetmeden İstanbul'a uçmamı istemişti ya, işte onu yapamadım. Sabah uçaklarında yer yok, dedim ona. Aslında istesem yer bulabilirdim ama ben akşam gitmeyi tercih ettim. Ona yaptığım dopingin ertesi gün etkileri olacaksa, başkaları durumu bilmeden yanlış bir şey yapmasınlar diye akşama kadar başında kalayım istedim... iyi olduğunu gözlerimle göreyim, aklım arkada kalmasın."

Nefeslenmek için sustum yine.

"Susma! Bitir hikâyeni," buyurdu Orhan Hoca.

"Ertesi sabah Tarık'ın tansiyonu tahmin ettiğim gibi çok yüksekti. Limon sıkıp içirdim, ayrıca doktoruyla konuşmaya gittim. Ona birkaç günlüğüne ailemi görmeye İstanbul'a gideceğimi söyledim, ben yokken ona iyi bakmalarını rica ettim. O da bana Tarık'ın güçlü bünyesi ve yaşam enerjisi sayesinde tehlikeyi atlattığını, artık iyileşme sürecine girmiş olduğunu, önümüzdeki günlerde daha da güçleneceğini anlattı. Gönül rahatlığıyla gidebilirmişim. Tarık o gün, önceki akşamın heyecanından sonra yorgundu biraz. Ona yemeğini yedirdim, vitaminlerini verdim, ilaçlarını hazırladım ve yanından ayrılana kadar eli avucumda başında oturdum. Sonra onu son kez öptüm, hastane kapısına çağırdığım taksiye binip havaalanına gittim. Takside bir ara anneanneme İstanbul'a geleceğimi haber vermeyi düşündüm ama telaşlanır, yemek hazırlatmaya filan kalkar, yorulurdu. Vazgeçtim. En güzeli sürpriz yapmaktı!"

"Annenle baban nerede senin? Hayatta değiller mi yoksa?"

"Hayattalar hocam ama ayrıdır onlar. Babam yaz kış Side'de, annem de yurtdışında yaşar. Ben anneannemle dedemin yanında bu evde büyüdüm."

"Lafı dağıtmayalım," dedi, sözümü kesen kendi değilmiş gibi, "hikâyeni bitir önce."

"Havaalanında uçaklar gecikme yapmış, bir kargaşa ve telaş vardı. Benim valizim filan yoktu, bir el çantam, bir de omzumda sallanan askılı çanta vardı bilgisayarım için... Oturacak yer ararken birinin beni izlediğine dair bir şüphe düştü içime. Genç bir adam, beni göz hapsine almış gibi geldi. Tuvalete gittim, içerde özellikle uzun kaldım, çıktım ki o adam tuvalet kapısının önünde dolanıp duruyor. Tedirgin oldum. Uçağa çağrılana kadar tek başıma kalmamaya, hep kalabalıklara karışmaya dikkat ederek, beklemeye başladım. Aksi gibi uçak da gecikme yapmaz mı! Ankara'ya gidecekler gitti, özel bazı havayolları uçtu, bizim uçak hep beklemedeydi. Yerimden kalkıp dolanmaya, büfeden bir gofret alıp kemirmeye dahi korkarak bekledim. Adam çaprazımda oturuyor ve yerinden kımıldamıyordu. Bu arada uçakta ya yanıma oturursa ne yaparım diye düşünüyordum. Nihayet bizi uçağa çağırdılar, bilet kontrolü için sıraya dizildik, adam bir arkamdaydı, aramızda yaşlı bir amca vardı. Ben tam kimlik kontrolümü yaptıracakken, fırladım, bir şey unutmuşum gibi daha önce oturduğum koltuğa koşup yerlere baktım, sonra da geri gelip kuyruğun ucuna takıldım. Boşuna gayret etmişim, adam da sıradan çıkmış oralarda oyalanıyordu, yine arkama geçmek için. Bu kez kuyruğun önlerine yürüyüp yolculardan birinin yanına yanaştım, özür dileyerek önüne geçtim, bilet kontrolünden sonra uçağa doğru koşmaya başladım, benden evvel gelmiş olanları ittirip kaktırarak ve yolculardan azar işiterek tırmandım merdivenleri. Çok arkalara yürümeden, iki kişinin arasında boş kalmış bir orta koltuğa oturdum, bilgisayar çantamı yukarı yerleştireceğime koltuğumun altına iteledim. Orta koltuklara sıkışıp oturmayı kimse sevmez ya, yerin sahibi gelecek olursa ona, yanlışlık yapmışım, ben on ikinci sırada koridor kenarındaymışım, şimdi kimseyi rahatsız etmeyelim, buyurun siz benim yerime oturun diyecektim ama korktuğum başıma gelmedi, kimse oturduğum yere talip olmadı. Peşimdeki o adamla göz göze gelmemek için, herkes yerine yerleşene kadar gözlerimi yerden kaldırmadım. Beni mutlaka görmüş ve çaresizce arkalara doğru yürümüş olmalıydı. Ayağa kalkıp nerede oturduğunu saptamak istedimse de, onu fark ettiğimi belli etmemek için yapmadım bunu. Havaalanında beklediğimiz yetmezmiş gibi uzun bir süre de uçağın içinde bekledik ve nihayet havalandık. Bir süre sonra tuvalete gitmek için yanımda oturan yaşlı beyden izin istedim, ön tarafa doğru yürüdüm, baktım ikinci sırada koridor kenarında bir yer boş kalmış, geri dönüp koltuğumun altındaki çantamı çekeleyip çıkardım, öndeki yere taşındım. Yemek dağıtmaya hazırlanan hostes başıma dikildi, yerime dönmem için ikaz etti beni. 'Babam vefat etmiş, bir an önce eve ulaşmak için önlere geldim, o yüzden bir an evvel bir taksiye atlayıp aileme kavuşmak istiyorum, lütfen anlayışlı olun,' diye yalvardım, ağlamaklı bir sesle. Bıkkın bir ifadeyle izin verdi. İniş anonsunu duyana kadar içimden peşimdekini atlatabilmek için neler yapabileceğimi düşünüp durdum. İndik. Bir tilki gibi kulaklarımı dikmiş uçağın durmasını beklerken, adamdan kaçabilmek için bir de plan yaptım. Uçak durunca ilk ben fırladım yerimden, yolcular boşalmaya başladığında en önden koştum, otobüse ilk ben bindim, bilgisayar çantama tıkıştırdığım şalı başıma sarıp omuzlarıma kadar indirdim, kapının yanında, yüzüm pencereye dönük durdum. Bu arada acaba ben mi hayal ediyorum tüm bunları diye de düşünmedim değil, belki de hepsi benim paranoyamdı, belki peşimdeki adam beni beğenmiş, kendince bana asılıyordu fakat risk alamazdım, otobüs durur durmaz insanları itiştirerek fırladım yine, kalabalığa karışıp hiç arkama bakmadan çıkışa koştum. Taksi durağına değil, Havaş durağına yürüdüm. Şanslıydım, bir Havaş aracı tam kapısını kapatmak üzereydi, kendimi dar attım içeri, arkalarda bir yere oturdum, şalım hep başımdaydı, gözlerim ise yolcuların bindiği ön kapıda. Benden sonra araca binen olmadı. Hareket ettik. Nihayet rahat bir nefes aldım! Havaalanını arkada bırakıp yola revan olunca, telefonumun hâlâ uçak konumunda durduğunu hatırlayıp cebimden çıkardım, çalışır hale getirir getirmez art arda mesajlar düşmeye başladı. Hastaneden iki kere üst üste aranmışım, Tarık'ın doktoru Cihat Hoca da birkaç kere aramış. Mesajlarıma bakmaya hazırlanıyordum ki, telefonum çaldı. Cihat Hoca arıyordu. Açtım. 'Hayrola hocam, ne çabuk özlendim,' dedim, 'Tarık mı aratıyor, beni?' Uzun süren bir sessizlik oldu. Cihat Hoca'nın sesi bir tuhaftı, 'Sen neredesin şimdi?' diye sordu. 'Uçaktan indim evime gidiyorum hocam, otobüsteyim. Bir şey mi oldu? Tarık iyi, öyle değil mi? İyiye gidiyordu bıraktığımda,' dedim. 'Esra, ben nasıl söyleyeceğimi bilemiyorum ama senin bir an önce öğrenmen lazım,' dedi... Buna benzer şeyler daha söyledi ve sonra baklayı ağzından çıkardı: 'Tarık'ı kaybettik!'

"Söyleneni anlamak, duyduklarıma inanmak istemiyordum. Bağırıyordum, 'Tarık'ı nasıl kaybedersiniz? Onca zamandır yatakta yatan adam, uzağa gidemez ki? Çabuk bulun onu! Koridorlara bakın, tuvaletleri arayın, hemen bulun, bir yerde düşüp bayılmış olabilir,' diye. Önümde oturanlar dönüp bana baktılar. Bu arada ayağa da kalkmışım farkına bile varmadan. Şoför fren yapınca az daha düşüyordum. Doktorun, 'Esra, dinle beni Esra, orada mısın?' diyen sesini duyuyordum kulağımın içinde. Onu dinliyor, duyuyor ama anlamıyordum... anlamak istemiyordum... Tarık'ı kaybetmişler! Nasıl kaybederler Tarık'ı? Cahit Hoca tekrar ediyordu; uykusunda vefat etmiş Tarık. Nasıl olduğunu kimse anlayamamış... medikal açıdan her şey yolunda giderken, ateşi düşmüş, vücudunda iltihap kalmamış, fonksiyonlar geri gelmişken, yarım saat önce hiçbir şeysi yokken, neden ölmüş, anlayamıyorlarmış! Soruşturma yapılıyormuş, ölüm nedeni otopsi sonrasında belli olacakmış. Başka şeyler de söylüyordu ama dinlemiyordum onu artık."

Öldürmüşlerdi Tarık'ı!

Ah, ben orada kalsaydım, yollara düşmeseydim korurdum onu. O kapı önündeki adamları içeri sokmazdım. Ah ben, aptal gibi pür telaş yola düşmeseydim... Ah ben... Ah ben... galiba bağırdım. Tuhaf sesler çıkıyordu boğazımdan. Hık diye bir ses çıkardım tıpkı boğulur gibi. Yanımda oturan kadın, iyi misin kızım, dedi, yakınını mı kaybettin, ağla açılırsın. Başımı salladım ama evet mi anlamına hayır mı, belli değildi. Ellerimi ısırdım, gözlerim yandı ama ağlamadım. Üzgünden çok kızgındım, müthiş kızgındım. Öldürmüşlerdi sevgilimi, göz göre göre öldürmüşlerdi. Şimdi bana düşen onun bana verdiği görevi yerine getirmekti, intikamını almaktı. Oturduğum yerde dervişler gibi sallanıp duruyordum.

Bunların hiçbirini anlatmadım Orhan Hoca'ya. Ona sadece dedim ki:

"Şişhane'den yukarı çıkıyordu otobüs. Birden yerimden kalktım, iki çantamın biri elimde, diğeri omzumda, şoförün yanına yürüdüm, 'Beni Odakule'nin orada indirin lütfen,' dedim. 'Orada duramam, Taksim'de inersiniz,' dedi şoför. 'Evim şuracıkta, az ilerde oturuyorum, Taksim'den bu tarafa dönmem çok uzun sürer...' 'İndiremem dedim ya,' diye üsteledi inatçı herif! 'Şu an bir telefon geldi, babamı kaybetmişim. Bagajım yok. Kapıyı açın, hemen ineyim, lütfen,' diye yalvardım.

Kafasını kaldırıp yüzüme baktı şoför.

Durdurdu aracı.

İndim. İndiğim caddeyi İstiklal Caddesi'ne bağlayan dar sokaklardan birine saptım, koşar adım yürürken, arkamdan gelen kişinin bana yetişmeye çalışan adımlarını duydum. O! Peşimdeydi! Otobüste yoktu diye sevinmiştim, demek ki bir takside takip etmiş bindiğim otobüsü. Ondan kurtulmalıydım, anacaddeye gidip kalabalığın arasına karışmalıydım. Aniden karşı kaldırıma geçip gerisin geriye döndüm ve caddeye doğru deli gibi koştum, koştum, koştum... sonrası malum! Peşimdekinden kurtulmuştum ama ne pahasına...

"İşte anlattım her şeyi... Benim nasılsa bir hayatım yok artık, siz ne istiyorsanız öyle yapın hocam."

Doktorun dili tutulmuştu. Hiçbir şey söylemeden oturuyordu koltuğunda.

En son istediğim şey bu adamın önünde bir kere daha ağlamaktı ama kazadan beri ayarı bozulmuş musluk gibiydim, ben hiç istemeden usul usul yaşlar aklamaya başladı gözlerimden. Sonra şiddetlendi ağlamam. Orhan Hoca, hiç sesini çıkarmadan koltuğunda oturmayı sürdürüyor ve sanırım sakinleşmemi bekliyordu. Nihayet şiddeti giderek azalan bir kasırga gibi tıpkı, hıçkırıklarım yavaşladı, yüzümdeki salya sümük kurudu, içimdeki rüzgâr dindi. Yüreğim bomboş, ruhsuz ruhsarsız, hiçbir şey hissetmeden kalakaldım koltuğun üzerinde ve çatlak tuhaf bir sesle,

"Özür dilerim," dedim, "şu halimi görün istemezdim ama biliyor musunuz, Tarık için ilk defa ağladım. Bunca zaman sadece kendi canımın derdine düşmüş olmalıyım, onun için ilk kez ağladım."

"Kendin için de ağladın," dedi usulca, "ve bu iyi oldu. Ama bir plan yapmalıyız Esra, hakikaten tehlikedesin. Şimdi git banyoda yüzünü gözünü yıka, kendine gel. Ben de bu arada birine telefon edeceğim. Sonra, ne yapacağımıza karar veririz."

Kalktım yerimden, bacaklarım titriyordu. Sendeleyerek tuvalete yürüdüm ve aynada ağlamaktan şişmiş gözlerimi, kanı çekilmiş, tükenmiş, kül gibi yüzümü gördüm. Ölümün kıyısından mı dönüyordum yoksa ölümün kollarına mı atıyordum kendimi, gerçekten bilmiyordum. Beni sessizce dinleyen adama nereye kadar güvenebilirdim, onu da bilmiyordum. Bildiğim tek şey, Tarık ölmüştü ve sanki beni de yanına çekiyordu.

PARAMPARÇA

Tuvalette kulaklarım uğuldadığı, başım döndüğü için uzun bir süre tuvaletin kapağının üzerinde oturup kaldım. Sonra kalktım, musluğu açtım, yüzüme soğuk suyu çarptıkça kendime gelir gibi oldum. Kurulanırken, anneannemin havluların arasına koyduğu lavanta çiçeği kokusu geldi burnuma. İçim cız etti ama bir ağlama krizine daha halim kalmamıştı. İşimi bitirip çıktım tuvaletten, Orhan Hoca, holde bir aşağı bir yukarı gezinerek telefonda konuşuyordu.

"Madem bu işi sen sardın başımıza," diyordu birisine, "yardımcı olmaya mecbursun... Onu yerde mi ararsın gökte mi bilemem ama onu bulacaksın! Kızın peşindekiler kim, mutlaka öğreneceksin, anladın mı! Çok ciddiyim bak!"

Fena alıştım ben kapı dinlemeye... Her kimden söz ediyorsa, yerini anası bilmese kardeşi bilirmiş. Kardeşi bilmese, sevgilisi bilirmiş. Sesi giderek sertleşti... kapattı sonunda telefonu.

Orhan Hoca'nın yanına gittim.

"Nereye sakladınsa çıkar şu şeyi de, ne varmış bu kadar önemli görelim bakalım," dedi beni görür görmez.

"Bende değil ki!"

"Kimde?"

"Kaza gecesi giydiğim ceketteydi."

"Nerede o ceket şimdi?"

"Bugün gelen komiser söyledi, polisteymiş. İncelemek için üzerimdekileri alıp götürmüşler hastaneden. Yarın getirecekti giysilerimi bana komiser."

"Çipi bulup içindekileri öğrenmişlerdir çoktan. Yarın mutlaka teslim ol polise de bu maskaralık bitsin. Bana anlattıklarını olduğu gibi onlara da anlatırsın, suçun olmadığını anlarlar."

"Çip cebimde değildi, ceketin astarını söküp içine dikmiştim. Polis bulmuş olsaydı, anında geri gelir beni sorgulardı."

Orhan Hoca düşünceliydi, "İçinde ne olduğunu polisten önce öğrenmemiz iyi olurdu," dedi.

"Hocam, dua edelim de yarın ceketim geldiğinde koyduğum yerde bulayım ve hemen bana adı verilen kişiye ileteyim."

"Kim o kişi?"

Bu ismin gizli kalması için o kadar ısrar etmişti ki Tarık, bari onu kendime saklasaydım.

Sustuğumu görünce, "Bulduğun takdirde, çipi kendin götürmeye kalkışmayacaksın herhalde, birinden yardım istemek zorundasın. Hayatını kolaylaştırmak istiyorsan en iyisi bana güvenmen."

"Haklısınız," dedim, "adamın adı Firuzan... Tarık sadece ona güvendiğini söylemişti."

"Soyadı?"

Duraladım ama artık ok yaydan çıkmıştı.

"Öztekin."

"Firuzan Öztekin...Yahu, ben bu adı duydum sanki... ya da okudum bir yerde... dur bakayım... neydi, neydi?.. Galiba dün şey oldu... gözaltına alındı bu kişi!"

"Yok artık! Emin misiniz?"

Cebinden telefonunu çıkardı, internete girip baktı.

"Evet, doğru. Resmi de var hatta... bak, gençten bir adam..."

Uzanıp telefonu aldım, mahzun bakışlı, temiz yüzlü bir genç adamın resmi vardı küçük ekranda.

"Niye gözaltına alınmış?"

"Terör örgütü ile yakın ilişki... güya. Bilemeyiz tabii. Neyse, şimdi biz seni ne yapacağımıza karar verelim."

"Hocam, Tarık beni katiyen teröre bulaşmış birine yollamaz... dı!.. Terörist olmadığına eminim."

"Ne fark eder ki Esra, adam gözaltındayken görüşebilmen mümkün değil zaten. Bizim derdimiz şu anda bu adamın ne olduğu değil, seni ne yapacağımız? Buna odaklanalım lütfen!"

"Haklısınız."

"Çipte ne olduğunu bilmemek kötü oldu."

"Şey... Hocam..."

Tam konuşacakken vazgeçtim... bir türlü karar veremiyordum ona çipteki bilgilere ulaşmanın mümkün olduğunu söylemeye. Tarık ölmüştü, kimse ona zarar veremezdi artık. Acaba söyleseydim de indirse miydik bilgileri?

Ben bunları düşünürken, o yine, "Eğer içeriğini bileydik ona göre hareket ederdik," diye yinelemez mi!

"Öyle mi düşünüyorsunuz?" diye sordum.

"Elbette. Bilseydik, belki de korkmana hiç neden kalmazdı, yeni hatırlamış gibi yapıp kendin teslim ederdin polise."

Sürekli yalan söylemekten yorgun düşmüştüm. Birine güvenmem gerekiyordu ki, çıldırmayayım ve eğer şu anda güvenebileceğim bir kişi varsa, o kesin Orhan Hoca'ydı. Derin bir nefes aldım, tam söyleyecektim ki, Hoca yine lafa girdi:

"Ya Esra, sen bu çipin içindekileri bir hesaba yolladım demedin miydi? Öyle demiştin sanki bana!"

"Tabii ya! İyi ki hatırlattınız hocam, ben telaştan unutmuşum... çipin içeriğine ulaşabiliriz," diye idare etmeye çalıştım.

Oh be! Ne kadar iyi bir duyguymuş doğruyu söylemek!

"Haydi o zaman, hemen indirelim."

"O dosyayı size ait bir adrese indirmeyelim. Baksanıza birileri evimi aramış. Ya yarın kimliğim açık edildiğinde, benimle temasta olan kişileri de takibe alırlarsa? Başınıza iş açılmasını istemem."

"Haklısın. Tamamen alakasız birinin bilgisayarını kullanmak lazım! İyi de kiminkini? Kiminkini? Dur, dur... aklıma bir şey geliyor... arabama kadar gidip geleceğim!"

Endişe içinde olduğumu görünce, "Benim bir telefonum daha var," dedi, özel işlerim için pek ender kullanırım. Onu alıp geleyim arabadan... indirir, bakarız sonra da imha ederim telefonu. Ha, eğer bir sorun çıkarsa, arabada bırakmıştım, çalınmış derim. Eğer okuyacağımız şeyde bir suç unsuru varsa, telefonu kim çalmışsa, onun üzerinde kalır... yani hiç kimsenin!" Göz kırptı bana. "Polisler arayıp bulsunlar hırsızı!"

Lafını bitirdiği anda telefonu çalmaya başladı. Sokak kapısına doğru yürüyordu ki durdu, açtı telefonu.

"Ha, sen misin!" dedi, "Hayrola, ulaştın mı yoksa? Haa! Yapma ya!" dedi bir süre dinledikten sonra, "Ah nasıl unuttum!" Alnına vurdu eliyle. "Sende hatırlatmadın ki birader!" dedi karşı tarafın konuşmasından sonra, "Olur mu hiç! Elbette tutacağım sözümü. Sürpriz olacaktı, ne güzel!" (...) "Nasıl yapalım?" (...) "Benim biraz daha işim var da, sana eve dönerken uğrasam?" (...) "Ne bileyim, bir saat sonra desek?" (...) "Yaa! Çok mu erkene koydun ameliyatı?" (...) "Tamam, o halde birazdan uğrar alırım. Sabah da erkenden iade ederim." (...) "Tamam birader, dert değil!"

Kapattı telefonunu, bana döndü,

"Bir bu eksikti!" dedi, "Cemil aradı, Ekocan'a doğum günü için tabletine özel bir oyun indirme sözü vermiştim. Buraya gelmeden onlardaydım da... sabah sürpriz olacaktı güya, evden çıkarken çocuğun tabletini yanıma almayı unutmuşum. Oysa sabah ilk sürprizi benden olacaktı güya!"

"Ekocan kim?"

"Cemil'in oğlu. Yarın dokuz yaşına basacak da... Evi uzak değil, oğlanın tabletini alıvereyim, telefonla birlikte dönerim en fazla yarım saat içinde."

Ben Cemil Hoca'nın neden oğluna Ekocan gibi tuhaf bir isim takmış olduğunu soramadan, fırladı gitti.

3

YA HER ŞEYİM YA HİÇİM, SORMA DÜNYAM NE BİÇİM

DAVUL DENGİ DENGİNE ÇALAR

Bir gün Cemil'in başımı belaya sokacağını annem ısrarla söylemişti bana.

Sanırım ilkokulun üçüncü sınıfındaydık, "Oğlum," demişti, "davul dengi dengine vurur. Bu iş, sadece eş değil, arkadaş seçerken de böyledir. Yarın öbür gün bu çocuk, sen ondan üstünsün diye sana gizli gizli diş bilerse, seni kıskanırsa, kötülük ederse hiç şaşırma! İçimden bir ses diyor ki, ondan uzak durmazsan başına bir gün bela saracak."

Ben de hep yaptığım gibi, şiddetle savunmuştum arkadaşımı. Üç yıldır ne annem pes ediyordu homurdanmaktan, ne de ben vazgeçiyordum Cemil'den. O, benim olmak isteyip de olamadığım her şeydi... Girişken, konuşkan, ağzı bozuk, becerikli ve cingöz. Onunla tamamlanıyordum adeta!

Annemin indinde benim Cemil'e olan üstünlüğüm, kendisinin beş kuşaktır İstanbullu, üç kuşaktır da dışişleri mensubu bir ailenin kızı olmasından ileri geliyordu. Ama annemin bu üstünlük duygusuna rağmen evimizde babamın borusu ötermiş ki, ben paralı bir özel bir okula değil, annemin züppeliğinden bunalmış babamın ısrarıyla, halk çocuklarıyla kaynaşmak üzere, evimizin az ilerisindeki devlet ilkokuluna yollanmıştım.

Okuldaki ilk günümde, sınıf öğretmenimiz bu maksadı sezmiş gibi, beni mahalle bakkalımızın oğlu Cemil'le yan yana oturttu ve biz, biri hafifçe toplu ve sarışın, diğeri kibrit çöpü gibi ince ve koyu kumral, iki zıt görünüşlü çocuk, bir daha hiç ayrılmadık. Hatta zaman içinde Cemil'le birlikte ödev yapma bahanesiyle birbirimizin evlerine de gidip gelmeye başladık.

Ben onun evinde kalabalık ailelerin cümbüşünü gördüm, esnaf kurnazlığıyla tanıştım, tadı damağımda kalan tencere yemekleri yedim, mütevazı ve muhafazakâr evlere girerken ayakkabılarımı kapı eşiğinde bırakmayı öğrendim ve hiçbir Cuma'yı kaçırmayan Veysel Bakkal'ın her gece rakı içmesine şaştım.

Cemil ise, bizim evde konak hayatının incelikleriyle tanıştı, ilk defa karides yedi, balık çatal bıçağının diğerlerinden farkını öğrendi, dekolte giysilerle dolaşan genç kızlara ve annelerine karşın aynı evdeki yaşlıların namaz kılıp oruç tutmalarına ve hayli dindar olmalarına şaştı ve tahsil hayatının sonuna kadar babamın kütüphanesiyle cömertliğinden bolca istifade etti.

Ben de Cemil'in, babasına ait bakkaldan veresiye alışveriş yapan mahallemiz çocuklarının nezdindeki forsundan istifade ettim. Cemil beni semt gençlerinin futbol oynadığı boş arsaya götürdü ve mahalle takımına soktu. Ben de ona, sünnetimde armağan edilen bisikletime binmesini öğrettim.

Beşinci sınıfa geçtiğimizde, iyice uzamış, besili danalara dönmüştük.

Az daha büyüdük, benim çocukken sapsarı olan saçlarım koyuldu, boyum uzadı, Cemil'in çocukken kestane rengi olan saçları, deniz mevsimlerini çok uzattığımız için güneşten açıldı, omuzları genişledi. O benim kız kardeşime âşık oldu, ben onun yengesinin kız kardeşine âşık olmuş gibi yaptım. Daha sonra bizim sokağın sonundaki evde oturan kıza her ikimiz de aynı zamanda sarkıp birbirimizle yumruk yumruğa dövüştük. Kız ikimize de yüz vermedi, başkasıyla çıktı. Bu bizi birbirimize daha da fazla yaklaştırdı. Ben zannettim ki, kızlara hiç ihtiyaç duymadan, biz birbirimize yeteceğiz. Cemil benim gibi kanaatkâr çıkmadı, kız peşinde koşmaya devam etti.

Lise sınavlarında ben Avusturya Lisesi'ni kazandım. Cemil, Almanca tedrisat yapan İstanbul Erkek Lisesi'ne girdi. Lisede okurken, İngilizcemi kuvvetlendirmek amacıyla eve özel ders vermeye gelen Miss Ashton'a, tam üç yıl boyunca derslere Cemil'in de katılması için, babam fazladan para ödedi. Bu sayede Almancanın yanı sıra birlikte iyi İngilizce de öğrendik.

Yine lise yıllarımızda Cemil bana genelev sokağının, ben ona operanın yerini gösterdim. Geneleve onun teyzesinin oğullarıyla, operaya annem, babam ve kız kardeşimle gittik.

Ben genelevden, o operadan hiç hoşnut kalmadık.

Yaşımız ilerledikçe, sosyal kodlarımız gibi karakterlerimizin de benzeşmediğini görüyorduk ama bu farklılıklar bizim sıkı arkadaş olmamızı engellemiyor, tersine ikimizin de dünyaya daha geniş açıdan bakmamıza vesile oluyor, empati duygumuzu geliştiriyordu. Üniversite seçiminde başvuru formlarını, birbirimizden kopmamak için birlikte doldurduk. Annem mülkiyeyi bitirip diplomat olmamı, babam kendisi gibi hukuk okumamı istiyordu. Onlara karşı gelerek, sırf Cemil'in hatırı için İstanbul Tıp fakültesi'ni başa yazdım. Matematiği kuvvetli, çalışkan gençlerdik; ikimiz de kazandık.

Üniversitenin son yılına geçtiğimiz yazın başında ben Güzel Sanatlar Akademisi'nde okuyan Cansu'yla arkadaş oldum. Delidolu, hoş bir kızdı. Beni okulunun geleneksel balosuna davet etmişti. Baloya giderken peşime Cemil'i de taktım ki, hep birlikte eğlenelim. Gecenin bir yerinde, dans pistinde hepimizin dut olduğu bir saatte, Cemil yanıma geldi.

"Bana bak, sen bu Cansu'yla şey ettin mi?" diye sordu.

Gerçeği söylememek için anlamamış gibi yaptım, "Ne ettim mi?"

"Yattın mı sen bu kızla?"

"Henüz değil. Ama bu ge..."

"İyi!" dedi lafımı keserek. "Haberin olsun, ben göz koydum ona!" Ve hemen uzaklaştı yanımdan.

Onca kız içinde Cemil niye illa benim hoşlandığım kızı seçmişti, sonraları düşündükçe içime oturdu da, o gece, bozulduğumu belli etmeyi kendime yedirememiştim. Akademi baloları çok geç saatlere kadar sürerdi. Oysa ben erken ayrılmıştım balodan. Gittiğimi ikisi de fark etmediler, pistte sarmaş dolaş dans ediyorlardı. İçimden yanlarına gidip onları birbirinden ayırıp pistin değişik köşelerine savurmak geçti ama altı yaşından beri en yakın arkadaşım olan Cemil'i kaybetmeyi göze alamadım. Bir garsonun tepsi içinde gezdirdiği limonlu votkalardan birini kapıp bir seferde sonuna kadar diktim. Yüreğimin yanı sıra midem de alev aldı! Berbat bir haldeydim, kusmak istiyor, kusamadığım için geğirip duruyordum. Ağlamak istiyordum, sadece gözlerim yanıyordu... Gözlerimden dizlerime kadar, bütün içim yanıyordu aslında.

Binanın dışına çıktım. Soğuk hava tokat gibi indi yüzüme.

Kendimle sanırım ilk o gece yüzleştim!

O yıl aramıza mesafe koymak için İngiltere'de okuyan kız kardeşimi bahane ederek çok sık yurtdışına çıktım. Oysa bizim son senemizdi, en çok çalışmamız gereken dönemdeydik, uzmanlık sınavlarına girecektik ve ben çalışacağıma sağda solda sürtüyordum. Sınavlara girerken moralsizdim. Cemil benden daha iyi hazırlandığı ya da benden daha zeki olduğu için cerrahiyi kazandı. Ben psikiyatriyle yetinmek zorunda kaldım. Cansu ve Cemil, Cemil mezun olur olmaz evlendiler. Cemil'in nikâh şahidi bendim. Nikâhlarından yedi ay sonra, dokuz aylık doğan oğullarına Cansu kendi adının ilk hecesini, Cemil de onu tüm tahsil hayatı boyunca maddi açıdan desteklemiş olan babamın ismini verdi.

Cemil'den başından beri fazla hoşlanmamış olan annemi, arkadaşımın bu jesti yumuşatıvermişti. Bu yumuşamada, onun artık iyi bir cerrah olmasının ve Bastıyalı ailesinin tüm fertlerinin sağlık sorunlarıyla candan ilgilenmesinin de rolü vardı elbette.

Böylece Cemil'in sırtına yapışmış *Köşedeki Bakkalın Oğlu* etiketi, *Elimizde Büyüyen Çocuk*'a dönüşmekle kalmadı, torun özlemi çeken ailemizde Ekrem Can da ilk torun mertebesine yükseliverdi.

Ekrem Can'ın doğumu hepimizi mutlu etmişti ama varlığı çekirdek ailesini bir arada tutmaya kâfi gelmedi. Delidolu annesi, oğlu iki yaşına basmadan, onu Cemil'e bırakıp aldı başını gitti. Kısa bir süre sonra da boşandılar. Aynı yıl, yıkılıp apartmana dönüştürülen konağımızın giriş dairesini Cemil'in babasına çok ucuza sattık. Ekocan işte o dairede babaannesiyle dedesi, bizim ailenin de ilgisi, sevgisi ve her fırsatta hediye katkısıyla şımararak büyümeye başladı.

Ben de böylece bir çakma yeğen sahibi olmuştum. Cemil, kendi evinde oturmaya devam ettiği için, oğlunu ben ondan daha fazla görüyordum üstelik.

Cansu, oğlunun ilkokula başlayacağı yıl, İstanbul'a geri döndü. Ekocan kâh annesinde, kâh babasında, çoğu zaman da babaannesinde kalmaya başladı ama kimse ona mutsuz bir çocuk diyemezdi. Ana-babası boşanmamış çocukların parmakla gösterilecek kadar az olduğu günümüzde, o da benzerleri gibi vaktinden önce olgunlaşmış, elektronik oyun ve tablet müptelası bir zamane çocuğu olarak, en azından bizim apartmanda, annemlere, bana ve babaannesine ait üç ayrı dairenin ilk ve tek torunu olmakla hükümranlığını başarıyla hâlâ sürdürüyor da, Ekocan'a nasıl geldim ben?

Elbette annemin, "*Bu çocuk başına bir gün bir bela saracak*" iddiasının peşine düşerek geldim!

Cemil, bu öngörüyü haklı çıkarmak için, tam yirmi dokuz yıl beklemiş!

İlerde başım birazdan telefonuma indireceğim metinden dolayı belaya girerse, anneme akabinde başmüneccimlik payesi verilmelidir, hem de cumhurbaşkanının bizzat kendisi tarafından!

Arabamı arkadaşımın evinin önüne yanaştırırken, ben işte bunları geçiriyordum aklımdan. Çıktım arabadan, koşar adım apartmana girdim. Resepsiyondaki görevli beni tanıdığı için başıyla selam verdi, asansörü beklemeden üçer dörder çıktım basamakları, zile dayandım.

Kapıyı açarken, "Çeksene elini zilden, oğlanı uyandıracaksın!" dedi Cemil. Benden ayrılıp evine döndükten sonra da içmeye devam ettiği her halinden belliydi.

"Madem yarın erkenden ameliyatın var, içme artık," dedim.

"Mutsuzum," dedi.

"İçki mutluluk getirmiyor. Haydi, ver şu tableti de gideyim!"

"Acelen ne be? Girsene içeriye."

"Hani sen erken yatacaktın, oğlunla birlikte?"

"O çoktan uyudu, sen de uzatma işte... gir içeri, bir kadeh bir şey iç, sen gidince yatarım ben de."

Girmediğimi görünce, işaretparmağını salladı burnuma doğru, "Dur seen! Bir bekleyenin var senin! Tevekkeli değil oturmuş beni haşlarken, acil durum var bahanesiyle fırladın gittin! Ben de gerçekten kriz geçiren bir hastan var sanmıştım..."

"Saçmalamasana! Haydi, ver şunu da gideyim."

"Kim bu apandisiti patlar gibi ruhu patlamış kişi? Güzel mi, genç mi, sarışın mı, esmer mi?"

"Bak kafamı kızdırma, erken ameliyatın var diye üstüne gelmiyorum..."

"Gel be, üstüme gel! Haydi bekliyorum, gelsene!"

"Ferdi'yi bulacaksın Cemil! Yerin dibine de girmiş olsa bulacaksın! Bana yolladığın kızın peşindekiler kim öğreneceksin!"

"Bu mümkün değil, çünkü darbe gecesi Ferdi Yunanistan üzerinden kaçmış! Koskoca Avrupa'nın bir köşesinde saklanıyormuş. Emrettin diye, çekmediğim ip kalmadı, öğrendim işte! Çok lazımsa, kendin ara!"

"Bak, haberin olsun Cemil, bu kıza ve dolayısıyla da bana, pislik bulaşırsa, seni..."

"Haa! Şimdi anladım! Hastasına abayı yakan doktor durumları! Nihayet kedimiz bir fare yakaladı, haydi hayırlısı!"

"Saçmalama!"

"Anlat o zaman!"

"Cemil, şu anda vaktim yok! Şimdi yakamı bırak, sonra konuşuruz, tamam mı!"

"Fi tarihinde elinden bir kız aldım diye hiç affetmedin beni, bilmiyor muyum sanıyorsun? O gün bugündür kedi bokunu örter gibi saklarsın ilişkilerini benden."

"Tableti getirmiyorsan, gidiyorum." Arkamı döndüm, gider gibi...

Koridorda kayboldu. Az bekledim, tablet elinde geri geldi.

"Ekocan uyanır uyanmaz ister bunu, ona göre! Emzik faslından balıklama tablet faslına atlıyor artık çocuklar. Onsuz nefes alamıyorlar."

"Tamam, merak etme! Sabah sen evden çıkmadan getireceğim. Başucuna bırak ki, uyanınca sürprizini kendi bulsun."

"Bak, yarın anlatacaksın ama bana neler çevirdiğini."

"Ben sen değilim Cemil Efendi, bir şey çevirdiğim yok!"

"Sen onu külahıma anlat! Haydi, bunca yıl sonra itiraf edeyim de için rahat etsin. Cansu kendi gelmişti benim üstüme."

O bana hınzırca gülümserken çektim aldım elindeki tableti, "İyi etmiş!" dedim.

"Vallahi benim hiç suçum yoktu Orhan."

"Sana da kocaman bir aferin o halde!"

Merdivenleri çıktığım hızla koşar adım inmeye başladım.

"Gazan mübarek olsun!" diye bağırdı arkamdan.

Arabaya binmeden önce, başımı kaldırıp penceresine baktım. Camı açmış, yarı beline kadar sarkmış, arabanın içinde kim var görmeye çalışıyordu. Koca herif oldu, beyin cerrahisinde bir numaraya oynuyor ama hâlâ çocuk!

Cansu üstüne gelmişmiş!

Senin işin gücün bana küçük kazıklar atmak, beni küçük düşürmek, benden daha üstün olduğunu kanıtlamaktı. Hepsini görmezden, anlamazdan geldim.

Şimdi ben de yıllarca biriktirdiğim gönül kırıklıkları için sana toptan ödeme yapacağım yakında! Hem de reklamlardaki gibi tıpkı. Çokkk Yakında! Azzz Sonra!

Kızın sakladığı bilgiyi ele geçirdiğim an, o bilgiyle birlikte kızı getirip kapının önüne bırakmazsam, bana da Orhan demesinler! Emrin üzere, baktım, besledim, iyileştirdim ve şimdi sana iade ediyorum. Avrupa'da saklanan Ferdi'yle birlikte karar verirsiniz artık ne yapacağınıza!

O sinirle, anahtarımı bulamadım. Ceplerimi karıştırırken, "Sen kendini çok akıllı sanıyorsun ama benim gizli dünyamı hiçbir zaman bilmedin Cemil Efendi," diye hâlâ söyleniyordum, "Ali Cengiz oyununun Ali'si sensen, Cengiz'i de benim!"

Anahtarı nihayet bulunca, geçip oturdum yerime, camı indirdim, kolumu dışarı uzattım, penceresinden arabanın içini görebilmek için yarı beline kadar sarkmış arkadaşıma, elimle malum işareti yapıp gazladım gecenin içine doğru.

EVİMİN HAYALETLERİYLE BAŞ BAŞA

Orhan Hoca çıkınca, evimin hayaletleriyle baş başa kaldım. Zır deli sayılmam ama anneannemin annesi Elsa'nın, haminnem Bedia'nın ve büyükbabamın bu evi sık ziyaret ettiklerini düşünürüm. Elsa ve haminneyle fazla bir muhabbetim olmadı, yaşlıydılar, ben çocukken vefat ettiler fakat büyükbabamla uzun bir birlikteliğim var. En yoğun da onun varlığını hissederim zaten. Hele üniversitenin dördüncü ve beşinci yıllarında sınavlarıma hazırlanırken, rüyama girer, bana moral verirdi, her zaman beni kolladığını hissederdim. Keşke şimdi de gelseler de evin dört bir yanında uçuşup rüyama girseler ve bana ihtiyacım olan umudu, şansı depolasalar. Keşke bitse bu kâbus!..

Her biri için sağa sola elimle öpücükler gönderdim, sonra vakit geçsin diye odaları dolaşıp pencerelerde açık kalmış perdeleri özenle kapattım. Anneannemin yatak odasında gidip dolaplarına, çekmelerine aceleyle tıkıştırdığım eşyalarını sil baştan muntazam bir şekilde yerleştirdim. Ne salonda ne de yatak odalarında Raifçik'in dikkatini çekebilecek aykırı bir şey bırakmadığıma emin olmak için her tarafı kontrol ettim. Salonda yastıkları rasgele attığım yerlerden alıp divanın üzerine dizdim. Duvardaki resimleri düzelttim. Mutfağa gittim en son, Raifçik'e söz verdiğim gibi çiçekleri suladım ve fırını yerine itmeyi yeniden denedim. Boşu boşuna ıkınıp sıkındım ve bir kez daha pes ettim.

Nerede kalmıştı bu adam? Vakit geçmek bilmiyordu.

Anneannemin odasına yürüdüm yine, yatağa çıktım, Kuran'ı yerinden aldım ve şifreye baktım. Aferin bana, hatırlıyormuşum!

Salona geçip perdenin kenarından sokağı gözleyerek Orhan Hoca'yı beklemeye başladım. Ben onu aşağı taraftan gelir diye beklerken, her nereye park ettiyse artık, yolun yukarı tarafında gözüktü. Kapıya koştum, otomatiğe bastım.

Biraz sonra yemek masasında yan yana oturmuş, heyecan içinde gizli dosyanın cep telefonuna inmesini bekliyorduk.

Dayanamadım, "Mahsuru yoksa sorabilir miyim hocam?" dedim, "Niye Cemil Hoca oğluna o adı taktı? Çok tuhaf bir isim, Ekocan."

Güldü, "Ekocan, Ekrem Can'ın kısaltması," dedi.

Ben de güldüm. "Hiç aklıma gelmezdi. Bende ekolojik bir çağrışım yaptı da..."

"Ekrem, benim babamın adı... A ah, bak Esra, bak... dosya açılıyor!"

İkimiz de susup dikkat kesildik ve önümüze açılan metni sessizce okumaya başladık. Okudukça dehşete düşüyor, "Yok artık!" "Daha neler!" "Olamaz!" gibi şeyler söylüyorduk. Raporun sonuna yaklaştığımızda ise, nefesimizi tutmuş, tam bir sessizliğe bürünmüştük. Gözlerimiz fal taşı gibi açılmıştı.

Nihayet bitirdik.

Derin bir sessizliğe gömüldük.

İlk o konuştu, "Esra, biz bunu hiç görmemiş olalım," dedi bana, "sen de bunu hiç kimseye verme! Dosyayı kapatalım, hemen silelim ve ebediyen unutalım."

Benden yanıt gelmeyince, "Bu metin hiç ama hiç kimsenin eline geçmemeli," diye devam etti. "Bir deli çıkıp da... Allah korusun..."

Ne diyeceğini bilmediğinden olmalı, lafını bitiremedi. Benden de çıt çıkmıyordu. Bölgenin felaketi olabilecek bir projenin karşısında, nutkumuz tutulmuştu.

Yine ilk Orhan Hoca konuştu,

"Eskiden olsa, kime başvuracağımızı bilirdik. Artık kim kimdir, kimin ipi kimin elinde bilmiyoruz ki! Üstelik böyle bir ortamda kimseyi de inandıramayız bu raporla hiç ilgimiz olmadığına. Ömür boyu hapis yeriz Alimallah! Hatta idamın geri getirilmesinin bile konuşulduğu şu günlerde, pisi pisine kafamız dahi gidebilir! Keşke hiç bulaşmaz, görmez olaydık... ama açtık, gördük! Şimdi silelim bunu ve hiç görmemiş olalım. Hiç!"

Kendimi toparlayıp nihayet titrek bir sesle, "Evet. Evet. Bu bizi aşar, hocam," diyebildim.

"Biz burada yazanları okumadık, görmedik, bilmiyoruz! Tamam mı Esra?"

"Tamam hocam."

"Söz mü?"

"Söz!"

"Bak Esra, çok ciddiyim, hayatının sonuna kadar konuşmayacağına söz ver. Kimseye, annene, babana, anneannene, hiçbir arkadaşına, bundan sonra hayatına girecek sevgiline, kocana... kimseye ama kimseye anlatmak yok! İkimizi de çıra gibi yakarsın. Beni sen bulaştırdın zaten."

Ellerim kırılaydı da hiç almasaydım bu çipi, diye düşündüm, yaktın beni Tarık! Sen çektin gittin bu dünyadan, senin narına ben yanıyorum şimdi! Lanet olsun o çipi götürmeyi kabul ettiğim güne!

"Kimseye anlatmayacaksın, söz ver Esra!" dedi yine.

"Söz dedim ya hocam! Bugünü hiç yaşamadık biz, çip mip, rapor... yok öyle bir şey hayatımızda."

"Siliyorum... tamam mı?"

"Tamam."

Orhan Hoca tuşa bastı ve dosya silindi. Sonra "çöp kutusu"nun içindekileri de sildi. Bir derin oh çekti ve bana, "Dosyayı silindi. Eve gidince hemen telefonu da imha edeceğim. Haydi kalk, seni kliniğe bırakayım artık," dedi, "yarın sen bana anlattıklarının hepsini komisere de anlatırsın. Ceketteki çip bulunmuşsa, içinde ne olduğunu bilmediğini söylersin. Kaybolmuşsa, polis polisliğini yapsın, arasın bulsun! Senin açından bu kâbus biter böylece!"

"İnşallah!" dedim.

Tüm sırlarımı hiçbir şeyi gizlemeden Orhan Hoca ile paylaştığım için, kendimi hafiflemiş hissediyordum.

İkimiz de ayağa kalktık, ben sandalyelerimizi yerlerine yerleştirdim, salonun ışığını söndürdüm. Sonra bir koşu anneannemin odasına gittim, yatağa basıp Kuran'ı çıkardım muhafazasından, şifrenin yazılı olduğu sayfayı yırtıp alırken büyük bir günah işliyormuşum gibi elim titredi, boğazım kurudu ama yıllar sonra da olsa, herhangi birini bu rapora ulaştırabilecek bir ipucu bırakmamalıydım. Kuran'ı yerine, yırtık sayfayı cebime soktum. Orhan Hoca beni holde bekliyordu. Yanına gittim, holün kırık ışığında iki mutsuz hayalet gibi birbirimize baktık.

Biraz utanarak sordum,

"Rica etsem mutfağa kadar gelir misiniz benimle? Fırını tek başıma yerine yerleştiremedim de... kapıcı hırsız girdi filan zannedip polise gitmeye kalkmasın diye..."

Alelacele birlikte mutfağa yürüdük, ben de yardım edeyim dedim ama, "Sen bırak," dedi bana.

Fırın yerine yerleşince, mutfağın ışığını kapattım, kapıya yürüdük.

Orhan Hoca, "Kapının dışında bekle beni, arabayı alıp geliyorum," dedi ve koşar adım çıktı gitti. Ben de çıktım arkasından. Evin anahtarını anneannemin posta kutusuna attım, şalı kafama sarıp dikildim kapının önünde.

Hoca çabuk geldi. Arka koltuğa geçtim. Yola düzüldük. Bir ara cebimden Kuran sayfasını çıkardım, ufacık parçalara böldüm, dittim adeta, sonra camı açıp elimdeki minik kâğıt parçacıklarını gecenin serinliğine savurdum. Dikiz aynasında göz göze geldik Hoca'yla. Hiçbir şey sormadı. Bomboş sokaklardan hızla akarken de hiç konuşmadık. Çünkü okuduklarımızdan sonra içimiz çekilmiş gibiydi, konuşacak halimiz kalmamıştı. İkimiz de az önce havaya savurduğum kâğıt parçacıkları gibi paramparçaydık.

Kliniğin arka kapısında durdurdu arabayı ve benimle birlikte indi. Şalımı başıma sarıp kapıya yürüdüm. Orhan Hoca demir kapının üzerindeki aygıta bir şifre yazdı. Kapı açıldı, ben içeri girmeden, bir kere daha, "Biz bu geceyi hiç yaşamadık," dedi, "Sen evini hatırlayınca, sadece evine kadar götürdüm seni. Hepsi bu!"

"Tamam hocam."

"Haydi, git şimdi uyu."

"Şey... Mutfak kapısı... Ben içerden sizin söylediğiniz gibi o kırmızı düğmeye basıp çıkabildim ama..."

"Ha... bir de o kapı var, değil mi! Ben açayım sana."

Bahçede hızlı adımlarla yürüdük mutfak kapısına kadar. Bekçi herhalde o sırada ön bahçeyi turluyordu, görmedi bizi. Mutfak kapısının da şifresini tuşladı Hoca. Az bekledik, açıldı kapı.

"Teşekkür ederim," dedim. "Siz de iyi bir uyku çekin hocam."

"Ne uykusu! Ekocan'ın oyununu indireceğim daha! Haydi, gir içeriye sen!"

Mutfak kapısından içeri girmeden önce ayakkabılarımı çıkartıp elime aldım, parmaklarımın ucunda mutfağa süzülüp kapıyı kapattım. Holden sessizce geçtim, merdivenlere yöneldim başım öne eğik, basamakları hızla tırmanırken, ah! Bir şeye çarptım! Az daha boş bulunup çığlık atacaktım. İlerlememi önlemek istercesine kollarını iki yana açmış biri duruyordu merdivenlerin tam ortasında!

BEN NEREYE BELA ORAYA

"İşte yakaladım seni!" dedi Asiye.

"Ah! Sen miydin! Ne yapıyorsun bu saatte merdivenlerde?"

"Sorana bak! Asıl sen söyle, nereden geldiğini!"

"Nerden geleceğim, bahçeye çıkmıştım... uyuyamayınca çıkıp hava alayım dedim de..."

"Sen onu benim kıçıma anlat!"

"Bu nasıl konuşmak böyle Asiye! Bir şeye mi canın sıkıldı?"

"Sıkıldı ya Gizem Hanım! Ben seninle her şeyimi paylaştım ama sen gözümün içine bakarak bana yalan söylüyorsun."

Gizem Abla'dan Gizem Hanım'a evrildiğime göre bir şey olmuş!

O kadar yorgundum ki, irdelemeyi ertesi güne bırakıp, "Haydi Asiye yol ver de geçeyim," dedim.

"Gördüm sizi!"

"Biz kim?"

"Bana hiç numara yapma! Orhan Hoca'nın arabasından indiğini nah şu gözlerimle gördüm, sakın inkâr edeyim deme! Benim odam arka bahçeye bakıyor."

"Bunlar merdivende konuşulacak şeyler değil. Gel benim odaya çıkalım."

"Yok, ben senin odana gelmem. Orada da kim bilir kimi saklıyorsundur sen."

"Asiye!"

"Söylediğinde inanmamıştım Sevda'ya, Orhan'da gözü var bunun dediğinde. Meğer doğru söylüyormuş."

Kolundan tutup çekeledim kızı, "Senin odana gidelim o halde, anlatayım neler olduğunu."

Birlikte bir kat yukarı çıktık, kapısı aralık duran odasına girdik. Işığı yaktı, yatağın üzerine yan yana oturduk.

"Dökül bakalım," dedi.

"Bak, bugün seninle konuşurken bir şeyler hatırlar gibi oldum... hatta sen diyordun ya belki anlattıklarım sende çağrışım yapar diye, aynen öyle oldu işte. Sen ailenden bahsederken, kendi evim geldi gözümün önüne. Hatırlasana, telefonunu istemiş, ev numaram diye hatırladığım numarayı çevirmiş, cevap alamayınca telaşa kapılmıştım. Anneannem yalnız yaşadığı için, ona bir kötü bir şey oldu sandım ama..."

Kesti sözümü, "Aileni hatırladığını, evini arayacağını bana niye söylemedin? Yalancı sen de!"

"Asiye gayet iyi biliyorsun, insan başına kötü şeyler gelince içini pat diye açamaz karşısındakine, her şeyden şüphe duyar, öyle değil mi?"

"Ben içimi sana açtım ama!"

"Sonra hemen pişman oldun! Kimseye söylememem için bin bir yemin ettirttin bana. Her neyse, beni dinleyecek misin yoksa odama gideyim mi?"

"Anlat haydi! Bakalım ne kılıf uyduracaksın Hoca'yla buluşmana."

"Hâlâ hoca diyor ya! Bak, anneannemi bulamayınca çok tedirgin oldum, uyuyamadım bir türlü. Hoca, bir şey hatırlarsam onu hemen aramam için cep numarasını vermişti bana. Dayanamadım, ona telefon ettim resepsiyondaki telefondan..."

"Niye bana gelmedin, neden benden istemedin telefonu?"

"Uyumuşsundur diye. İlaç veriyorlar ya sana... kendin söyledin."

"Ben dün gece içmemiştim ilacı. Kendimi iyi hissettiğim günlerde almıyorum. Dün öyle bir gündü, bir arkadaş edindim diye mutluydum, sana içimi dökmüştüm..."

"İyi de niye bana şu bu anda bu kadar kızgınsın Asiye? Ben ne yaptım sana?"

"Kilis'teki evde gâvurun kızı bile bana yalan söylemezken, sen beni aptal yerine koydun. Beni aldattın sen!"

Tanrım, hepsi buymuş! Ona yeterince açılmadım, bazı şeyleri sakladım diye kızmış!

"Aptal yerine filan koymadım, her şey kendiliğinden gelişti. Orhan Hoca'ya telefonda evimi, ailemi hatırladığımı söyleyince, hemen geldi, evime götürdü beni."

"Ertesi günü bekleyemediniz yani?"

"Ben bekleyemedim. Çünkü telefonu açmıyor diye anneannemi çok merak etmiştim. Yaşlı kadın, evde düşer, eder... Haydi, şimdi bırak da gideyim."

"Sonrasını da söyle!"

Asiye'ye hesap vermeye mecbur değildim ama sabırla yanıtladım:

"Evime gittik. Anneannem yurtdışındaymış meğer, annemin yanına gitmiş. O yüzden cevap vermiyormuş ev telefonu. İçeri girince daha çok şey hatırladım. Konuştuk Hoca'yla... Başka şeyler de gelsin aklıma diye, sorular sordu bana. Sonra da beni getirip kliniğe bıraktı, görmüş olduğun gibi."

"İçeri nasıl girdin anneannen evde değilse?"

"Kapıcıda evin anahtarı vardır hep, anneannem yalnız yaşıyor ya, hani bir şey olursa filan diye. Kapıcıdan aldım anahtarı."

"Annenle baban neredeler senin?"

"Annemle babam ben çocukken ayrıldılar. Annem yurtdışında, babam Side'de yaşıyor. Anneannem de annemin yanına gitmiş, söyledim ya sana."

"Yani aranızda bir şey yok sizin, Orhan Hoca'yla öyle mi?"

"Nereden çıkardın bunu Asiye? Ne ayıp! Başka kimseye söylemedin umarım."

Önüne baktı, "Söyledim... dışarı çıktığını yani... Başını yakıyordum senin Gizem Abla... Seni bulamayınca telaşlandım, seni kaçırdılar mı acaba diye düşündüm... senin iyiliğin için yaptım vallahi."

"Kim niye kaçırsın ki beni?"

"Beni kandıranlar var ya... onlar işte... Yaptıkları pislikleri kimselere anlatmasınlar diye öldürürler onlar insanı..."

"Benim onlarla hiç ilgim yok ama."

"Emin misin?"

Benimle illa aynı kaderi paylamış olmayı isteyen bu zavallı kızı hayal kırıklığına uğratmak da istemiyordum, ne yapacağı belli değildi çünkü. Biraz dengesiz olduğunu yeni fark ediyordum.

"Değilim," dedim, "henüz her şeyi net hatırlayamıyorum. Sen kimlere söyledin benim gece çıktığımı? Seyfi'ye mi?"

"Yok, ben amcama telefon ettim."

"Aman Tanrım! Niye?"

"Senin iyiliğin için. Uyuyamayınca geç vakit konuşmak için odana geldim, baktım yoksun, bütün binayı aradım. Toz olmuştun. Önce Sevda'ya telefon ettim ama telefonu kapalıydı. Son çare olarak amcamı aradım."

"Çok gereksiz bir iş yaptın sen Asiye!"

"Onlar eğer seni de Suriye'ye götürdülerse, beni nasıl kurtardıysa bir an önce seni de kurtarsın diye..."

"Ara hemen amcanı da, söyle, buradaymış meğer, ben görmemişim de."

"Ona yalan söylemem ben!"

"Doğruyu söyle o halde. Az önce döndü de."

"Bu saatte arayamam. Yarın sabaha artık. Zaten çoktan arayışa geçmiştir o seni."

Bakakaldım. Tanrım nasıl bir kaderdi bu, ben hiçbir şey yapmasam da bela gelip beni buluyordu.

"Odama çıkıyorum ben," dedim. "Çok yorgunum, uykum da var. Sakın böyle tedbirsizlikler yapma bir daha. Bir kuşkun olursa önce gel bana sor."

"Peki."

"Unutma sakın, sabah uyanır uyanmaz ilk işin amcanı aramak olsun, e mi!"

Çıktım odasından kızın. Merdivenleri nerdeyse sürüklenerek tırmanıp odama girdim. Kapının tokmağına, neme lazım, iskemleyi dayadım yine. Üzerimi dahi değiştirmeden sırtüstü attım kendimi yatağıma. Gün boyu yaşadıklarımı sil baştan düşünmeye ve hatta Asiye'ye kızmaya dahi mecalim kalmamıştı. Oysa kucağıma nur topu gibi yepyeni bir bela bırakmıştı Asiye, bu akşam itibariyle. Tanrım, hiç mi rahat yoktu bana! Kendime acıyıp dururken, uyuyakalmışım.

Ertesi sabah biz erken uyanmış olanlar, kliniğin camekânlı kış bahçesinde kahvaltımızı yaparken, Seyfi kapıda göründü ve yanıma gelerek kulağıma söyleyeceğine, masada herkesin duyacağı şekilde yüksek sesle ilan etti:

"Gizem Abla, Orhan Hoca sizi odasında bekliyor!"

"A ah! Bu saatte mi?" dedi yanımda oturan Asiye ve kolumu dürtmekle kalmadı, bir de göz kırptı bana. Hiç renk vermeden kalktım, meraklı nazarların altında çıktım kış bahçesinden. Koridoru geçip antreye ulaştım, henüz Sevda yerinde değildi, demek ki saat dokuz bile olmamış! Geceyi uykusuz geçirdi Orhan Hoca herhalde diye düşündüm, bana bir yemin daha ettirecek okuduklarımızı kimseye söylememem için.

Odasına girdim.

Beni görünce, düşünceli bir ifadeyle, "Otur," dedi masanın önündeki koltuğu işaret ederek. "Seni odama çağırmadan önce komiseri aradım. Konuştuğumuz gibi, dün bazı şeyleri hatırladığını, o yüzden akşam seni evine götürdüğümü söyledim. Belki henüz haberin yok ama binanın dışına çıktığın haberi çoktan sızmış!"

"Evet, biliyorum."

Bir kaşı hayretle yukarı kalktı,

"Sen nasıl öğrendin?"

"Aynı kaynaktan. Asiye dün gece odama çıkarken yolumu kesti. Bana nereden geldiğimi sordu, ben de sizi aradığımı ve evime gittiğimizi söyledim."

Yüzündeki endişeli ifade yumuşar gibi oldu.

"Esra, herkese hep aynı şeyi anlat... yani doğruyu."

"Evet öyle yapacağım. Komisere de aynını anlatacağım. Bir de Asiye'nin amcası var..."

Kaşı kalktı yine Orhan Hoca'nın.

"Hocam, Asiye beni arayıp bulamayınca, endişelenmiş, ona da haber vermiş," dedim.

Beklediğim tepkiyi göstermedi nedense.

"Sen amcayı bana bırak, ben konuşurum onunla! Sen sadece sakın unutma... biz o şeyi hiç görmedik, okumadık."

"Hangi şeyi?" dedim. "Ben bir şey okuduğumuzu hatırlamıyorum. Bir yanlışınız olmasın!"

Gülümsedi, "Aferin sana!" dedi ve ekledi, "bir tek bunun dışında, hep doğruları söylemelisin. Komiser birazdan gelir. Dün konuştuklarımızın şimdi tekrar üzerinden geçelim: Ceketine gizlediğin şeyi bulmuşlarsa, bundan hiç haberin olmadığını söyleyeceksin. Besbelli ki seni, bilgin dışında kurye olarak kullanmışlar. Sen sadece sana bir zarfta verilen bir şeyi İstanbul'a götürüyordun, kaza olmasaydı biri ertesi gün evine gelip zarfı senden alacaktı. İçinde ne var bilmiyorsun, seni ilgilendirmiyor zaten. Çantana koymuştun... Düşmüş mü, çalınmış mı bilemezsin, kaza esnasında kaybolmuş... Tamam mı?"

"Hocam... dün gece size söylemiştim değil mi? Ben o çipi cebime koymadım, ceketin astarına dikmiştim... şimdi onu orada buldularsa?.."

"Fark etmez Esra... Nerede buldularsa artık... birileri uygun gördükleri yere koymuşlar veya dikmişler! Sen sadece çantandakini biliyorsun, diğerinden hiç haberin yok! Bunu iyi belle, hiç haberin yok! Kimse aksini ispat edemez. Sen kendi işine odaklanmış bir doktor adayısın. Tertemizsin. Nokta!"

"Hocam... Tarık çipte ne olduğunu bildiğine göre... beni kullanmış olmuyor mu?"

"Oluyor."

"İnanamıyorum! Beni bilerek ateşe attı resmen!"

"Dava adamları için davalarından gerisi teferruattır."

"Hiç adil değil!"

"Hayat çoğu zaman adil değildir."

"Dün gece başıma gelen de mesela, aynen dediğiniz gibi... çünkü bu bizim Asiye klinikte olmadığımı amcasına gammazlamakla kalmamış, bir de beni arabanızdan inerken görmüş ya, aramızda bir şey var sanıyor. Ben elbette itiraz ettim ama bana inanmayıp bu dedikoduyu yayacağından eminim. Siz en iyisi benden bir an önce kurtulun. Komiser beni alıp nereye götürecekse götürsün. Çünkü ben hem kendime hem etrafıma zarar vermeye başladım."

Gözlerimi yerden kaldırıp bakamadım Orhan Hoca'ya.

"Boş ver!" dedi bana, "Her ikimizin de hesap verecek bir karısı, kocası filan olmadığına göre, ne isterse onu düşünsün Asiye. Sen, komiser gelmeden git kahvaltını bitir, gücünü topla, söyleyeceklerine odaklan. Ben de bu amca işini halledeyim." Başıyla çıkmamı işaret etti.

Kahvaltı odasına geri döndüm. Ben içeri girince mırıltılar kesildi. Yerime oturmadan önce öksürdüm... masadakiler dönüp bana baktılar.

"Sizlerden ayrılma zamanım geldi arkadaşlar," dedim, "kafamdaki sis yer yer açılmaya başladı. Dün evimi hatırladım. Orhan Hoca akşam beni evime götürdü. Bugün de beni komisere teslim ediyor. Çok yakında ayrılıyorum klinikten..."

"Duydun mu Asiye?" dedi orta yaşlı hanım, "Ben sana dedikodu yapmak ayıptır demedim mi!" Asiye benimle göz göze gelmemeye çalışırken ben yerime oturup soğumuş çayımı bitirdim. Masanın etrafındakilerden hakkımda güzel sözler duyuyordum. Yolumun açık olmasını diliyor, beni özleyeceklerini söylüyorlardı.

Kahvaltım bitince kalktım, odama çıkıp kendime çekidüzen verdim. Sorgu sırasında yanlış bir şey söylemeye o kadar çok korkuyordum ki, ağzım dilim kuruyordu. Buna rağmen komiserin yüzündeki ifadeden, dün gece Sevda'yı nereye götürdüğünü anlayabilecek miyim acaba diye düşünmekten de geri kalmadım. Yok, anlayamazdım herhalde; belleğime kavuştuğumdan beri, sezilerimin keskin uçları duyarlılığını kaybetmişti.

Merdivende ayak sesleri...

Seyfi kapının dışından seslendi,

"Gizem Abla, misafiriniz var."

"Kimmiş?"

"Dünkü bey yine geldi. Hoca'nın odasında sizi bekliyor."

Dananın kuyruğu kopmak üzereydi. Saçlarımı ellerimle kabartıp çıktım. Ben niye bu adamın yanına her gidişimde saçlarımı parmaklarımla kabartma ihtiyacı duyuyorum acaba?

SORMA DÜNYAM NE BİÇİM

Komiser ben içeri girince ayağa kalktı, elimi sıktı. Komiserin oturduğu koltuğun karşısındakine de ben oturdum.

"Hafızanıza kavuşmuşsunuz sonunda," dedi.

"Evet... dün gece... evimde daha da çok şey hatırladım."

"Sizin adınıza çok memnun oldum," dedi komiser. "Ve hazır böyle rahat bir ortamdayken, stres altında kalmadan her şeyi anlatmanızı istiyorum. Haydi, dinliyorum sizi."

"Ben sizi baş başa bırakayım," dedi Orhan Hoca. Kalktı yerinden, kapıya yürürken bana başparmağıyla başarı işareti yaptı. Komiser, arkası dönük olduğu için, görmedi.

Yalnız kaldığımızda komiserin bana, "Beni niye aramadınız? Size kartımı bırakmıştım," demesini bekledim ama o sadece, "Sizi dinliyorum," diye tekrar etmekle yetindi.

Derin bir nefes aldım ve Orhan Hoca'yla kararlaştırdığımız gibi, Tarık'ı Mardin'deki hastanede bulduğum andan başlayarak, tüm hikâyemi baştan sona anlattım. Beni dikkatle dinledi.

"Bunları karakolda da aynen tekrarlayacaksınız!" dedi sonunda, "ifadeniz kayda geçecek."

"Elbette. Eşyalarımı bulabildiniz mi?"

"Evet, yanımda getirdim."

O zaman fark ettim koltuğunun yanında yerde duran poşeti. Kalbim deli gibi çarpmaya başladı.

"Bakabilir miyim?" Sesim de titredi galiba.

"Önce sorularımı bitireyim... Poşeti size bırakacağım zaten."

Komiser bana Tarık'la nasıl tanıştığımızı sordu. Onu ne sıklıkla gördüğümü, nasıl biri olduğunu? Ben sorgulama bitti zannederken, yeniden başlamışa benziyordu. Ama bu sefer, sadece Tarık'a odaklanmıştı. Soruları yanıtlarken, babamla yaptığımız yolculuk esnasındaki rahatsızlığımı hatırladım. Şimdi, bir kere daha sevgilim dediğim adam hakkında çok az şey bildiğimi hissediyordum... O kadar ki, ta Mardin'e kadar gidip hasta yatağının başında oturduğum, uğruna kendimi tehlikeye attığım kişinin geçmişini hiç bilmediğim için, komiser hikâyeme inanmasa yeriydi. Belki de ben anlatırken sık sık sözümü kesip, "Size bir zarf verdi Tarık, öyle mi?" gibisinden daha önce yanıtladığım soruları tekrar tekrar sorup durması bundandı. Bu soruyu yineledi.

"Onun zarf filan verecek hali yoktu ki, yerini söyledi, ben aldım başucundaki dolaptan."

"Kime verilmek üzere?"

Hele bu soruyu üçüncü soruşuydu. Deli mi ne!

"Söylemedi, dedim ya! Evime gelip alacaktı biri."

"İsim vermedi mi?"

"Vermedi. Biri gelecek, Tarık Bey bir zarf yollamış diyecek, ben de vereceğim, çalıştığı dergiden artık kimi yollamışlarsa, ona! Adamın isminden bana ne! Dergiden biri işte!"

"İçinde ne vardı?"

"Neyin içinde? Zarfın mı?" Başıyla onayladı. "Minik bir çip... disket yani."

"Nerden biliyorsunuz?"

"Zarfı bir bıçakla hırpalamadan açıp baktım."

"Niye?

"Götüreceğim şeyin ne olduğunu görmek için. Toz mu, hap mı, ilaç mı... Allah korusun başımı belaya bulaştıracak bir şey olur..."

"Güvenmiyordunuz yani arkadaşınıza, öyle mi?"

"Öyle düşünmedim de... belki Tarık görmeden başka biri... ne bileyim, emin olmak istedim işte."

"Sonra?"

"İçindekini görünce zarfı güzelce yalayıp sıkıca kapattım hemen."

"Diskette ne vardı?"

"Ay ne bileyim ben, ellemedim bile."

"Muhtevasını merak etmediniz mi?"

"Pardon, neyini?"

"İçinde ne olduğunu?"

"Hayır, hiç!"

"Sahi mi?"

"Ben gazeteci ya da politikacı değilim ki. Bana savaş resimleri ve bazı röportajlar gönderiyorum demişti Tarık. Hastanede yeteri kadar yaralı görmüşüm zaten, bir de resimlerine mi bakaydım! Röportajları da merak etmedim... Vakit bulsam dersimi okurdum... Uzmanlık sınavıma hazırlanıyordum ben."

"Niye dönmediniz o halde üniversitenize?"

"Söyledim ya size, ben sevgilim iyileşene kadar..."

Kesti yine sözümü, "O ender buluşmalarda ne konuşurdunuz?"

"Hasret gidermekten konuşmaya pek vakit kalmazdı." İstedin ama bu yanıtı! Aynı soru bin kere sorulmaz ki! "İki sevgili kırk yılın birinde buluştuğunda, konu savaş olmamalı, öyle değil mi? Bakın son kez söylüyorum, çünkü çok sıkıldım tekrar etmekten;

Tarık'ı o hastanede bırakıp dönemedim, hijyeniyle, bakımıyla bizzat ilgilenmek istedim, hem de bir yılımı kaybetmeyi göze alarak, çok âşıktım çünkü. Sonra bir gün zar zor konuşarak benden bir şey istedi... ölürse onca emeği boşa gitmesin diye herhalde. Ben de ya ölürse içimde ukde kalır diye, iletmemi istediği şeyi çantama koyup düştüm yola. Gece evime giderken kaza oldu. Lütfen bu SON ifadem olsun!"

"Maalesef son değil. Karakolda da devam edeceğiz. Siz hiç mi merak etmediniz bu diskette ne olduğunu?"

"E, adam savaş muhabiri! Ne olduğu belli değil mi? Korkunç fotoğraflar ve savaş bilgileri. Savaştan nefret ederim ben."

"Diskette ne olduğunu..." O cümlesini bitirmeden, ben dayanamayıp gülmeye başladım.

"Niye gülüyorsunuz?" dedi.

"Takıntınız var, biliyor muydunuz? Acaba sizi de mi Orhan Hoca'ya emanet etsek?"

Bana kızmasını bekliyordum ama o da güldü.

"Bizim işimiz bu," dedi.

"Tamam o halde, haydi karakola gidelim, hemen bitirelim bu sorgulama işini."

"Sizi uyarmak zorundayım, bugün bitmeyebilir Esra Hanım."

Neyse, pek de aptal sayılmazmış, adımı çabuk öğrendi diğerlerine kıyasla, Gizem demedi bana bir kere olsun!

"Komiser bey, bir an önce hayatıma geri dönmek istiyorum. Fakülteme gitmek, hocalarımla durumumu konuşmak... söyledim size, Dokuz Eylül'deydim ben. Daha ne kadar sürecek bu soruşturma?"

"Size bir zaman veremem. Önce kayda geçirelim anlattıklarınızı. Çapraz ifadeler de alınsın hele..."

"Haydi bir an önce gidelim, ne olacaksa olsun," dedim. "Şu poşeti de alayım ben..."

Eğilip almaya davrandım, bileğimi tuttu yine.

"Burada açın poşeti."

"Odamda açarım."

"Benim önümde açın, eksik var mı yok mu söyleyin."

Kalbim nerdeyse göğsümden fırlayıp adamın kucağına düşecek... öylesine çarpıyordu. Başımı yere eğik tuttum bir zaman ki, yüzümün kızardığını anlamasın.

"Pekala." Poşeti aldım, içinden çıkanları bir bir oturduğum koltuğa bıraktım... makasla kesilmiş iç çamaşırları (normal, üstümden keserek çıkarmışlardır hastanede), bir etek, yine kesilmiş bir kazak, bir çift bot, kol saatim, Tarık'ın vermiş olduğu altın zincir, yırtık pırtık çoraplar ve... ceket! Her birini tek tek silkeleyip poşete geri koydum, zinciri boynuma, saati koluma taktım. En son ceketi aldım elime, ceplerine baktım... boş! Zımbalı kısmı ellerimle yoklasam mı? Yok, yok sakın! Yüzüme sakin bir ifade vermeye çalışarak onu da poşete tıkıştırdım.

"Cebinizde bir şey yok muydu?" diye sordu.

"Belki bozuk para... önemsiz yani, kazada yere düşmüştür."

"Zarf neredeydi?"

"Dedim ya, çantamdaydı. Çantam bulunamamış. Kaza sırasında bir yankesici de alıp kaçmış olabilir. Çıkabilir miyim odama?"

"Bir saniye, size eşyaları teslim aldığınıza dair bir belge imzalatacağım... Her neyse, madem acele ediyorsunuz, buyurun gidin. Sizi burada bekliyorum, dönünce imzalarsınız artık."

Resepsiyonun önünden geçerken Orhan Hoca'nın Sevda'nın masasının başında, elinde bir fincan kahveyle dikildiğini gördüm. Sevda çay-kahve fırsatını yine kaçırmamıştı anlaşılan.

"Ooo, neler olmuş dün gece. Dananın kuyruğu kopmuş! Nihayet hafızana kavuşmuşsun, tebrikler," dedi Sevda. "Sorgulama nasıl geçti?"

"Sıkıcı... Aynı soruları yüz kere sordu."

"Bence de çok sıkıcı bir adam." Sevda'nın sesi ışıksızdı, demek yüz bulamamış dün komiserden. Hoca'nın bakışları ise endişeliydi.

"Sıkıcıydı ama her şey yolunda gitti," dedim onu rahatlatmak için. "Odama çıkıp üstüme bir şey alayım. Karakolda da sorgu var da..." Elimdeki poşet Sevda'nın gözünden kaçmadı. "O ne elindeki?" diye sordu.

"Kaza gecesi giydiklerim," dedim ben. Göz göze geldik Hoca'yla, bakışlarındaki soruyu gördüm.

"Ceketimin cebindeki bozuk paralar bile uçmuş kaza sırasında. Dımdızlak kaldım ama vallahi şu kadarcık üzülmüyorum, hayatta kaldığıma şükürler olsun!"

Ne demek istediğimi anladı, "Ben de odama döneyim," dedi Orhan Hoca, rahatladığını belli etmemeye çalışarak.

Görünüşte ben de çok sakindim ama içimde fırtınalar esiyordu. Farkına bile varmadan, kimin tarafından tezgâhlandığını bilemediğimiz korkunç tehlikeli bir plana bulaşmıştık. Sinsi bir mikrop gibi, yakınından geçene sıçrıyordu. Önce herhalde Tarık'a (ona suçlu olmayı hâlâ konduramıyordum) bulaşmış, ondan bana, benden Orhan Hoca'ya sıçramıştı. Bakalım başka kimlerin başını yakacaktı alazıyla? Nasıl durdurulacak, nasıl önlenecekti?

Orhan Hoca'yla ben, gördüğümüzü görmemiş gibi yaparak, öğrendiğimizi yok sayarak kurtulacağımızı umuyorduk.

Bu kadar kolay mı olacaktı acaba?

Basamakları sakin bir eda ile tırmanmaya başladım ama Sevda'nın görüş alanından kurtulunca üçer beşer atlayarak çıktım, odama girdim, kapıyı kapatıp hemen ceketin zımbalı kısmını kontrol ettim. Elime hiçbir şey gelmedi. Bir kere daha çok dikkatli baktım. Astarı sökmeye cesaret edemedim, belki komiser ceketi geri ister filan diye, o nedenle defalarca yokladım elimle, fakat çip kesinlikle diktiğim yerde değildi! Biri almış!

Kim?

Komiser mi?

Karakolda mı buldular? Yoksa ben Mardin'den ayrılmadan önce bir başkası mı yürüttü?

İçimdeki fırtına bir tayfuna dönüştü!

Çünkü tehlike bitmemişti!

Ceketimi yatağın üzerine torbanın yanına bıraktım, üstüme yün hırkayı giydim ve aşağı indim. Komiser Vural, bahçe kapısının önünde, binmem için arabanın arka kapsını açmış, beni bekliyordu.

Karakolda da ben aynı şeyleri sabırla tekrar ve tekrar anlattım. Sorulara sinirlenmeden yanıt verdim. Ben ifade verirken biri anlattıklarımı kayıt altına alıyordu. İfademin kaydedilmesi nihayet bitti. Çıktı alınmasını bekledik. Güzel gözlü genç bir kadın polis, birbirine raptedilmiş ifademi getirip önüme koydu, bana bir dolmakalem uzattı. Her bir sayfaya imzamı attım. Sonra beni bir başka odaya götürdü.

"Burada biraz bekleteceğiz sizi," dedi. Sesi, edası özür diler gibiydi. Gözlerinin içine baktım, düşüncelerini okumak ister gibi.

"Bir sorun mu var?" diye sordum.

"İfadenizle ilgili bir sorun yok. Mardin'den de bilgi aldık. Verdiğiniz ifade doğrulandı Esra Hanım. Sadece birkaç formalite kaldı. Uzun sürmez. Şefim gelir birazdan, o açıklar size..."

"Neyi?.." Sorumu tamamlamama fırsat bırakmadan çıktı gitti odadan.

Komiser geldiğinde ona diyeceklerim vardı. Karakoldan çıkınca doğru evime gitmek ve bundan böyle evimde kalmak istediğimi söyleyecektim. Ev telefonundan annemle anneannemi arayacak, iyi olduklarından emin olacaktım. Yok, telefon turuna anneannemden başlamalı, önce onu ikna etmeliydim başıma kötü bir şey gelmediğine. Bunca zaman onu niye arayamadığıma da iyi bir bahane bulmalıydım. Annem oralardaysa, eminim biz konuşurken telefonu çekip alacaktı annesinin elinden ve sevgilisinin başını bekleyen kızına, onları aramadığı için sitem filan etmeyecekti. Öğrenmek istediği aşk hayatımın nasıl gittiği olacaktı. Bir sonraki telefonumda ise başıma gelenleri baştan sona bu kez babama anlatacak ve beş parasız kaldığımı da sadece ona söyleyecektim ki, bu durumun icabına baksın ve bana acele tarafından bir bilgisayarla bir cep telefonu alsın! Sonra da Güzin'i aramalıydım. Arkadaşıma şu anda uzun açıklamalar yapamazdım ama en azından iyi olduğumu bilmeliydi, bir de Tarık'ın öldüğünü... Gerisini söylemeye gerek yoktu, bunu duyunca, zaten ne halde olduğumu hemen anlardı Güzin.

Aslında Güzin'den önce bankama telefon etmeliydim çalınan kredi kartlarımı haber vermek için. Gecikmeli arama yüzünden bankamdan azar işitecektim herhalde. Fakültemi de aramalı, bıraktığım yerden devam edip edemeyeceğimi, sınavın tam tarihini öğrenmeliydim. En sona diğer arkadaşlarımı bırakmıştım, Güzin hariç, özelimi çoğuyla paylaşamazdım. Onlar eğlenmek, kafa dağıtmak içindi, içimi ise ancak sevgisinden emin olduğum, bana koşulsuz inanacak kişilere dökebilirdim, yani sadece anneannemle Güzin'e... ve haydi itiraf edeyim, artık galiba bir de babama!

Evet, hayatımı tekrar rayına oturtmanın zamanı gelmişti. Birkaç aylık gecikmeyle yaşamaya yeniden başlamak! Kendimi Ajda ağzıyla şarkı söylerken buldum, *Yeniden başlasıın...* ama sonra aklıma ceketimdeki çip geldi!

Enerjim düştü. Moralim sıfırlandı. Çilem bitmemişti henüz!..

Komiser odaya döndü. Ona evime gitmek istediğimi söyledim. Acaba bir araçla beni evime kadar yollayabilir miydi? Evime gidince babamı, bankamı filan arayıp para işlerimi yoluna koymalıydım.

"Çok üzgünüm Esra Hanım," dedi. "Sizi evinize gönderemeyiz."

"Peki, kliniğe döneyim o halde, oradaki telefondan halledeyim bu işleri."

"Klinikte de kalamazsınız. Peşinizde karanlık bir örgütün üyeleri olduğunu düşünüyoruz. Bu yüzden sizi..."

"Ama yeter artık komiser!"

"Biz sizin masumiyetinize inandık ama birileri elinizde bazı bilgiler olduğunu düşünüyor. Hayatınız işte bu yüzden tehlikede."

"E, ne yapacağım ben şimdi?"

"Sizin için tehlike bertaraf olana kadar saklanacaksınız. Size kalabileceğiniz bir yer ayarlamaya çalışıyoruz."

"Neden ben saklanıyor muşum? Polis bulsun bu örgütü, açığa çıkarsın. Bana ne karanlık örgütten, benim sınavlarım var, işim gücüm var. Bir ailem... Allah aşkına komiser, bir hayatım var benim! Sıradan bir insanım ben! Örgütten, gizli bilgiden filan hiç anlamam. Çektiklerim yetmedi mi, yahu?"

"Sınavları filan bir süre askıya alın. Uzun sürmeyecek ama şu anda..."

"Sınavımı erteleyemem!" diye kestim sözünü, "Tıp okumak ne demek biliyor musunuz siz? Beş yıl gece gündüz çalışmak, nah şu kalınlıktaki (parmaklarımla işaret ettim boyutunu) kitapları devirmek, insan bedenindeki tüm kemiklerin, kasların, damarların adlarını ezberlemek, kâbus gibi sınavlara girmek, bir yandan da staj yapmak ki karşılığı, bizden kıdemli doktorlara neferlik etmektir! Bir de TUS var, benim hiç günahım yokken, kaçırdığım uzmanlık sınavı! Kısacası komiser, polis olmaya benzemiyor doktor olmak!"

Son cümlemi söyler söylemez, hemen sustum ve kıpkırmızı oldum.

Sakin bir sesle, "Polis olmaya benzemez demek, doğru değil bence," dedi. "Siz insanların hayatını kurtarırsınız, biz ise insanlar için kendi hayatımızı veririz, hem de gözümüzü kırpmadan. Kemik adlarını ezberlemeyiz ama sizler emniyette olun diye, canımızdan feragat etmeyi öğreniriz bizler de. Neticede her ikimiz de insanlar için ömür tüketiyoruz, siz sağlıkları, biz selametleri için."

"Öyle demek istemedim, ben. Özür diliyorum, maksadımı aştım. Ama bakın, aylardır evimden, ailemden, arkadaşlarımdan uzağım. Tam hepsi geçti diye düşünürken... Kusura bakmayın."

"Asıl siz kusura bakmayın sizi hemen bırakmadığımız için. Ama hayatınızdan biz sorumluyuz. Kendiniz söylediniz, evinizde arama yapmışlar. Aradıklarını bulmak için yine geleceklerdir. O evde kalamazsınız!"

"Peki ne arıyor olabilirler?"

"Sizde olduğunu zannettikleri bilgiyi... kaybolan disketi yani."

"E, hani o çip... o disket çalınmıştı kaza gecesinde? Çalanlar onlar değil mi?"

"Keşke tek bir belayla uğraşıyor olaydık! Birileri ele geçirmiş ama demek sizin peşinizdekiler değil."

Kliniğe eşyalarımı toplamaya gittiğimde didik didik edecektim deri ceketimi, çip herhalde diktiğim yerden kaymıştı, ceketin kenarına düşmüştü. Ve eğer ceketin herhangi bir köşesinde değilse, karşımda oturan adamdaydı ve o şu anda benimle dalga geçiyordu. Ama öyle olsaydı, biz onu ceketin astarında bulduk, niye yalan söylüyorsun demez miydi şimdi bana?

O halde, eşyalarıma ilk el koyan polisteydi. Ceketi kurcalarken bulmuş olmalıydı. İyi de o niye sorgulamamıştı beni?

Kafayı yemek üzereydim.

Yine de sakin olmaya çalışarak, "Beni şimdi hep karakolda mı tutacaksınız?" diye sordum.

"Hayır, ne münasebet," dedi komiser. "Sizin için emniyetli bir yer arayışındayken, Orhan Hoca ruh sağlığınızı da göz önünde tutarak, bir süre size ilk müdahaleyi yapan doktorun evinde misafir edilmenizi önerdi, evi müsaitmiş ve..."

Kestim sözünü, "Cemil Hoca'da mı?"

"Evet. Orası çok uygundu fakat öğrendik ki, Cemil Hoca'nın bir haftalığına bir misafiri varmış. Olmadı yani. Bu yüzden sizi kısa bir süre Orhan Hoca'nın yazlığında misafir edeceğiz."

"Nerede?"

"Silivri'de. Gözden uzak, sakin ortam size de çok iyi gelecektir. Doktorunuzun ara sıra kendi evine gelip gitmesi de kimsenin şüphesini uyandırmaz. Yanınızda bir bayan korumanız olacak, biz de sizinle hep irtibat halinde olacağız."

"Pardon ama benim fikrimin önemi yok mu? Ben istiyor muyum bakalım Silivri'de kalmayı?"

"Şu anda seçim lüksünüz yok Esra Hanım. Size medikal açıdan da yardımcı olabilecek biri, sizi konuk etmeyi kabul ettikten sonra..."

"Komiser, benim medikal bakıma ihtiyacım yok ki! Hafızam geri geldi, bitti doktorlarla işim!"

"Çok büyük bir travma atlattınız. Orhan Hoca ile ilişkinizi hemen kesmeyin. Biz de bir iz peşindeyiz, çok yaklaştık. Düğümü çözünce tamamen serbest kalacaksınız. İlla ben başımı alır giderim diyorsanız, elbette sizi zorla tutamayız Ama bilin ki, başınızı alır giderseniz, biz de sizi koruyamayız. Burada seçim sizin."

"Hoca'ya yük olacağıma beni yurtdışına, annemin yanına gönderin, bari. Bilet paramı babam öder."

"Anneniz neredeydi... Amsterdam da mı?"

"Evet."

"Vizeniz var mı sizin?"

"Olmaz olur mu, Şengen'im var. Daha geçen yaz yenilemiştim."

"Bu seçeneği de düşünelim."

"Ama şey, pasaportum evde kaldı... evime gitmeme de siz izin vermiyorsunuz."

"Zamanı geldiğinde, o iş kolay halledilir."

"Başıma gelenlere inanamıyorum," dedim. "İradem dışında hayatım değişiyor. Sıradan bir kızken, gizemli bir roman kahramanına dönüşüyorum. Gizlenmek... yurtdışına kaçmak... doktorluktan vazgeçip biyografimi yazayım bari."

"Hem doktor hem yazar olabilirsiniz. Doktorlardan çok iyi yazarlar çıkıyor."

"Şaka bir yana komiserim, ailemle görüşmem şart. Bari beni evime kadar götürün, sizin gözetiminizde pasaportumu da alayım, telefonlarımı da edeyim aileme. Sonra götürün beni nereye götürecekseniz."

"Ben size bir telefon getireceğim, onu kullanın, sonra iade edin bana."

Ayağa kalktı çıkmak için, kapıda bana döndü, "Çay söyleyeyim mi size?"

"Lütfen, boğazım kurudu."

Çıktı. Ne kadar sulu göz oldum ben, onun yanında zor tuttuğum bir gözyaşı, ipini koparıp yanağıma doğru indi ama çabuk toparladım kendimi. Şu anda kendime acıyacağıma, telefon ettiğimde, anneme, babama ve en önemlisi anneanneme neler söyleyeceğimi düşünmeliydim ve hepsine aynı bilgiyi vermeliydim ki, aralarında konuşurlarsa, yalanlarım anlaşılmasın. Annemle babam değil de cin anneannem hemen fark ederdi bir tuhaflık olduğunu. Ah benim aklı boyundan uzun anneannem, az polisiye kitap okumadın bana çocukluğumda! İkimiz de biliriz bu yüzden, bazı abuk sabuk sözlerin saklayabileceği ipuçlarını. Bir gün yazar olacaksam, yüzüme gözüme bulaştırdığım aşkın romanını değil, polisiye roman yazmalıydım.

Komiser geri geldi. Bana bir telefon uzattı.

"Arayacağınız numaraları ezbere biliyor musunuz?" diye sordu.

"Parmak ucu hafızama güveniyorum. Anneanneminkini doğru tuşlarsam, diğer numaraları ondan alırım."

"Siz rahatça konuşun akrabalarınızla. Çay da yolda."

"Eğer beni anneme gönderecekseniz... ne zaman?.."

"Madem vizeniz var, yakında olabilir."

"Yarın, öbür gün gibi mi?"

"Önce şefimle görüşeceğim."

Çıktı yine. İçimden doğru sayıları tuşlamak için dua ederek ilk denememi yaptım. Bingo! Telefonun dırt dırt ötmesini dinledim uzun süre.

Yavaş yürüyor anneannem son iki yıldır, söyler dururdu bana, uzun çaldır kızım diye. Bu yüzden uzun çaldırıp sabırla bekledim. Açtı sonunda.

Alo demedi, *efendim*, dedi. Ben hiç ses etmedim. Bir kere daha *efendim,* dedi, derken kendine has vurgulu konuşmasını duydum anneannemin, "Baksana şu telefona Sude, *efendim*'den anlamayan biri var diğer uçta."

Annemi de duydum uzaktan. "Yanlış aradı herhalde, kapat anne," diyordu.

"Efendini seveyim senin, canımın içi," diye nerdeyse haykırdım, o telefonu kapatmadan.

"A ah! Esra'm! Birtanem!" Sesindeki coşkuyu kontrol altına aldı hemen, "Nerelerdeydin sen? İnsan bu kadar zaman aramaz mı? Mardin'den ayrılmışsın, İzmir'de yoksun, İstanbul'da yoksun! Tarık'ın peşine düşüp her nereye gittinse, insan bir telefon etmez mi evladım! Babanı aradım kaç kere, o da..."

"Dur anneannem, bir nefes al hele!"

Anneannem bir yandan da kızına sesleniyor, "Sudeee, kaçak bulundu, koş koş," diyordu. Telefonu annem kaptı elinden.

"Kızım, Esroş'um, merak etme huyum hiç yoktur ama beni bile telaşlandırdın. Arayı çok açtın bu sefer. İyisin değil mi? Annem ay sonunda dönecekti, şimdi artık buralarda tutamam onu, yarın öbür gün atlar, gelir. Seni çok özledi. Neredesin sen, İstanbul'da mısın? Her şey yolunda mı?"

Hayır anne, hiçbir şey yolunda değil! Ben şu anda bir tür tutsağım. Nasıl bir oyunun, ne tür bir planın parçasıyım tek bir fikrim yok. Peşimde beni öldürmek isteyen birileri var. Beni bu karanlık kuyuya, üç yıldır yüreğimi onun için tükettiğim sevgilim itti. Başıma gelebilecekleri bilerek, üstelik! Hiçbir şey yolunda değil anne!

"Evet, evet! Her şey yolunda. Anneannem sakın gelmesin çünkü belki ben geleceğim size, yakında. Ben de çok özledim sizi. Gelince uzun uzun konuşuruz."

"Ne zaman geliyorsun? (anneannem almış yine telefonu) sana sevdiğin yemekleri yapayım. Bu hafta içinde gelirsin değil mi?"

"Hayatım benim, çantam çalındı da... kimliğimi, kredi kartlarımı filan yeniden çıkartmam lazım, onları bekleyeceğim. Onlar çıkar çıkmaz inşallah..."

"Ne diyorsun Esra'm! Nasıl çalındı? Sokakta mı çaldırdın yoksa eve hırsız mı girdi? Sana bir şey yapmadı değil mi?"

"Yok, merak etme. Sokakta kapkaççılar aldı. Ama bir sürü iş çıktı başıma anneanne."

"Tevekkeli değil, kendi numarandan aramadın beni. Telefonun da gitti tabii. Sen şimdi şaşkın tavuk gibisindir, ben hemen geleyim, birlikte döneriz. Tarık nasıl oldu?"

"O iyi... iyi. Ben İzmir'deyim, sınava çalışıyorum. Sen sakın gelme anneanne. Ben çalınan kartları filan da hazır edince hemen geleceğim yanınıza. Sen beni orada bekle. Benim de bir tatile ihtiyacım var."

Bu kez annem aldı telefonu, sonra yine anneannem araya girdi ve birbirimizin sözünü kesmelerle uzadı konuşmamız. Neyse ki ben telefonu kapatmadan önce, "Anneanne telefonum çalınınca numaralar da gitti tabii, sen bana babamla annemin, bir de Güzin'in numaralarını söylesene, hemen yazayım bir yere," demeyi akıl ettim.

"Ezberimde yok ki... dur annene vereyim, o söylesin," dedi. Orada yazacak bir şey bulamadığım için anneme, numaraları ben kapatır kapatmaz, o anda kullandığım telefona göndermesini rica ettim.

"Sen kimin telefonundan arıyorsun bizi?" diye sordu annem.

"Bir arkadaşın," dedim, "sen numaraları hemen yolla çünkü ben ayrılacağım şimdi buradan. Hocamla randevum var... gecikiyorum anne."

Vedalaştık, kapattım telefonu. Çok beklemedim, annemden çabucak geldi sorduğum numaralar. Masanın üzerinde bulduğum bir tükenmezkalemle numaralarını koluma yazdım. Ter içinde kalmıştım. Önüme bıraktıkları çay da buz gibi olmuştu. Yine de birkaç yudum içtim ve önce babamı aradım. Annemlere yutturduğum çantam çalındı, her şeyim kayboldu öyküsünü ona da tekrarladım ve babamdan bankamla üniversitemin numaralarını bulup bana hemen yollamasını rica ettim. Babamın istediğim telefonları araştırıp bulması biraz zaman alacaktı. Sabırla bekledim. İstediğim numaralar telefonuma düşer düşmez, önce bankamı aradım. Çantamın çalındığı tarihle bugün arasındaki gecikmeyi açıklamak için, bir kaza geçirdiğimi de söylemek zorunda kaldım. Güzin'in telefonunu çok çaldırdım, cevap vermedi. Üniversiteyi aramayı en sona bırakmıştım. Babama söyleyemediğim kazayı ve hafıza kaybı durumumu üniversitedeki hocama anlatırken rahatsızlık duydum ama hayat böyleydi işte! İçine düştüğüm zifti aileme bulaştırmamak için gerçeği onlara söylemezken, eğer hâlâ bir geleceğim varsa, merhametinden faydalanmak için hocama abartarak söylemek zorundaydım.

Nitekim öyle yaptım.

Telefon faslı bir saate yakın sürmüştü ve o zaman süresince atmadığım yalan kalmamıştı. Bir taraftan kendimden utanırken, bir taraftan da Hayat Okulunda, en mert insanın bile şartlara göre değişen bir bukalemun olabileceğini bizzat kendi üzerimden öğreniyordum. Ayrıca içinde bocaladığım çaresizlik duygusu giderek mücadele ruhuyla yer değiştiriyordu. Tamamen kayıpta sayılmazdım yani!

Aradığım numaraları ve bana yollanan mesajları telefondan silerken, komiser elinde bir çantayla geri geldi, çantayı masanın üzerine koydu.

"Haydi bakalım, yola çıkma zamanı geldi!" dedi bana.

Sanki müjde veriyordu, beni zoraki sürgünüme götürürken!

"Kliniğe uğrayıp vedalaşmak ve birkaç parça giysimi almak isterdim, mümkün herhalde?" dedim ben.

"Maalesef mümkün değil. Zamanı gelince hasret giderirsiniz dostlarınızla. Eşyalarınızı da yarın yollatacağım kaldığınız eve. Esra Hanım, eğer birileri peşinizdeyse, karakoldan çıktığınız görülmesin. Gideceğiniz yere kadar," gözleriyle masanın üzerindeki çantayı işaret ederek, "içindekileri giyin lütfen!" buyurdu.

Masada duran çantanın içine baktım. Komiser gözlerini bana dikmiş tepkimi bekliyordu ama ben artık hiçbir şeye şaşırmıyordum ki! İçindekileri çıkarttım, hiç itiraz etmeden beli lastikli yere kadar uzun siyah eteği, pantolonumun üzerine geçirdim, köylülerin giydikleri cinsten bir çift siyah galoşu kendi ayakkabılarımın üstüne giydim, siyah çarşafı başımdan aşırıp burnumu da kapatacak şekilde sarındım, gözlüğü taktım.

"Hazırsanız çıkalım Esra'nım."

"Hazırım."

"Çantayı da yanınıza alın, size daha sonra lazım olabilir."

Deli mi ne! Ne eşyam var ki, bana çanta lazım olsun! Yine de, bana bir zamanlar çeşitli yolculuklar yapan mutlu bir insan olduğumu hatırlatır, diye düşünerek, taktım onu da koluma.

Çıktığımız odanın bulunduğu koridordan ta kapının önüne kadar bu kıyafette yürüdüğüm halde kimse dönüp bakmadı bile bana. Kapının önünde komiser, sağıma dönüp kavşağa kadar yürümemi ve kavşakta yanıma yanaşacak gri renkli Toyota'yı beklememi söyledi. Aracın plakasını da verdi.

Dediğini aynen yaptım. Kapıdan çıkınca sağıma döndüm, ağır adımlarla kavşağa kadar yürüdüm ve dört yol ağzında bekledim. Önümden akıp geçen Toyotalardan yedincisi bana yaklaşırken yavaşladı, az ilerde durdu. Plakasını okuyup araca doğru koştum. Arka kapıyı açıp bindim.

Şoförün yanında sarışın bir kadın oturuyordu. Araba hareket ettikten sonra kadın arkaya doğru dönüp gülümsedi.

"Ben Nurten," dedi, "Sizin korumanızım."

"Benim adım da Esra."

"Biliyorum. Vural Komiser bilgilendirdi beni."

Üzerinde herhangi bir forma değil, yeşil bir kazak vardı. Atkuyruğu yaptığı saçlarının koyu kahverengi diplerini görüyordum. Bu arada ben de gözlükleri çıkarmış, başımı açmıştım, üzerimdeki etekten sıyrılmaya çalışıyordum.

"Silivri'de ne kadar kalacağımızı biliyor musunuz?"

"Hayır."

Sevda ne kadar gevezeyse, bu da konuşmaya meraklı değil gibi duruyordu.

Yine de ben tedbirimi almak adına, yol boyunca gereksiz bir sohbeti önlemek üzere gözlerimi yumdum, uyur gibi yaptım.

Araba, yoğun İstanbul trafiğinde şehrin orta yerinden dura kalka giderken birden hızlanınca gözümün ucuyla baktım, Tem Otoyolu'na girmişiz.

Hiçbir şekilde benim seçmediğim bir başka yoldaydım yine!

Birileri karar vermiş, beni bir yere götürüyorlardı…

Kazadan beri kuklaymışım gibi iplerimi başkaları çekiyordu, ben sadece bana söyleneni yapıyordum.

Kendi hür irademle, bırakın gideceğim yeri tayin etmeye, üzerime giydiklerimi olsun kendim seçmeye ne zaman başlayacaktım acaba?

Ya da hiç başlayabilecek miydim?

Gözlerimi yeniden sımsıkı kapatıp uyumaya çalıştım, çünkü uyku gerçeklerden mükemmel bir kaçıştı.

Neyse ki bir kaçış kapım vardı... ona da şükür!

4

BİR KÖRDÜĞÜM Kİ İÇİM ÇÖZDÜKÇE DOLAŞIYOR

SİLİVRİ'DE BİR VİLLA

Yolda uykuyu tutturamayınca, uyur gibi yapıp düşüncelere daldım.

Çocukluğumda ve ilkgençliğimde, Side'de geçirdiğimiz yaz tatillerinde hem babamın, hem de yürüme mesafesindeki anneannemlerin evinde kalırdım. Her ikisi de geniş bahçeleri kumsalla birleşen, tek katlı, ferah yaz evleriydi. Evlerin içiyle bütünleşmiş dış alanları sanki tek mekânmış hissi verirdi. Her iki evde de herhangi bir divana uzandığımda gökyüzünün mavi sonsuzluğunu ve denizin tavandaki yansımalarını görebilirdim. Denizden gelen yosun kokusu odalarımıza sinerdi ve zaten hayat kumsalda, bahçelerde ve verandalarda geçerdi. Evlere sadece uyumak için girerdik.

Şu anda, sırf bu nedenle bu kadar karamsar olmaya hakkım yok gibi geldi...

Geçen yılın Kasım'ından beri Tarık'ın yüzünden kendimi önce gönüllü, sonra da zoraki mahkûm ettiğim hastane koğuşlarından ve kliniğin tatlı kaçıklarıyla geçen günlerimden sonra, nihayet bir ev ortamına kavuşmak üzereydim.

Üstelik, adının başındaki S harfinden dolayı, bana çocukluğumun Side'de geçen mutlu yazlarını çağrıştıran Silivri'ye gidiyordum, bir sahil semtine!..

İçime bir ferahlık hissi doldu... Nihayet biraz dalmışım.

"Esra'nım, geldik," diyen Nurten'in sesiyle açtım gözlerimi. Bir bahçe kapısının önündeydik. Camımı indirip önünde durduğumuz bahçesindeki ağaçların ardına gizlenmiş eve baktım. Ben terasından kumsalı görebileceğim tek katlı beyaz bir ev hayal etmiştim, oysa önünde durduğumuz villa, herhangi bir şehrin banliyösünde sık rastlanabilecek, bahçesi yaşlı ve ulu çamların, palmiyelerin gölgesinde kalmış, iki katlı, balkonlu, gri bir taş yapıydı.

İndim arabadan.

Şoför bagajdaki erzak kutularını çıkartıyordu. Nurten evin gıcırdayan bahçe kapısını açtı, geçmem için bana yol verdi. Altmışlı yılların mimarisini yansıtan eve yürürken, boyaları yer yer dökülmüş kapalı panjurlara baktım ve nasıl bir yaşamın üzerine kapanmış olduklarını hayal etmeye çalıştım.

Kimler yaşamıştı bu görmüş geçirmiş villada? Mutlu olmuşlar mıydı? Büyük bir aşka şahit olmuş muydu şu saçaklı palmiyelerle yaşlı manolya ağacı?

Neler düşünüyordum böyle!

Komiserin dediği gibi, belki de ben bir doktor değil, yol yakınken romancı olmalıydım... Gülümsedim kendi kendime.

"Evi beğendiniz galiba," dedi Nurten, "bahçe güzel... adeta orman gibi."

Ben kolumda siyah çanta, Nurten elinde çamaşırlarını koyduğunu tahmin ettiğim plastik poşetle eve doğru yürüdük, şoför de erzak kutularını kucaklamış, peşimizden geliyordu.

"Yardım edelim biz de," dedim.

"Yok abla. Taşırım ben."

Nurten önden koşup birkaç basamağı çabucak çıktı ve elindeki anahtarla kapıyı açtı, içeri girmem için yana çekildi.

Loş, rutubetli eve girince ürperdim. Duvardaki düğmeyi çevirdim, cılız bir ışıkla aydınlandı hol. Benim hayalini kurduğum tatil evinden çok değişik bir enerjisi vardı ve salonundaki kiremit şöminesiyle, deri kanepesi, koyu renk kumaşlı berjerleriyle yazlıktan çok bir dağ evini andırıyordu. İki basamak inip geniş salonda pencerenin önüne yürüdüm, camı ve panjurları açtım. Mis gibi çam koktu, fakat bahçedeki ulu ağaçlar denizi görmeme mani oluyordu.

Ne gam! Yaz mevsiminde değildik. Ben de şömine keyfi yapardım *bayan* korumamla birlikte. Bir genç kadın niye koruma olmak ister, onu öğrenirdim. Gerçi psikoloji dalını seçmeyecektim ama olsun! Bilgi her zaman lazımdır insana. Başka şeyler de yapabilirdik Nurten'le, birbirimize yemek tarifleri verebilirdik mesela. Bende birkaç pasta tarifi vardı, Alman kökenli anne tarafımdan gelen. Haminnemin de börekleri, zeytinyağlıları pek lezzetliydi. Anneannem kayınvalidesinin gözüne girmek için hepsini öğrenmişti ve kendi kızının asla öğrenmeyeceğini bildiğinden, bana öğretmişti. Bu birikimi kullanmanın tam zamanıydı!

"Güzel bir evmiş," dedi yanıma gelen Nurten.

"Odun var mı acaba evde?" dedim ben, şömineyi işaret ederek.

"Ismarlarız şoföre yarın getiriverir."

"Her gün gelecek mi?"

"Ancak bir ihtiyacımız olursa gelecek. Ben alışveriş yaptım ama sizin de istediğiniz bir şeyler olursa ben çıkar alırım. Sigara içiyor musunuz?"

"Hayır."

"Hay Allah! Ben içersem rahatsız olur musunuz?"

"Aynı odada yatmayacaksak, olmam."

"Herkese oda varmış, öyle demişti komiser. Gelin birlikte gezelim evi."

"Haydi," dedim.

Salondaki kütüphane raflarına dizilmiş aile fotoğraflarına baktık önce. Orhan Hoca'nın çocukluğunu hemen tanıdım, kendinden beş altı yaş küçük duran sarı saçlı bir kızın omzuna elini koymuş gümüş çerçevedeki fotoğrafta. Her ikisi de çok şık... belli ki bir yaş günü hatırasıydı. Aynı çocukla sarmaş dolaş birkaç resim daha. Uzun tuvalet giymiş, saçlarını topuz yapmış hoş hanımla, smokinli bir adamın fotoğrafları... Hoca'nın annesiyle babası olmalı. Kıyafetlerinden ve saç biçimlerinden bir önceki kuşak olduğunu tahmin ettiğim bir başka çiftin siyah beyaz fotoğrafı ve daha birçok resim vardı çerçevelerde.

Ben fotoğrafları bırakıp kitapları incelemeye başladım. A ah? Almanca kitaplar! Kim Almanca biliyordu acaba bu ailede? Ayrıca başka İngilizce ve Türkçe romanlar, biyografiler ve elbette psikoloji alanında onlarca kitap diziliydi raflarda!

İyi, bu evde sıkılmaya zaman bulamayacaktım.

Salonun duvarlarında ünlü Türk ressamlarının tabloları asılıydı. Necdet Kalay'dan, Mustafa Ayaz'dan yağlıboyalar, şöminenin bir yanında pembe fonda Ferruh Başağa'nın yelkenliler gibi duran geometrik çizimleri, diğer yanında Mehmet Gün'ün en sevdiğim resimlerinden biri!

İlk tahminimde yanılmamışım, altmışlı, yetmişli yılların havası ressamlarla da devam ediyordu. Bir demet yasemin koklar gibi içime çektim anneannemden çok dinlediğim, onun gençlik yıllarını yansıtan evin havasını.

Ah! İnanmıyorum! Salondaki konsolun üzerinde bir telefon duruyordu. Anneannemin yenisini aldığı halde bir türlü kıyıp da atamadığı o eski model, zeytin yeşili olanından. Koştum kaldırdım ahizeyi, kulağıma dayadım. Tıss! Ne bekliyordum ki! Bu demode şeyi, telefondan saymak bile aptallıktı!

Nurten mutfağa girmiş, dolapları tetkik ediyordu bu arada. "Her şey var, valla. Tava, tencere, rende, kepçe... tam takım tabaklar, bardaklar. İyi yere gelmişiz," diye seslendi. Yanına gittim. Geniş mutfakta bir de yuvarlak yemek masası vardı. Ne çok severim içinde yemek yenilebilen mutfakları.

Şoförün bu masanın üzerine bıraktığı kutulardan birinden bazı şeyler çıkarttım. Çay, kahve, dilimlenmiş ekmek, hazır çorbalar, bir kavanoz çilek reçeli...

Hepsini masaya diziyordum ki, "İsterseniz yukarı çıkıp yatak odalarımızı seçelim," dedi Nurten, "Niyazi bunları yerleştiriverir."

Niyazi'ymiş adı şoförün!

Zor taşıdığı su kasasıyla mutfak kapsında beliren Niyazi'nin yanından sıyrılıp yukarı kata çıktık. Çiçekli kreton perdeleri ve aynı kumaştan yatak örtüsü olan ana oda, ön bahçeye bakıyordu. Her birinde yatakların üzerine temiz çarşaflar ve havlular bırakılmış iki yatak odası daha vardı ve biri dekorasyonuna bakılırsa belli ki bir genç kız odasıydı... büyük ihtimalle de fotoğraftaki sarı kızındı. Ben böyle düşünürken, gözüme başucu masasındaki fotoğraf takıldı... Sarı kız, genç kıza dönüşmüş, kucağında papatyalar, resmi çeken her kimse ona gülümsüyor... sadece dudaklarıyla değil gözleriyle de. Resmin yanı başındaki narin vazoda ise tek bir solmuş gül vardı. Gülü vazo da mı unutmuşlar, bilhassa mı bırakmışlar? İnşallah unutmuşlardır, diye geçirdim içimden çünkü kurumuş bir gül bende başka çağrışımlar yapar. Anneannem rahmetli dedemin resminin yanında hep bir gül koncası bulundurur ve bir yolculuğa filan çıktığında evde kalan kişi hele unutsun gülü tazelemeyi! Yemediğimiz azar kalmaz.

İçimden bu odada yatmak geldi.

"Odamı seçebilir miyim?" dedim Nurten'e. "Burasını pek sevdim ben."

"Yanlış anlamayın Esra Hanım, bu ön taraftaki odalardan seçmeseniz odanızı... Bu tarafta ben yatayım olur mu?" dedi Nurten. "Sırf sokağı gördüğü için, yani."

Ürperdim.

"Gerçekten birinin gelip beni vuracağını mı düşünüyorsunuz?"

"Allah korusun! Ama biz yine de tedbirli olalım... Siz arka bahçeye bakan odalardan birine geçseniz. O odalar daha emniyetli, balkonları da yok."

"Tamam. Ben de şu tuvalete yakın odayı seçtim, o zaman."

Seçtiğim oda herhalde eskiden Orhan Hoca'nın odasıydı. Rafları yine Almanca, İngilizce kitaplarla doluydu ve raflardan birine de günümüzde antika sayılabilecek bir oyuncak trenin vagonları dizilmişti. Benim büyük dayımın da vardı böyle raylar üzerinde giden kara trenleri. Şimdiki çocuklar trenle oynamıyorlar, tabletleri, bilgisayar oyunları var onların.

Bu evde yaşamak, yakın tarihin içine yolculuk gibi bir şey olacaktı. Ne hoş!

Odaları seçince aşağı indik. Niyazi gitmeye hazırlanıyordu.

"Eksik gedik kaldıysa söyleyin yarın gelirken getireyim," dedi, "acil bir durum olmadıkça, yarından sonra her gün gelemeyebilirim. Telefonla siparişleri alır, üç günde bir uğrarım."

"Dert etme Niyazi," dedim, "biz de gider alıveririz eksikleri, nasılsa yakınlarda bir bakkal vardır."

"Ben giderim," dedi Nurten, "sizin çıkmanız doğru olmaz."

"Nasıl yani? Ben sokağa çıkamayacak mıyım?"

Niyazi ve Nurten birbirlerine bakıştılar ve sustular.

"Hapishaneye mi getirdiniz siz beni?"

"Estağfurullah," dedi Niyazi.

"Evet, öyle anlaşılıyor. Ev görünümünde bir hapishanedeyim. İyi de suçum ne?"

"Sadece kısa bir süre için," dedi Nurten çok tatlı bir sesle, bir taraftan da Niyazi'ye gitmesi için gözüyle işaret ederek, "lütfen böyle düşünmeyin."

"Ne düşüneceğimi gerçekten bilemiyorum artık!" dedim.

Silivri'de bir villada yaşamanın, çocukluğumun geçtiği Side'de bir villada yaşamaktan çok farklı olacağı, ilk on dakika içinde belli olmuştu.

Orhan Hoca da mı bana kurulan kumpasın içindeydi yoksa? Ben niye bir türlü kurtulamıyorum bu tutsaklık durumundan?

Niyazi bana başıyla selam verip çıktı. Nurten yine çok yumuşak bir sesle,

"Esra Hanım, ihtiyatlı olmamız sadece sizi koruma amaçlı," dedi. "Ne olur üzülmeyin."

Birden bana gına geliverdi sahte nezaket cümleleriyle surekli geri zekâlı yerine konmaktan.

"Haklısınız Nurten Hanım," dedim, "kaderde varsa düzülmek, neye yarar üzülmek!"

"Terbiyesizleşmeyelim!"

Vayy! Tatlı ses tonundan bir anda eser kalmamıştı!

"Ben sizin ne öğrenciniz ne de alt kadroda bir elemanınızım. Benimle konuşurken kelimeleri doğru seçin ki beni koruyabilesiniz."

Tek kaşı kalktı yüzüme bakarken.

"Seçmezsem ne yaparsın, diye soruyorsunuz herhalde?"

"Hayır sormuyorum," dedi.

"Sesinizle değil de ifadenizle sordunuz. Söyleyeyim; hemen çeker giderim! Korumakla yükümlü olduğunuz kişiyi durdurmak için vurmak zorunda kalmayasınız da..."

Çıktım mutfaktan, hole bıraktığım çantamı aldım, koşar adım tırmandım merdivenleri, kendime seçtiğim odaya girip kapıyı kapattım. Kapıyı biraz sert mi kapattım ne, sesinden rahatsız oldum. Başıma gelenlere karşı içimde birikip duran isyan duygusu nihayet patlamıştı da, doğru kişiye mi patlamıştı?

Ayıp mı etmiştim acaba korumama?

O da benimle konuşurken dikkatli olsaydı, suçluymuşum gibi davranmasaydı diye kendimi teselli etmeye çalıştım. Olmadı. Yaptığımdan pişman olmuştum. Bu evde burun buruna yaşayacağım kadına daha onuncu dakikada gol atmaya kalkışmak... yok, gerçekten olmadı! Nurten'le dalaşacağıma, onunla dost olup önce buraya gönderilmemin esas nedenini öğrenmeli, tutsaklığım çok uzayacaksa, kaçmanın yollarını aramalıydım. Yapabileceğim en akıllı şey Nurten'e kendimi önce acındırıp sevdirerek güvenini kazanmak ve güveninden istifade edip fırsatı bulunca kaçmak olmalıydı. İnsanları kandırmak dürüst bir davranış değildi ama bana evimde öğretilen değerlerin tümü fos çıkmıştı. Gün, sinsi planlar yapmanın, pusu kurmanın ve kaleyi içten fethetmenin günüydü madem, neden ben de bu yolu denemeyeyim?

İyi de parasız pulsuz ve kimliksiz nereye gidebilirdim ki?

Tek bir yere... doğru babamın yanına! Babam beni saklar, kollar, gerekirse yurtdışına çıkartırdı. Allahım, beni bu hallere düşmekten, zavallı bir kaçak olmaktan, sürekli korkarak yaşamaktan koru!

Kütüphaneden bir kitap seçip yatağa uzandım ama okuyamadım. Düşündüm durdum. Dışarda hava kararmaya başlamıştı. Az sonra akşam olacaktı. Biraz daha bekledim odamda, sonra aşağı indim.

Mutfaktan sesler ve kokular geliyordu. Mutfağa yürüdüm.

"Yemek mi pişiriyorsunuz?" diye sordum ocaktaki tencerenin önünde oyalanan kadına. Döndü bana baktı,

"Makarna yapıyorum," dedi. Yanıtladığına göre demek onun da kızgınlığı geçmiş.

"Sosunu ben hazırlıyayım mı?"

"Ben hazırladım bile. Domates de almış Niyazi... yapıverdim."

"Sizi kırdım Nurten Hanım, ama aylardır çektiklerimi bir bilseniz, beni anlardınız. Başıma gelenler pişmiş tavuğun başına gelmez!"

"Biliyorum, kaza geçirmişsiniz. Geçmiş olsun."

"Sadece kaza mı! Önce iki aydan fazla Mardin'de bir hastane yatağının başında hasta bekledim. İstanbul'a döndüğüm gece evime varamadan bir trafik kazası ve hafıza kaybı..."

"Onu da biliyorum... hafıza kaybınızı, yani."

"Belleğime kavuştuğum gün neyi öğrendiğimi de biliyor musunuz? Hayatımın en önemli sınavına boş verip hastane köşelerinde başını beklediğim sevgilimin ihanetini!"

Nurten o anda bana gerçekten acıyan gözlerle bakıyordu. Kazanıyordum onu, yaşasın!

"Yok, öyle başka biriyle aldatmak değil... keşke öyle olaydı. Beni bile bile bir suç örgütüne bulaştırmış. Elime bir çip verdi, İstanbul'a götürmem için... savaş muhabiri ya beyefendi, içinde çektiği fotoğraflar, röportajlar filan var sanarak, aldım. Kaza gecesi çip kayboldu. İşte o gün bugündür sürünüyorum Nurten Hanım. Bu çipin yüzünden peşimde sürekli birileri var. Kimdirler, neyin nesidirler bilmiyorum. Evime giremiyorum. Hayatıma dönemiyorum. Hiçbir suçum yokken, tutsak durumundayım..." Gerçekten sesim titredi son cümleleri söylerken. Ağlamak üzereydim.

"Vah canım," dedi, "tutsak filan değilsiniz, Esra Hanım... inanın sadece tedbir için."

"Ben bunları niye anlattım diyeceksiniz... Özür dilemek için! Sinirimden kime çatacağımı bilemiyorum. Aslında kadere çatmalıyım da, bir bulsam onu! Hiç karşıma çıkmıyor. Çıksa, bilirim ben yapacağımı."

Güldüm bu sefer. Nurten de güldü. İyi, espri anlayışı varmış Nurten'in. Belki de gerçekten dost oluruz, yardım eder bana.

"Ben alınmadım zaten size. Söylemişti Vural Komiser zor günler yaşadığınızı. Ne oldu o sizin sevgiliye? İyileşti mi?"

"Öldü."

"Aaa!"

"İsterseniz anlatırım size yemekte."

"Siz yeniden hatırlayıp üzülmeyin de..."

"Anlattıkça ferahlıyorum. Acı, içimden cerahat gibi dışa akıyor o zaman. Konuşacak kimse de bulamadım ki! Klinikte, ruh hastalarına mı anlataydım? Ancak terapi seanslarında konuşabildim. Doktorlar da sizi arkadaş gibi değil, tedavi amaçlı dinler. Neyse... Makarnanın sosu çok güzel kokmaya başladı, ben de sofrayı kurayım bari."

Tabak çanakları bulmak için mutfaktaki dolap kapaklarını açıp kapatırken, mutfağın arka tarafında bir kapı çarptı gözüme. Açtım ve kendimi küçük bir şarap kavının önünde buldum. Değerli Fransız ve Arjantin şarapları, yerli şaraplar... Sevilen çeşitleri, Urlalar, Arcadia'lar.

Ne numaraların varmış senin Orhan Hoca!

"Siz içki içer misiniz?" diye seslendim.

"Yılbaşıydı, nişandı, düğündü... yani sadece kutlamalarda. Yılda birkaç kereyi geçmez."

"Şarap içer misiniz?"

"İçki içmek mi istiyorsunuz?"

"Burada bir kav keşfettim de... şarap kavı."

"Yok ben içmeyeyim. Zaten şaraplar evin sahibine ait, öyle değil mi?"

"Valla bu mis kokulu makarnayı yerken, hikâyemi dinleyecek bir de arkadaş bulmuşken... bunca zaman sonra bir bardak şarabı hak ettim ben. Parası neyse, öderim. Babam hesabıma para çıkartacaktı."

Ses gelmedi Nurten'den. Herhalde tasvip etmiyordu içki içmemi ama itiraz da etmedi. Sevilen'lerin arasında gezindim, elim Urla'nın Tempus'una da gitti... Yok, insaflı olayım! Bu şarapları Silivri'de bulamazsam, yerine koyamam. Arcadia'ya da kıyamadım. Bir kırmızı İsabey seçtim, açtım ve havalanmaya bıraktım. Nurten makarnayı süzerken ben dolapları karıştırıp tabakların, çatalların yerlerini buldum, sofrayı kurmaya başladım. Şarap kavı olan evde, şarap bardakları da vardı elbette. Kadehleri üst rafta buldum. İkimiz için de birer su bardağı ve kırmızı şarap kadehi yerleştirdim masaya.

Az sonra Nurten karşımda oturmuş makarnasını yerken bir yandan da Tarık'la karşılaştığımız günden itibaren başlayan aşk hikâyemizi dinliyordu. Ayrı şehirlerde yaşayan sevgililerin buluşmaları hasret ve duygu yüklü olur, ben bu buluşmaları ballandırarak anlatırken, ara sıra sorular sıkıştırıyordu araya. Şarabımdan bir yudum alıyor, yudumun keyfini çıkararak yutuyor, sonra yanıtlıyordum onu ve öyle kadınca detaylarla konuşuyorduk ki... İlk buluşmamda giydiğim kırmızı elbiseyi bir kez daha nerede giymiştim, örneğin! Hangi parfümü sürmüştüm... Bir yudum şarap daha...

"Size de vereyim mi azıcık?"

Yanıtını beklemeden biraz döküyorum onun da bardağına. İtiraz etmiyordu. Tokuşturuyorduk kadehlerimizi. Tarık'ın bana ilk sürprizini anlatıyordum... Güzel günler, güzel anılar... Ta ki sevgilim ortadan kaybolana kadar!

Tekrar tokuşturduk kadehleri.

"Şarap iyi geldi," dedi.

Öyledir şarap! Mitolojik tanrıların içkisidir. Kendi tanrısı bile var, gözünü sevdiğim şarabın! Dedem anlatırdı da bana Yunan mitolojisini, hayret ve ilgiyle dinlerdim aralarında kavga eden, birbirlerine tuzak ve pusu kuran, gözleri birbirlerinin karılarında, kocalarında, kimi çapkın, kimi hoyrat, pek azı adil bu egoları şişkin tanrıların hikâyelerini. Tıpkı dünyamızın kimi çapkın kimi gözü doymaz liderleri gibiydiler! Eh, bu duygusal ve hırçın tanrıların içkisi de şişede durduğu gibi durmuyor haliyle... Onca emekle işlenen üzüm suyu, her ikimizin de yanaklarını kıpkırmızı yapmış, tatlı bir rehavet içinde yüzüyoruz Nurten'le.

"Biraz daha?"

"Eh azıcık daha, madem..."

"Nerde kalmıştık? Ha, evet bu arada ben Tarık'tan umudumu kesince," biraz daha şarap koydum Nurten'in bardağına, "bir arkadaşım vardı fakültede... ne zamandır gözü bendeydi..."

Şehrazat gibi anlatıyordum kendi masalımı Nurten'e. Bu arada babamla annemin, hatta anneannemle dedemin aşk hikâyesini dahi sokuşturdum araya ki, iyice benimsesin beni. Hitler'den kaçan ailesiyle birlikte, bir yaşındayken İstanbul'a gelip yerleşen anneannemin nasıl bir Türk çocuğu gibi büyüdüğünü, üst katlarında oturan kendinden birkaç yaş büyük Demir'e daha ilkokuldayken âşık olduğunu ağzı açık dinleyen Nurten, sanki artık bizim aileden biriymiş gibi ilgiliydi!..

Terk edilmiş mutsuz bir doktor adayı iken nihayet Mardin'e gidişime geldi sıra... Dikkat kesildi... Kazanıyordum onu! Hiç yalan söylemeden, başıma ne geldiyse, içtenlikle anlatarak kazanıyordum Nurten'i.

Yemeğin sonuna geldik.

"Makarna kaldı mı?"

"Kalmadı. Tencerenin dibini sıyırmışız. Çok sevdinizse, yarın yine yaparım, Esra Hanım."

"Nurten Hanım, bu hanımı ve sizi bizi kaldırsak. Burada ne kadar kalacağımız belli değil, iki yabancı gibi yaşamayalım," deyiverdim.

"Pekala."

Şarabın son damlasını da içtik. Birer elma yedik. Sofrayı birlikte kaldırdık. Kahveyi ben pişirdim. Kahvelerimizi içerken hikâyemin sonundaydım ben de. Zarfı Tarık'ın başucundaki dolaptan alıp çantama koyduğum anı anlatıyordum, yayıldığı iskemlede birden dik oturdu Nurten.

"İçindekini merak etmedin mi?" diye sordu.

"Ettim. Zarfı dikkatle açıp içine baktım, minnacık bir disk vardı."

"İnsan takar bilgisayarına bakar! Bakmadın mı?"

"Bakmadım."

"Neden ama? Merak etmedin mi?"

"Etmedim Nurten. Bana ne!"

"Ben olsam bakardım."

"Keşke sen olaymışım, ne diyeyim."

"Ee, devam et."

İstanbul'a yola çıkışımı anlatırken, Nurten'de bir değişim başladı. Önceki rahat hali gitti, kulaklarını dikmiş bir tilki gibi adeta, her sözümü tartarak dinliyordu. Ben de en ufak ayrıntıyı kaçırmadan, uzatarak anlatıyordum hikâyemi.

"Bir şarap daha mı açsak?" dedi.

Doğru mu duydum?

"Bilmem... yeteri kadar içmedik mi?"

"Hepsini içemezsek kalan şarap bozulur mu? Buzdolabına koyardık."

"Ayıp olmasın... iki şişe birden götürmek, kavdan?"

"N'olacak canım! Yarın alıveririm ben iki şişe şarap, koyarız yerine."

Köşe başındaki bakkaldan alacağı şarabı içtiğimizle bir tuttuğuna göre, şaraptan hiç anlamadığı belli. Ama bir de maksadı var! Anlayalım bakalım maksadını.

"Tamam," dedim. "Getireyim bir şişe daha. Aynı şarabı mı istersin?"

"Ay ne fark eder?"

Onu da sana bir başka oturumda anlatırım Nurten, dedim içimden. Kava gittim, bu kez bir Arcadia kapıp geldim. Yeni kadehler aldım dolaptan. Onun kadehini doldurdum, kendime de iki parmak koydum...

"Aa, sen niye az aldın öyle?" dedi.

"Bana yeter bu kadar."

"Yok, yok! Beni yalnız bırakma. Doldur kadehini sen de."

Erken teşhis koymuşum Nurten'e. O benden akıllı çıktı, beni sarhoş etmeye çalışıyor ki ağzımdan laf alsın. Demek ettiğim bunca laf kesmemiş onu. Keşke bu kadar nefes tüketmeseydim.

"Beni tek başıma bırakma ama... Haydi! Şerefe!" Kadehini uzattı.

Kendi kadehimi de doldurdum ve tokuşturduk. Ama ben içer gibi yaptım.

"Nerde kalmıştık?"

"Sen diski yani zarfı aldın, yola çıktın..."

"Ha, evet. Havaalanında birinin beni takip ettiğinden şüphelenmeye başladım. Beğendin mi?"

"Neyi?"

"Şarabı. Bir başka marka açtım da..."

"Fark etmedim hiç." Esnedi, "E, sonra?"

Anlatmaya başladım yine ama nedense, sıkıldığı duygusu uyandı bende. Ayrıca sık sık kadeh tokuşturuyoruz, bakıyorum onun şarabı da aynı yerde duruyor, içmiyor yani, bana içirecek illa. Demek ağzımdan alacak sözü var. Ama ben de içer gibi yapıp dilimi ıslatıyorum sadece.

"Sonra?"

Sonra? Sonra? Sonra? Sürekli sorarak hızlandırmak niyetinde beni, duygularım, ayrıntılar pek umurunda değil artık. Belli ki lafı bir yere getirmek istiyor. Beni korumak filan değil konuşturmakmış, meğer Nurten'in görevi.

Şimdi artık bir ipte iki cambazdık, biz.

Şarabı ben açıp ısrarla içirmiştim Nurten'e, onu yumuşatmak, tavlamak için. O da benim silahımla beni vurmaya çalışıyordu. Çakmak çakmak gözlerimizle birbirimize baktık, karşılıklı.

"Sonra?" dedi yine.

"Sonrasını biliyorsun zaten. Belleğim gitmişti, her şeyim çalınmıştı. Dımdızlak kalmıştım."

"Üzülme, yarın Niyazi klinikten eşyalarını getirecek buraya."

"Ne eşyam var ki, hemşirelerin bana pazardan aldıkları birkaç parça dışında? Ha, tabii bir de kaza günü giydiklerimi vermişti komiser... kesilmiş, işe yaramaz giysilerimle deri ceketim."

"Zarfı cebine koyduğun ceket mi?"

"Zarf çantamdaydı Nurten! Düşer müşer diye cebime koymadım."

"Doğru da, insan bir şeyi iyice saklamak isterse çantaya mı koyar? Çanta çalınabilir çünkü."

"E, ceket de çalınır."

"Çalınamaz! Ceketi giyiyorsun."

"Zarf da cepten düşebilir," dedim ben.

"Zipini çekersen düşmez."

"Benim ceketimin cebi zipli değildi."

"Cebi dikebilirdin."

Tanrım, biliyor!

Ne öğrenmek istediği de belli oldu. Sürekli cep, ceket, zip muhabbeti yaptığımıza göre, cekete sakladığım çipi bulmuş olmalılar!

Neden komiser bana doğrudan senin cekette bir disk bulundu demedi acaba? Niye Nurten'e aratıyor ağzımı? Karnımda bir yanma başladı.

"İyi fikirmiş valla. Bir kere daha kuryelik yaparsam, aklımda olsun," dedim nihayet, sahte bir gülüşle ama korkudan elim ayağım kesiliyordu. Orhan Hoca'nın dediklerini hatırlamaya çalıştım. İnkâr! Sonuna kadar inkâr! Görmedim, duymadım, bilmiyorum, kesin biri saklamış çipi ceketime!

Yutarlarsa, elbette!

"Bu ceketi en son ne zaman giydin sen?"

"İstanbul'a geleceğim gün giydim."

"Yola çıkarken mi?"

"Evet."

"Doğru uçağa mı gittin?"

"Hastanedeydim, akşama kadar Tarık'ın başındaydım. Oradan da havaalanına gittim. Niye soruyorsun ki?"

"Hastanede üzerinden hiç çıkartmadın mı?"

"Çıkartmaz olur muyum! Tabii çıkarttım. Bütün gün deri ceketle oturulur mu?"

"Nereye koydun çıkarttığında."

"Nereye koydum?.. Nereye koydum? Hastanede oda kapısının arkasında bir kanca vardı, oraya astım."

"Hiç çıktın mı odadan?"

"Hem de kaç kere. Tarık'ın doktoruyla konuşmaya gittim, sonra kafeteryadan ona limonata getirdim... öğlen saatinde ben bir şeyler atıştırmaya gittim. Niye taktın bu cekete, sen?"

"Ne bileyim... biri bir şey koysa cekete?"

"Kim ne koyacak?"

"Boş ver! Biz polisler her ihtimali düşünürüz."

"Yok öyle bir şey, olsa ben anlardım." Koruma değil polis olduğunu anlamış oldum böylece. "Kaç kere elimi ceplerime soktum. Uçak biletimi ve kimliğimi koydum cebime, uçağa giderken. Sonra da düşürürüm diye çantama geri koydum kimliği. Akıl işte! Cebinde bıraksana! Hemen bulurlardı ailemi! Ah keşke, Nurten!"

Açtığımız ikinci şişeden, birer kadehi zor bitirdik. Belli ki Nurten hiç alışık değildi şaraba. Gözleri mahmurlaşmış, uykusu gelmişti ama görevini de yapmak istiyordu. Bir yandan bir şeyler soruyor, diğer yandan esniyordu. Acıdım kıza, şunu çektiği eziyetten kurtarayım, dedim.

"Benim çok uykum geldi Nurten, yukarı çıksam sana ayıp olmaz değil mi?"

"Konuşuyorduk ne güzel," dedi ama onun da sevindiğine emindim.

"Yarın devam ederiz. Yarın eşyalarımı gönderecekler ya klinikten, hem ceket de gelecek, bilgine sunmuş olayım."

"Ne demek oluyor bu şimdi?"

"Sana sormalı... sen tutturdun ceket de ceket diye."

"Hiç öyle bir şey yapmadım," dedi.

"Bana öyle geldi herhalde. Şişede durduğu gibi durmuyor ya şarap."

"Çarptı seni. Mayıştın."

"Aynen. Uzun zamandır içmemiştim ya... Bulaşıkları bu gece sen kaldır, bir şeyler devirip kırmayayım şimdi. Yarın da ben kaldırırım, oldu mu?"

"Tamam. İyi rüyalar."

"Sana da, şekerim."

Mutfaktan çıkarken gülümsedim, artık şekerimi de duyduktan sonra, emin olmuştur kafayı bulduğuma. Dilerim yetinir bu geceki ifade alma eylemiyle. İyice sarhoş ettim kızı, hiçbir şey söylemediğine göre, demek masummuş diye düşünür ve yakamı bırakır!

Bu umutla girdim, elimle hazırladığım yatağıma. Çarşaflar ve yastık yüzü lavanta çiçeği kokuyordu. Kim kalıyor burada kış günü, kim yıkıyor acaba çamaşırları böyle mis kokutarak? Tam kapatmak için gece lambasının düğmesine uzanmıştım ki, çerçevedeki sarı kızın gülen gözlerinde, daha önce fark etmediğim derin bir hüzün yakalar gibi oldum. Yarın sabah unutmazsam, bahçeden bir taze çiçek koparıp koyayım vazosuna... Ama bu mevsimde çiçek de bulunmaz ki! Şair nisan ayların en zalimidir, demiş. Yanlış! Ayların en zalimi bence cüce şubat! Kardelen dışında bir çiçek ara da bul şubat ayında! Ama bir çare düşünecektim illa. En azından yeşil yapraklı bir dal bulurdum herhalde koca bahçede. Sarı kıza göz kırpıp kapattım başucu ışığımı.

YENİ BİR GÜNE UYANMAK

Uyandım. Gözlerim, bir türlü tam kapanamayan perdenin arasından sızan gün ışığını aradı yerde. Yok bugün ışık! Ah tabii, ben klinikteki odamda değilim ki artık. Bir başka mahpushaneye getirildim dün. Bir kötülüğe karşılık bir iyilik, aynı adam tarafından! Tutsaklık devam ediyor ama en azından halıya vuran ışığa göre zaman tahmini yapmaya çalışmama gerek yok, komiser dün bana saatimi iade etti. Kolumdaki saate baktım, dokuzu sekiz geçiyordu. Amma uyumuşum!

Toparlanıp odadan çıktım. Aşağıdan sesler geliyordu. Merdiven başından sarktım konuşanları duymak için. Bu kötü huy galiba yapıştı kaldı bana! Doktor ya da yazar olamazsam, polis teşkilatı beni bir casus olarak yetiştirebilir, beceriyorum bu işi.

Niyazi'nin sesini duyunca, acele odaya dönüp giyindim, aşağı indim. Nurten adama bir şeyler ısmarlıyordu. Beni görünce gülümsedi.

"İyi uyudun mu?"

"Kütük gibi. Sen?"

"Ben yerimi yadırgadım. İyi uyumadığım gibi, sabah da erken kalktım. Kahvaltı mutfakta hazır."

"Abla, sizin eşyalarınızı getirdim klinikten," dedi Niyazi. "Nah şu poşetin içinde hepsi."

Kapının yanındaki portmantonun askısına asmış poşeti.

"Sağ ol. Gel mutfağa da bir çay vereyim sana," dedim ben. Niyazi'yi mutfağa alıp Nurten'in poşetteki ceketi rahatça kurcalamasına fırsat vermek istedim. Niyazi çayını içerken bir ara hole çıktım. Nurten tam beklediğim gibi poşetin yanı başındaydı.

Beni görünce, "O kesilmiş giysilerini sen görmeden alıp atayım demiştim de... zaten zar zor toparlandın yine asabın bozulmasın diye," dedi.

"İyi etmişsin. Sana da çay koydum, soğutma. Sonra bakarız poşete."

Mutfağa girerken, "Ben bakmak için değil, sırf şey için..." diye geveledi.

"Nurten, valla beni annem düşünmezdi böyle. İyi ki kader seni çıkardı karşıma, tam da bir ablaya ihtiyacım olduğu zamanda."

Yüzüme alay mı ediyorum diye dikkatle baktı.

"Dün gece içimi döktüm ya sana, çok iyi geldi. Dinlediğin için teşekkür ederim."

"Bana her şeyini anlatabilirsin, Esra. Çok iyi dinleyiciyimdir, ağzım da çok sıkıdır."

"Bu gece bir ferahlama seansı daha yapalım o halde," dedim, "ama şarap içmeyelim bu sefer. Ben mayışıyorum çünkü."

"Belki bira içeriz... hatta hemen ısmarlıyorum Niyazi'ye... Bir kasa alsın gelsin."

Sessizce çayını içen Niyazi'ye döndüm, "Bana telefon gönderecekti Komiser Vural," dedim, "vermedi mi sana?"

"Vermedi abla."

"Benim telefonum var ya, istediğin zaman kullanabilirsin Esracığım," dedi Nurten.

"Söz vermişti ama! Seninkini kullanmak istemem."

"N'olacak canım, görevde kullandığımız telefonların faturalarını biz ödemiyoruz ki!"

İçimden, ama konuşmaları dinliyorsunuzdur, diye geçirdim.

"Anneannemi arayacaktım da."

"Al," dedi telefonunu uzatarak, "ara benimkinden. Hatta biz çıkalım, sen rahat rahat konuş." Niyazi'ye döndü Nurten, "Haydi Niyazi, çayını da al, içeri geçelim. Ben de sana hazırladığım listeyi vereyim. Birkaç eksiğimiz var, limon unutmuşuz mesela. Dün salataya lazım oldu."

Aralarında konuşarak çıktılar mutfaktan.

Ben yine içimden, sen de koş ceketimi gönlünce mıncıkla bakalım Nurten, dedim ve sonra annemle anneanneme, çalınan pasaportun yenisini çıkartmak için İstanbul'a döndüğüm yalanını atmak üzere Nurten'in telefonunu tuşladım. Onlarla mümkün olduğunca doğru veriler anlatarak konuştum.

İstanbul'a dönmüştüm, ama evimizde değildim, fakülteden bir arkadaşımın misafiriydim. Şehir dışında, bahçe içinde bir köşkte kalıyordum.

Tarık nasıl mıydı?

Tanrım, ne desem? Öldü desem, beni yeni yalanlara mecbur kılacak sorular gelecek! Onun tedavisi uzadı. Ben şu ara kendi bürokratik işlerimin peşinden koşmaktan Tarık'ı biraz ihmal ettim, dedim. Ay ne zormuş bu pasaport işleri... filan feşmekân gibi beyaz yalanlarla, lafı dolandırmalarla, anneanneme Nadya'nın neden memleketine döndüğünü anlattırmalarla uzayan konuşmamı tamamladım. Madem Nurten ödemiyordu telefon faturasını, İçişleri Bakanlığı kendi gereksiz koruma masraflarının yanında, benim telefon konuşmamı da ödeyivereydi.

Mutfaktan çıktığımda, Nurten oturma odasında Niyazi'nin getirdiği gazeteleri okuyordu. Telefonunu uzattım.

"Konuştun mu anneannenle? İçin rahatladı mı?"

"Haklı olarak niye kendime bir telefon almadığımı soruyor ısrarla. Bir telefon edinene kadar arayamam artık onları çünkü bu devirde beş yaşındaki çocukların bile telefonu varken, ne desem yemezler!"

"Haklısın," dedi Nurten. "Konuşacağım komiserimle."

"Nurten, sen komiserinle konuşurken ben bahçeye çıkabilir miyim?"

"Bu havada mı?"

"Hava serin ama yağmur yok."

"Tamam, haydi çıkıp hava alalım biraz," dedi, "daha sonra ararım komiserimi."

Ben antreye koştum, portmantoda asılı poşetten deri ceketimi çekip giydim. Bana yan gözle bakan Nurten de kendi kabanını giydi. Mutfak kapısından arka bahçeye çıktık.

Ohh temiz hava! Ben Nurten'in görüş alanında kalmaya dikkat ederek, yavaş adımlarla ağaçların arasında yürüdüm. Toprağa basmanın ne hoş bir duygu olduğunu unutmuşum. Hızlandırdım adımlarımı.

"Yürüyüş yapmak mı istiyorsun?" diye seslendi, arkamda kalan Nurten.

"İzin verirsen biraz yürüyeceğim bahçede. Hiç ön tarafa geçmeden birkaç tur atayım olur mu? Temiz hava çok iyi geldi."

"Ben mutfağa dönüyorum, seni pencereden hep görebileceğim alanda yürü, e mi!"

"Emrin olur!"

Hava serindi ama ben buna hiç aldırmadım. Yarım saate yakın arka bahçenin duvarı boyunca gittim geldim. Arka bahçeye de manolya ağaçları dikmişler. Baharda çiçekleri açtığında, ne güzel olurdu kim bilir!

Üşümeye başlayınca yeşil yapraklı bir dal arandım bahçede. Çoğu ağaçlar yapraklarını dökmüştü. Sonra, ta uzakta, bahçenin en dibinde bir sera ve birkaç limon ağacı çarptı gözüme. Arazinin güneye bakan ve bol güneş alan bir köşesinde limon yetiştirmeyi denemiş olmalılar. Yürüdüm limon ağaçlarına doğru, bol yapraklı bir dal kopardım. Eve vardığımda, Nurten mutfak kapsında durmuş, bana el sallıyordu acele etmem için.

"Komiser seni istiyor," dedi telefonunu bana uzatarak. Aldım elinden telefonu, "Alo," dedim.

"Nasılsınız? İyi misiniz?"

"Bir tutsak nasıl olursa öyleyim."

"Esra Hanım, sadece birkaç gün daha sabredin. Bakın çok yakında..."

Palavraya karnım toktu, konuşturmadım komiseri, "Ben sabır ağacına döndüm zaten, komiserim. Karakolda bana verdiğiniz telefon sayesinde öğrendim ki, nisan ayında yapılan sınavları bu yıl mart ayına çekmişler. Kaçırıyorum yani sınavımı. Madem beni salmıyorsunuz, bari kitaplarımı filan temin edin de kendimi oyalamak için şimdiden eylüldeki sınava hazırlanayım. Onca yıl göz nuru döktüm ben bu meslek için, emeklerim boşa mı gitsin?"

"Evinizde mi kitaplar?"

"Hayır, İzmir'de. Anlattım ya size, Dokuz Eylül'ün acilinde çalışıyordum Mardin'e gitmeden önce. Ya İzmir'e gitmeme izin verin ya da kitaplarımı getirtin. Bunlar çok pahalı kitaplar, bir kere daha alamam açıkcası."

"Tüm bunlara gerek kalmayacak. Söz veriyorum size, nisandan önce serbest bırakılacaksınız."

Hiç inanasım gelmese de kendimi zorlayarak, "İnşallah, ne diyeyim!" dedim, "Ha... bir de telefon sözü vermiştiniz bana... Ne oldu?"

"Telefon için biraz daha sabredin. Şu günlerde kimseyle görüşmeyin lütfen. Çok gerekirse korumanızın telefonunu kullanın."

Tek bir laf etmeden, Nurten'e iade ettim telefonunu. İçime sıkıntı bastığını, mutsuz olduğumu anlasın, Vural Komiser! Bir zaman söylese, mesela bir ay daha burada tutsaksın, sonra salıvereceğim seni dese... ona da razıydım! Beni bu belirsizlik deli ediyordu.

Komiserle konuşması devam eden Nurten'i mutfak kapısında bırakıp eve girdim ve doğru odama çıktım. Başucumdaki vazoda duran kurumuş gülün yerine yemyeşil limon dalını koydum. Tuvaletteki musluktan su doldurduğum vazoyu sarı kızın resminin yanına yerleştirdim ve "Burada olduğum sürece taze dalın benden," dedim, kıza. Gözleri parladı gibi geldi.

Bu gidişle sonunda hapishaneye değil tımarhaneye götürülecek kıvama geliyordum, korkarım!

Sonra raflardan yeni bir kitap seçtim, yatağıma uzanıp okumaya başladım. Kitap eğlenceliydi ama o kadar sık ve şiddetli hapşırmaya başlamıştım ki, okuduğumu anlayamıyordum. Bir titreme de geldi üstüme. Blucinimi çıkartıp yatağın içine girdim, boğazıma kadar çektim yorganı. Dalıp gitmişim.

"Aaa, yanıyorsun sen, ayol!"

Gözlerimi açtım!

Nurten'in eli alnımdaydı, üzerime eğilmiş ateşimin derecesini anlamaya çalışıyordu. Hapşırdım.

"Sen bir türlü aşağıya inmeyince, anladım bir terslik olduğunu. Yürünür mü bu soğukta bahçede! Üşüttün işte!"

"Kafayı üşütmekten iyidir, Nurten. Bir aspirin yutarım, geçer."

"Ateşin var senin. Kaç acaba?"

"Bu evde mutlaka bir derece vardır, yattığın odanın çekmelerine bir baksana."

"İyi fikir!"

Az sonra elinde çocukluğumdan kalma, eski bir cam dereceyle döndü.

"Sana getirmeden yıkadım ve kolonyayla sildim dereceyi. Dilinin altına koy lütfen."

Yaptım dediğini. Az sonra birlikte baktık dereceye.

"Tanrım! Ateşin otuz sekizi geçmiş! Bayağı hastasın sen! Komiseri arayayım bir doktor yollasın."

"Saçmalama Nurten! Ben doktor değil miyim? Şimdi sen bana bir ıhlamur kaynat, içine limon sık, tarçınla bal at. Bir de aspirin ver, yarına hiçbir şeyim kalmaz."

"Tamam. Ama yarın sabah hâlâ ateşliysen, bak mutlaka haber vereceğiz... tamam mı?"

"Onu yarın düşünelim," dedim ben. Üst üste üç kere daha hapşırdım.

Nurten benim tedbirsizliğime söylenerek aşağıya indi. Az sonra yine başımdaydı.

"Evde ne ıhlamur, ne bal ne de tarçın var. Aspirini buldum ama tarihi geçmiş," dedi. "Buraya gelirken yolun başında bir eczane görmüştüm. Sana bir de boğaz pastili lazım. Bakkaldan da ıhlamur, tarçın filan alırım. Bir koşu gidip dönerim ama söz ver yataktan çıkmayacaksın."

"Söz! Kalkacak halim yok zaten, görmüyor musun?"

Görüyordu ama yine tedirgindi, kaçmamdan korkuyor olmalı.

"Esra... beni de kendini de yakarsın! Bak, senin iyiliğin için gidiyorum çarşıya. Sana güveniyorum. Yataktan çıkma!"

"Git ablam, git. İçin rahat olsun. Kolumu kımıldatacak halim yok," dedim ki, doğru söylüyordum.

"Kolunu kımıldatacak gücü bulsan, burada araç bulamazsın. Ta anayola kadar yürümen lazım ki, ben seni şıp diye yakalarım."

Güldü. Hiç komik değildi ama ben de güler gibi yaptım.

Param yoktu, kimliğim yoktu, peşimde katillerin yanı sıra bir de polis! Nereye gidecektim acaba? Şakası bile abesti! Hani, telefon çalışsaydı, belki babamı çağırırdım kapıya, bahçe duvarından atlardım, vınn! İyi de nereye kadar vınn? İstanbul çıkışında enselenirdim, suçsuzken bu kez suçlu olarak. Bunları anlatmaya üşendim ona.

İşaretparmağını burnuma sallayarak, "Uslu dur," dedi ve gitti.

Oh be! Ne iyiymiş gardiyansız kalmak! Ne nimetleri varmış meğer hayatın, yaşarken hiç farkına bile varmadığımız! Sağlık başta olmak üzere, kimseye hesap vermeden yaşayabilmek, zoraki arkadaşlığa mecbur kalmamak, ve elbette, "Ey Özgürlük!" Sokak kapısının kapandığını duyunca, hazır Nurten yokken ben de onun odasında bir araştırma yapayım, hakkımda not tutmuş mu, göreyim diye düşündüm ama gerçekten bitkindim. Kitabımı tekrar aldım elime, dikkatimi veremeyince bıraktım.

Yatakta külçe gibi yatıyordum kapı zili çaldığında. Önce bilinçsizce, fırlayıp aşağıya koşmak için bir hamle yaptım. Durdum sonra, ya kapıdaki kişi benim için geldiyse! Ya Nurten mahsus yalnız bıraktıysa beni! Önce bu geçici bir paranoya kriziyle kıvrandım yorganın altında. Sonra yataktan çıkıp blucinimi giydim. Zil hâlâ ısrarla çalıyordu. Açan olmayınca sustu. Gelen her kimse gidiyordu herhalde. Ön odaya gidip perdenin arkasından baksa mıydım? Kalktım, ön odaya gitmek için yürürken, evin içinde ayak sesleri duydum.

İçeri girmiş!

Ayak sesleri artık basamaklardaydı...

Ve Nurten'in az topuklu çizmelerinin değil, bir başkasının ayak sesiydi kulağıma gelen.

Dondum kaldım... ayak sesleri yaklaşıyor, kalbim yerinden fırlayacak gibi atıyordu. Birden koştum, şifonyerin üzerinde duran pirinç şamdanı elime aldım, oda kapımın ardına geçtim. Yukarı çıkan kişi odama girecek olursa, kapının arkasından fırlayıp kafasına indirecektim şamdanı. Komiserin peşime ağzımı araması için casus takmasına filan hiç gerek kalmayacaktı. Adam öldürmekten ötürü, damardan müebbet! Kesin!..

Kapı tokmağım çevriliyordu. Gözüm tokmakta, yüreğim ağzımda bekledim, açılmadı kapı ama ayak sesleri de uzaklaşmadı. Daha sıkı tuttum şamdanı avucumda.

"Esra... Esra... Neredesiniz Allah aşkına?"

Aaa! Orhan Hoca'ydı gelen!

Şamdan elimde kapıyı açtım. Hayretle bir bana bir de dağınık yatağa baktı.

"Hayrola," dedi, "bu ne hal?"

"Hocam çok korktum! İyi ki odaya dalmadınız, yoksa şu şamdanı... Pardon hocam... Yalnızım ya evde..."

"Koruman nerede? Neden yalnız bıraktı seni?"

"Ben ateşlendim de, bana ilaç almaya gitti, bizim sokağın köşesindeki eczaneye."

"Hasta mısın?"

"Fena üşütmüşüm."

"Derece vardı bu evde..."

"Bulduk dereceyi hocam. Merak etmeyin Nurten de gelir birazdan. Özür dilerim sizi kapıda beklettiğim için. Kapıyı sizin çaldığınızı bilmiyordum."

"Kapı açılmayınca ben de merak ettim. Anahtarımla açtım, girdim. Haydi gir yatağına... üşüme."

Yatağa oturup yorganı sırtıma çektim. Konuşurken hocanın gözü, resmin yanındaki yeşil dala takıldı,

"A ah, kim koymuş bu dalı vazoya?"

"Ben koydum. İnşallah yanlış bir şey yapmadım."

"Ben bu evde kaldığım zamanlar hep bir gül koyarım kardeşimin yanı başına da..."

"Tahmin etmiştim kardeşiniz olduğunu. Ne güzel bir kız..."

"Artık aramızda değil." İçini çekti, "Yıllar oldu ama benim için acısı hep taze!"

Ne diyeceğimi bilemedim. Ölüm acısına her türlü teselli sözcüğü yapmacık gelir bana, hele de ölen hayata doyamamış bir yaştaysa!

Orhan Hoca gibi, benim de gözlerim buğulanmıştı. Gencecik bir insan niye ölür?

"Trafik kazası mı?" O kadar yavaş sesle söyledim ki, duymadı sandım.

"Hayat kazası," dedi. "Vazosuna limon dalı koymuşsun Esra. Bahçedeki limonları birlikte dikmiştik onunla. İstanbul'da limon ağacı yaşamaz demişlerdi... Diktiği limonlar yaşadı ama o..."

"Kader işte!" dedim ben, başka laf bulamadığımdan, "Gelin, birlikte aşağı inelim, ben size bir kahve pişireyim."

"Sen yatağın içine gir, ben de şu iskemleyi alıp oturayım da," dedi iskemleyi yatağın yakınına çekip, "biraz sohbet edelim."

Dediğini yapıp ben de yatağa uzandım, yorganı üzerime çektim.

"Bir şeye ihtiyacınız var mı? Ev iyi ısınıyor mu? Sıcak suyu açmayı becerebildiniz mi? Evle ilgili sorunlar varsa, onları halledeyim diye geldim. Malum, yazdan yaza kullanılan yaşlı bir evdir bu, şimdi kırk yılın başında geliyoruz ancak. Bir şeylerin aksaması normal."

"Her şey mükemmel hocam."

"Benim odamı seçmişsin kendine. Gerçi ben, annemle babam artık gelmediklerinden son yıllarda onların odasına taşındım ama tıp öğrencisiyken, doktor çıkana kadar sınavlarıma hep bu odada çalışmıştım. Sen niye balkonlu odada kalmadın? Daha ferahtır."

"Gardiyanım bu odayı uygun gördü, emniyet açısından."

"Hazır o meydanda yokken söylesene, sorgun sırasında kayıp disket konusunu nasıl hallettin?"

"Sizinle ne konuştuksa, aynen öyle söyledim. Orada bir sorun yok da, asıl benim merak ettiğim... ceketin astarındaki çip kayıp hocam! Komiser o konuda bir şey sormadı bana. Üstelik Nurten, dün bana şarap içirip ağzımı aradı. Hatta ceketimi de kurcaladı bana belli etmeden. Bence komiser değil, başkası ele geçirdi çipi. Ceketimde gizlenmiş çipi bulacaklar ve bana tek bir soru yok... garip değil mi?"

"Çok garip! Ne olura olsun, inkâra devam Esra. Önce ne dedinse, hep aynısını söyle! Sana verilen çip çantandaydı. Nokta! Sakın değiştirme ifadeni."

"Kim aldı sizce? Kimde bu çip?"

"Hiçbir fikrim yok. Polis de kendi içinde bölünmüş olmalı. Bu, seni de beni de hiç alakadar etmiyor! Kafandan at bu konuyu. Unut!"

"Burada mahsurken, nasıl unuturum?"

"Olumlu düşünerek... Yakında kurtulacakmışsın, komiser söyledi..."

Öyle bir dalmışız ki konuşmaya, Nurten'in eve girdiğini fark etmemişiz. Merdivendeki ayak sesleriyle sustuk ve az sonra Nurten kapıda belirdi. Ben hemen atıldım,

"Hocam, tanıştırayım, korumam Nurten Hanım... Bu bey de Orhan Hoca, bu güzel evin sahibi."

Hoca ayağa kalktı Nurten'in elini sıkmak için.

"Pek hararetli konuşuyordunuz, bölmeyeyim ben."

"Kal Nurten, bak bu resimdeki zarif genç kız Orhan Hoca'nın kardeşiymiş, ben de tesadüfen kendime hocanın odasını seçmişim. Aslında sen seçtin odayı bana ama iyi oldu, çok kitap var burada."

Suçüstü yakalanmış insanların gereksiz konuşmalarından biriydi benimki! Nurten de birkaç nezaket sözü söyledikten sonra,

"Aşağı inip Esra Hanım'ı ıhlamurunu hazırlayacağım, size de bir kahve yapayım mı?" diye sordu.

"Teşekkür ederim, zahmet etmeyin. Gitmek üzereydim."

Nurten aşağı indi.

"Bizi duymuş mudur?" diye sordum ben, çok alçak sesle.

"Duymuş da olsa, inkâr! Hep inkâr!" diye fısıldadı, sonra yüksek sesle ekledi Orhan Hoca, "Madem evde her şey yolunda, ben de kaçayım artık."

"Size, benim için yaptıklarınıza çok ama çok teşekkür etmek istiyorum. Kliniğinize kabul ettiniz. Başınıza bin dert açmama rağmen evinizi de açtınız. Çok minnettarım size hocam. Ödenir gibi değil size olan gönül borcum."

"Bak Esra, şu kız var ya fotoğrafının yanına limon dalı koyduğun kardeşim... ona teşekkür et diyeceğim de... etmişsin zaten."

"Anlayamadım."

"Kardeşimin mutsuzluğunu fark edemedim, ona zaman ayıramadım. İntiharından sonra o kadar vicdan azabı çektim ki aylarca uyku uyumadım ben. Cemil bana, seni kliniğe alır mıyım diye sorduğunda, seni görmeye gelmiştim ya hastaneye... sen bana kardeşimi hatırlattın. Bana gönül borcun filan yok! Ben vicdanımı yıkıyorum seninle. Aynur gitti gideli, genç kızlara, genç kadınlara yardımı hiç esirgeyemiyorum da, kendimi hâlâ bağışlamış değilim."

"Asiye'yi de mi o yüzden aldınız kliniğe?"

"Hayır, o başka bir hikâye. Asiye'nin amcası Ormed'in en büyük sermayedarı. O getirdi Asiye'yi."

"Son bir sorum var size... Cemil Hoca'da mı kalacaktım ben?"

"Emniyetli bir yere götürülmen gerekince onun evi hem müsait hem de ulaşımı kolay diye, ben rica etmiştim ondan seni kısa bir süre misafir etmesini. Kabul etti ama eski eşi seyahate çıkacağı için, oğlunu aniden bir haftalığına babasına yollamış. Sen de bu yüzden işte benim bu gözden ırak evimdesin bir süre."

"Hocam, arabası olmayan biri nasıl gelir gider buraya. Metro filan yok bildiğim kadarıyla."

"Anayoldan otobüs ve dolmuşlar sürekli geçer... Havaalanından itibaren de metro ulaşımı var... Ama Esra, sakın kaçmayı aklına dahi getirme, yeni belalar açma başına!"

Manolyalar açtığında hâlâ bu evdeysem, aklıma bal gibi getiririm, diye düşünsem de, "Onlar beni göndermedikçe, hiçbir yere gideceğim yok. Sırf meraktan sordum," dedim. "Ben burada olmaktan çok mutluyum hocam."

Dedemle anneanneme de böyle derdim, annem beni onlara bıraktığında. Mutluyum derken, aslında doğruyu söylerdim de, bu aynı zamanda, annesiz kaldığım için sakın bana acımaya kalkışmayın da demekti! Cemil Hoca'nın oğlu da, tıpkı benim gibi, annesi kafasına estikçe toz olan bir çocukmuş! Tanımadan sempati duydum oğlana.

"Cemil Hoca biliyor mu benim... bu durumumu?"

Bir an düşündü, sonra, "Hayır," dedi. "Ben gideyim artık Esra. Evde aksayan, bozulan bir şey olursa, ararsın beni."

"Benim telefonum yok, Nurten'inkinden ararız gerekirse," dedim.

"Ev telefonunu kullansana. Yanında duran defterde hem evimin hem de kliniğin numaralarını bulabilirsin."

"Hocam... o telefon çalışmıyor maalesef. Denedim ben... kesik!"

"Tuhaf! Ödeme mi yapılmadı acaba? Ama olamaz ki, banka talimatıyla otomatik olarak ödeniyordu."

"Talimat her yıl yenileniyorsa, belki yenilemeyi unutmuşsunuzdur."

"Yarın ilgilenirim," dedi.

Orhan Hoca çıkarken, Nurten bir fincan ıhlamur, C vitamini haplarıyla odama giriyordu.

"Esra size emanet Nurten Hanım," diyen hocayı başıyla selamladı Nurten, hoca gözden kaybolunca da "Niye gelmiş?" diye sordu.

"Evde eksik gedik var mı diye sormaya."

"Ve seni görmeye!"

"Ben onun hastasıyım! Terapi seanslarına katıldım."

"Aranız iyi yani... Bayağı yakışıklıymış!"

"Nurten, bir doktorun hastasıyla duygusal ilişki kurması meslek hayatından atılmasına sebep olur. Ama bir doktor, hastasının korumasıyla, mesleğini kaybetmeden, ne isterse yapabilir... bilmem anlatabildim mi? O yüzden bir daha gelecek olursa ona iyi davran."

"Bu bilgilendirme üzerine, şimdi dile benden ne dilersen. Bir çorba yapayım mı sana?"

"Yap valla," dedim.

"Şehriye mi, pirinç mi?"

"Şehriye."

"Emrin olur," dedi.

Ne iyi şeydi böyle ara sıra hasta olmak!

"Şimdi aşağı inip çorbanı pişireceğim, sonra da bahçeye çıkıp üşüyeceğim ve şımarma sırası bana gelecek," dedi Nurten.

Gülüştük. Beraber gülebildiğim insanlara içim hemen ısınır. Sevmeye başladım galiba ben bu Nurten'i.

Öğlen saatinde çorbamı bir tepside odama getirdi Nurten. Aldığım ilacın üzerine bir de çorbayı içince terledim. Ateşim düştü ama halsizliğim devam ediyordu. Akşamüstüne doğru elinde yine bir fincan ıhlamurla geldi. Televizyonun altındaki dolapta bazı dvd'leri bulmuş.

"Ihlamurunu iç, sonra güzelce sarıp sarmalan da aşağı inip film seyredelim," dedi.

Hemen kabul ettim. Çıktım yatağımdan, odanın bir tarafına fırlatılmış deri cekete uzandım.

"Fazla gelmez mi?" diye sordu.

"Gelirse çıkartırım," dedim, "ateşim düştü madem, yeniden üşütmesem iyi olur."

Aşağıya indik. Televizyonun karşısındaki kanepeye ben uzandım, koltuğa Nurten oturdu, eski Yeşilçam filmlerinden birini koydu dvd'ye.

"Sen seyretmedin mi bu filmi? *Ah Belinda*... Müjde Ar oynuyor başrolde," dedi.

Kasetin kapağında yönetmenine baktım, Atıf Yılmaz'mış. Üstelik tiyatro sahnelerinden tanıdığım Macit Koper ile Füsun Demirel de oynuyordu.

Kanepeye yayılıp başladık filmi seyretmeye. Film beni bir sarsın! Düşle gerçek arasında gidip geliyoruz şimdi, gülmekten kırılıyorum.

"İlk oynadığında gişe rekoru kırmış," dedi Nurten, "Ta seksenli yıllarda. Ben o zaman küçüktüm ama çok sonra ben de kasetten seyretmiştim."

"İzleyenden belli bir zekâ seviyesi talep eden filmi, seksenli yılların seyircisi beğeniyle izlediyse, demek ki onların beğeni eşikleri günümüz seyircisinden çok daha yüksekmiş," dedim ben. "Bugün nelere gülünüyor, düşünsene!"

Filmin ortalarına doğru Nurten'in telefonu çaldı. Fazla çaldırmadan hemen açtı, eliyle ağzını kapayarak, alçak sesle konuştu:

"Alo... Canım, birtanem!.. Özlemez olur muyum hiç..."

Kalktı, elinde telefonla odadan dışarı çıktı. Filmi durdurdum. Holde fısır fısır konuşuyordu, besbelli ki sevgilisiyle, kim bilir belki de kocasıyla, ama kesin, benim yüzümden ayrı düştüğü biriyle! Suçluluk duygusuna kapıldım.

Az sonra konuşmasını bitirip mutlu bir ifadeyle geri geldi.

"Ah, niye durdurdun filmi? Sıkıldın mı?" diye sordu.

"Sen kaçırma diye."

"Bu benim üçünü seyredişim."

Uzaktan kumandanın düğmesine bastım. Film başladı ama ben artık eski dikkatimi veremiyordum. İki günden beri sabahtan akşama, burun burunaydık Nurten'le, o bana dair ne çok şey öğrenmişti. Annemle, babamla, dedemle, anneannemle, sevgilimle olan ilişkilerimi biliyordu. Hangi semtlerde oturdum, hangi okullarda okudum biliyordu! Tamam, beni çeşitli sorular sorarak o konuşturmuştu ama ben ona evli olup olmadığını dahi sormamıştım. Onun hakkındaki bilgim sıfırdı! Ne geveze, ne kendine dönük bir insan olmuşum ben, bu kazadan sonra!

Biraz utanarak,

"Nurten, sen evli misin?" dedim.

"Niye sordun?"

"Ben seni kimden ayırıyorum, kocandan mı, sevgilinden mi... bilmek istedim."

"Sen beni kimseden ayırmıyorsun. Ben işimi yapıyorum!"

"Demin sen telefonla konuşurken düşündüm de... canın akşamları çıkmak isterse eğer... yani... benim için hiç mahsuru yok. Gider gelirsin, ya da sevgilin gelir arabasıyla, seni alır..."

Lafımı kesti, "Az evvel sevgilimle değil çocuğumla konuştum," dedi.

"Aaa! Çocuğun mu var senin?"

"Sekiz yaşında bir oğlum var."

"Kocan mı bakıyor ona sen yokken? Ay, var mı böyle aslan kocalar bu memlekette?"

"Annem bakıyor. Benim kocam yok!"

"Şey... sen şimdi..." Sustum. Kadının özeline girmeye hiç hakkım yoktu, "Özür dilerim Nurten, münasebetsizlik ettim," elimle dudaklarımı kitleme işareti yaptım, "susuyorum!"

"Ben dulum," dedi. "Kocam polisti. PKK'nın karakol baskınında şehit olduğunda yedi aylık hamileydim."

Aman Allahım! Uzanıp ellerini tuttum. Bir süre hiç konuşmadan öyle el ele durduk, sonra ben, "Yanıma gel Nurten," dedim. Gelince, sarıldım ona, başını omzuma dayadı. Tuhaf bir görüntüydü... Kanepede bir gün önce tanıştıkları halde, sarmaş dolaş oturan ve bir acıyı samimiyetle paylaşan iki kadın, televizyon ekranında Müjde Ar'ın kaynanasının, küçük torunlarını korkutmak için *Dunganga Dunganga* diye haykıran cırtlak sesi!

Bu trajikomik sahneye dayanamayıp aynı anda ikimiz de kahkahalarla gülmeye başladık. Tuhaf bir şey daha oldu; kahkahalarımız, hıçkırıklara dönüştü... avaz avaz, yüksek sesle ağladık ikimiz de! Sonra da birbirimizin gözyaşlarını sildik.

"Bu gece de bir şarabı hak ettik," dedim ben. "Var mısın?"

"Sadece bir kadeh!"

"Tamam, gidip kavı seçeyim o halde."

"Daha yemeği yapmadım ki!"

"Olsun, havalanır."

"Ne?"

"Şarap işte!"

"Şarap havalanır mı?" diye sordu. "Nasıl havalanıyor?"

"Mantarını açıyorsun, hava alıyor..."

"Ha, öyle!"

"Ne yani, kanatlanarak bahçede bir tur atacağını mı sandın?"

Yine gülmeye başladık.

"Yok, takıp takıştıracağını... hani şöyle havalı havalı... göz süzmeler filan..." Sinirlerimiz bozulmuştu iyice, yine gülmeye başladık... gülmekten konuşamıyorduk.

Nurten, "Bence biz içmeden, olduk! Boşuna açmayalım istersen," dediyse de ben kararlıydım.

"Dün gece açıp da içemediğimiz şarabı buzdolabına koymuştum, onu bitirelim bari," dedim.

Mutfağa gidip iyice soğumuş Arcadia ve iki kadehle döndüm. "Bak Nurten, beni ayyaş filan zannetme e mi! Ben de sadece kutlamadan kutlamaya içen biriyim ama öyle şeyler geçti ki başımdan ve hâlâ da bitmedi çilem... Burada tutsağım mesela..."

Atıldı, "Değilsin!"

"Tamam, zoraki misafirim diyelim, işte bu yüzden, kafayı yememek için dağıtmak istiyorum azıcık. Hoş gör e mi!"

"Görmez olur muyum! Ama Esra sadece senin değil, herkesin hayatı dikenlerle dolu. İnsan filozof olmayı beceremezse, dertlerin altından kalkamaz! Beni düşünsene, oğlum yetim doğdu, yetim! Erkek evlada kavuşuyor diye sevinen kocam, göremedi çocuğunu. Lohusayken intiharı bile düşündüm. Sonra bir sabah emziriyordum oğlumu, öyle sımsıkı yapışmıştı ki mememe, ağzıyla ve minicik elleriyle... yirmi günlük bebek bir mücadele veriyorsa hayatta kalmak için, ben de elimden geleni yapmalıyım, dedim. Mahir sayesinde öğrendim ki, insan acıya dahi alışıyor ve hayat devam ediyor."

"Mahir mi adı?"

"Kocamın adını verdim ona, babası gençliğine doyamadan gitti, bari adı yaşasın diye..."

"Polis mi olacak oğlun da?"

"Asla! O kaderinde ölüm olmayan bir meslek seçecek, Allahın verdiği ömrünü son saniyesine kadar yaşayacak, inşallah!" dedi. "Avukat olsun, doktor olsun, ticaret yapsın, futbol oynasın. Ne isterse yapsın. İntikam almaya filan kalkışmasın ve hayatta kalsın, yeter bana!"

"Sen niye koruma oldun?"

"Aramızda eli ekmek tutacak kişi bendim. Ben Polis Okulu'nu bitirmiştim, annem ortaokuldan terk, ev kadınıydı. İş bölümü yaptık, oğluma o bakıyor, üçümüze de ben! "

Kadehlere şarap koyup onunkini uzattım. Aldı, sehpaya bıraktı.

"Bana anlatmak istersen..." dedim.

"Belki başka bir zaman..."

"Ne zaman içinden gelirse. Ben de senin gibi iyi bir dinleyiciyimdir."

"Karşılıklı dertleşiriz o halde. Başka türlü geçmez zaman."

Oysa öyle bir geçer ki zaman!

Annem bana bir keresinde, "Zaman çok sinsidir Esra," demişti, "gençken, hayata aç oluyor insan, dört bir yana saldırıyor, iştahla. Sonra, bir de bakıyorsun, orta yaşı devirmişsin, muşmulaya dönmek üzeresin, hatta sona yaklaşmaktasın ama sen hâlâ hayata açsın, gözün hiç doymamış, çünkü zaman sana hiç fark ettirmemiş avuçlarından hızla akıp gittiğini!"

Benim zamanım da elimden hızla kayıp gidiyordu, ben bahçenin ağaçlarına bakadururken! Birden terledim. Ceket fazla geldi, çıkardım üstümden. Nurten uzanıp aldı ceketi, evirip çevirdi, astarına baktı sonra bana dedi ki,

"Sen bu cekette bir şey fark etmedin mi?"

"Nasıl bir şey?" dedim ben, sakin olmaya çalışarak.

"Bunun astarı sökülmüş sanki."

"A ah? Öyle mi, farkında değilim. Ver bakayım..." Çekip aldım elinden ceketimi, güya inceledim.

"Yoo, sökük filan yok!"

"Sanki sökülmüş de yeniden dikilmiş gibi, baksana."

"Belki sökülmüştür de anneannem dikivermiştir, bir ara."

"Sen bilmiyor musun söküldüğünü?"

"Nurten, bana bir şey mi anlatmaya çalışıyorsun sen? Bak şimdi aklıma geldi, dün de böyle bir şeyler sormuştun ceketle ilgili. Ağzındaki baklayı çıkartsana! Bir şey var ve sen bana söylemiyorsun! Biri karakolda ceketimi çalmaya mı kalkıştı, ne oldu?"

"Yok canım, kim çalacak ceketini!"

"O halde, niye iki de bir ceket konusu açılıyor? Kesin bir şey var! Lütfen açıkla bana da!"

"İnan ki bilmiyorum. Bana dedikleri... cekete dikkat etmem."

"İyi de neden? Zımbalı, rüküş bir deri ceket işte! Niye önemsediler bu kadar? Yoksa ben hastanede yatarken birileri esrar filan mı koymuş cebime? Doğru söyle, bak!"

"Yok canım!"

"Hastanede kan aldılar kaç kere benden. Esrar filan kullanmadığımı anlamışlardır. Şurada iki kadeh şarap içiyorum diye beni keş filan zannetme sakın. Uyuşturucuyu hele, asla kullanmam ben!"

"Esracığım, yanlış anladın. Yok öyle bir şey. Hani bir başkasına verdin mi bu ceketi, verdinse kime verdin? Onu söyle bana sadece."

"Valla Mardin'de, hastane koğuşlarındaki askılarda günlerce takılı kaldı. Ama ben bu soruları zaten yanıtladım sorgulama sırasında, Nurten. Demek bana inanmamışlar!"

"Bir ara hafızanı kaybettin ya... belki unutmuşsundur, diye herhalde. Takma kafana! Haydi, şimdi ben gidip akşam yemeğiyle meşgul olayım."

"Hani bugün ben yapacaktım yemeği?"

"Sen bir an önce iyileşmeye bak!"

İçimden, niye bir an önce iyileşeyim acaba, diye geçirdim, şu kanepede veya yatağımda ha ateşli yatmışım, ha ateşsiz, bana ne fark ederdi ki?

Nurten çıktı. Ceketime çipi bir başkasının koyduğundan şüphelendiklerini tahmin ettiğim için, sevinç çığlıkları atmak istiyordum.

Kapattım videoyu, şarabı ve kadehlerimiz alıp mutfağa gittim. Dokunmadığı kadehini masada oturmuş patates soyan Nurten'in önüne bıraktım, bir bıçak da ben alıp karşısına geçtim, ben de patatesleri soymaya başladım.

"İstirahat edeydin... burada üşütmeyesin!" dedi.

"Mutfak sıcak."

"Biraz erken değil mi?" dedi bu sefer, gözüyle kadehimi işaret ederek. Ablalık da yapmaya başladı bana.

"Saat yediye geliyor. Sen istersen bekle de, ben başlayayım çünkü bu gece erken yatacağım. Hiç halim yok!"

"Fazla içki yorar."

"Bilemem Nurten, çünkü ben pek ender içki içerdim. Esarette ve gurbette içiliyormuş meğer. İnsanın acısını alıyor, derdine ortak oluyor içki."

"Ah canım! Neler çekmişsin sen!"

Kadehimi kaldırdım, "Oğlunun sağlığına, başarısına!"

Nurten de kaldırdı, tokuşturduk kadehleri ama o içmedi. Karşılıklı patateslerimizi soymaya devam ettik. Sonra ben salatayı yaptım, birlikte köfteleri ve patatesleri kızarttık, yedik. Nurten, kadehine koyduğum şarabı yemekte de içmedi. Yemek bitince bulaşığı beraber kaldırdık. Çay demledik.

Çaylarımızı alıp, *Ah Belinda*'nın sonunu seyretmek için salona geçtik.

Film bitince, "Ben odama kaçayım," dedim, "biraz okur, sonra uyurum."

"Yarın Niyazi bize odun getirecekmiş, akşama şömine keyfi yaparız," diye müjde verdi Nurten.

"Şömineyi kim yakacak? Ben pek anlamam da."

"Ocak yakmada üstüme yoktur, merak etme sen!"

Tam salondan çıkacakken, geri dönüp yanağına bir öpücük kondurdum.

"Teşekkür ederim Nurten," dedim, "bugün bana çok iyi baktın. Sayende bir günde toparlandım." Odama giderken de ceketi yine oturduğum koltuğun üzerinde bıraktım.

Yatağıma uzandığımda biraz ateşim vardı ama önceki günlere göre çok daha huzurluydum.

Burada daha ne kadar zaman çürüyeceğim sorusunu kafama takmamayı da öğreniyordum galiba! Nasılsa bir gün salacaklardı beni!

Hayata karşı filozof olmak lazım dememiş miydi Nurten! Artısı bol bir gündü kısacası, Silivri'deki villada ikinci günüm!

BOMBA

Günlerimizi çıtır çıtır yanan bir şöminenin karşısında kâh dertleşip ağlaşarak, kâh eğlenerek, saçma sapan şeylere gülerek geçirdik. Beş günü sabahtan akşama, akşamdan da sabaha o kadar yoğun yaşadık ki, Nurten'in beni lise yıllarımdan beri en yakın arkadaşım olan Güzin kadar iyi tanıdığına kalıbımı basarım. Ben de onun sayesinde ne çok şey öğrenip mütevazı bir polis ailesinin evine konuk oldum adeta. Ve o evde ara sıra felekten bir gece çalınacaksa, şarap değil rakı içildiğini öğrendim, Nurten'e şarap dayatmaktan vazgeçtim. Orhan Hoca'nın barında rakı da vardı neyse ki.

İkinci akşamımızdan sonra bir daha hiç içki içmemiştik ama Nurten'in bana hikâyesinin devamını anlatmayı seçtiği gece, iyice sarhoş olmuştuk. Daha önce baba evini, annesini, kardeşlerini anlatmıştı da, kocasına dair fazla bir şey söylemiyordu, ben de üstüne varmıyordum. O akşam rakının tesiriyle miydi yoksa benim samimiyetime mi inanmıştı bilmiyorum, nihayet yemeğin ortalarına doğru, kocasıyla Polis Akademisi'nde nasıl tanıştıklarını, ilk buluşmalarını, birbirlerine âşık oluşlarını içtenlikle anlatmaya başladı.

Onu hiç kesmeden dinledim. Hayatı kolaylaştırmak ve doğacak çocuğuna bakmak için mesleğinden vazgeçtiğini anlatırken bile, Nurten'in gözlerinin içi gülüyordu. Gülen gözleri ilk defa, kocasına bebeğin erkek olacağını söylediğinde, onun yüzünde beliren memnuniyet ifadesini tarif ederken bulutlandı... Evinden son çıkışı, son sarılışı karısına, son bakışı... Kendini tutmaya çalıştı ama beceremedi, hıçkıra hıçkıra ağladı.

Biraz sakinleşince bana kocasının en sevdiği şarkıları dinletmek istedi. Telefonunda biriktirdiği şarkıları indirdi. Sonra Sertap'ın sesinden *Sessiz Gemi*'yi de dinledik, sadece dinlemekle kalmayıp biz de katılıp mahvettik şarkıyı. Nurten, *bir gemi kalkar bu limandan/ hiç yolcusu yokmuş gibi sessizce alır yol/ sallanmaz o kalkışta ne mendil ne de bir kol* diye gözlerinde yaşlarla okurken şarkıyı, birden kesti, bizim geminin kalkmasına daha hayli zaman var, diyerek başka alaturkalara geçti. Zamanın moda şarkılarını, tüm zamanların eskimeyen türkülerini de birlikte söyledik, birlikte hislendik; kâh gözlerimiz buğulandı, kâh detone seslerimize güldük. Gülünce, oynak bir şeyler indirdik, bir ağızdan söyledik, karşılıklı oynadık, tepindik, terledik ve eğlendik. Anladım ki, kendini melankoliye kaptırmamak ve oğlunu kederli bir evde büyütmemek için aşırı gayret sarf ediyordu.

Ertesi sabah Niyazi iki gün önce telefonda verdiğimiz siparişlerimizle kapımızda bittiğinde, onun önünde birbirimize siz ve hanım diye hitap etmeye dikkat etmemize rağmen paketleri buzdolabına yerleştirirken aramızda samimiyetle şakalaşınca, adam "Oh, oh! Haydi iyisiniz, iyisiniz!" dedi. Sesimi çıkarmadım ama ona, "Bu bir kadın dayanışmasıdır," demek isterdim. "Siz erkeklerin belki de hiç anlayamayacağı bir ruh birliğidir. Hayatın sillesini de yese, sizlerden yardım talep etmeksizin, kanatlarınız altına sığınmaksızın, iki ayağının üzerinde doğrulmuş, fırtınalara göğüs germeye çalışan yalnız kadınların dayanışmasıdır. Yoksa öyle zannettiğin gibi yılışık bir dedikodu birlikteliği, ya da sosyal medya geyiği çevirmek filan değil!"

İşte tam da o günün akşamındaydık.

Bu sefer sofrayı mutfağa kurmamış, hazırladığımız sandviçleri ve salatayı tepside salona getirmiş, tepsiyi kanepede aramıza koymuş, televizyonun karşısına yerleşmiştik. Haberlerden sonra başlayacak diziyi seyredecektik... Reklamlar girdi araya, televizyonun sesini iyice kıstık... Birden gözüme ekranın altında akan yazı takıldı:

Son Dakika Haberi... Reşitpaşa'da patlayan bomba, büyük hasara yol açtı.

O sırada mutfağa ketçap getirmeye gitmiş olan Nurten'e seslendim...

"Sizin ev Reşitpaşa'da değil miydi?"

"Evet... Niye sordun?"

"Bir şeyler olmuş da..."

"Ne olmuş?" diye seslendi.

"Şey... İstanbul'da şey olmuş..."

"PKK mı?"

"Belli değil henüz. Dur başka kanallara bakayım."

Uzandım kumandayı almak için ve o anda odaya dönen Nurten'in çığlığını duydum. Dönüp baktım, salonun kapısına yaslanmış, yavaş yavaş yere doğru kayıyordu. Fırladım yerimden, koltuk altlarından tuttum düşmemesi için, birlikte sendeledik ve yerde bulduk kendimizi. Haberin altyazısı sürekli akmaya devam ediyor, Nurten de zangır zangır titriyordu. Yüzünün rengi atmıştı, tüm kanı çekilmiş gibiydi. Televizyonu görmemesi için, önüne geçtim. İtti beni.

"Çekil önümden!"

Az yana kaydım, kollarımı çözdüm belinden. Haber tekrar tekrar akıyordu: (...) şitpaşa'da patlama... Son Dakika... Bomba patladı... Reşitpaşa'da...

"Bizim evin orada patlamış! Kumandayı getir!"

"Nerden çıkarıyorsun Allah aşkına! Sokak adı söylemiyor ki... Kocaman bir semt orası!"

"Kumanda!"

Toparlanıp kalktım, kumandayı alıp geri geldim. Kaptı elimden, zaplamaya başladı. Ay ne çok lüzumsuz dizi, sohbet, şu, bu varmış Allahın cezası televizyonda! Neyse ki bir sohbet programı kendi akışını kesip haberi verdi. O kanalda takılı kaldı Nurten, kulağı televizyondaydı ama bir yandan da evini arıyordu.

"Cevap vermiyorlar!" dedi.

"Duymuyorlardır. Onlar da televizyon seyrediyor herhalde. Tekrar ara!"

"Cevap vermiyorlar," dedi yine, beni hiç duymamış gibi. Üç dakikaya yakın bir süre sürekli telefon etti evine.

"Karakolu ara."

Elleri titreyerek bastı yine tuşlara.

"Meşgul."

Tekrar ve tekrar ve tekrar aradı, aradı, her seferinde, "Hep meşgul," dedi.

"Başka bir karakolu arasan... Bir durum varsa, bilirler herhalde."

Nurten, düşüp kaldığımız yerden kıpırdamamıştı, dizlerinin üstünde namaz kılar gibi oturmuş, sürekli bir evini bir karakolu arıyordu.

"Komşun filan yok mu... yakında bir bakkal mesela... bilgi alman için."

Duymuyordu beni, transa girmiş gibiydi.

"Dizlerin tutulacak Nurten, gel koltuğa geçelim..."

Kalkmaya davrandı, dengesini kaybedip devrildi, karın üstü yere yapıştı, tekrar denedi. Yanına gittim, koluna girerek yardım etmeye çalıştım ama beni öyle bir itti ki nerdeyse ben de düşüyordum. Kenara çekilip kendi kendine kalkmayı becermesini bekledim. Sonunda dikildi ayağa.

"Ben ne yapacağım şimdi?" diye sordu.

"Niyazi'yi arayalım, gelsin seni evine götürsün."

"Ümraniye'de onun evi, üç saatten önce gelemez. Hem, sen ne olacaksın?"

"Beni düşünme. Sandviçimi yer yatarım. Sabah gelirsin artık. Nurten, sen de biliyorsun aslında, evinde kötü bir şey olsa haberi hemen gelirdi! Bu konuda tecrübelisin, kendin anlattın dün, kara haber anında ulaşıyor diye. Haydi canım, bir taksi çağır."

"Ben seni bırakamam! Benim görevim seni beklemek!"

"Yarın beklersin yine! Şimdi git ki, için rahat etsin. Bu evden dışarı adım atmam. Kimseye de kapıyı açmam! Ben sana zarar gelsin ister miyim hiç! Yatağıma girip seni bekleyeceğim. Haydi git!"

Ne yapacağına karar veremiyor, yüzüme bakıyordu çaresizlikle.

"Bak, kaçmayı aklıma bile getirmiyorum Nurten, param yok, kimliğim yok, peşimde katiller dolaşırken bir de polisi mi takayım peşime. Ne işime yarar ki! Gittiğini de kimseye söylemem, merak etme! Ölene kadar ikimizin arasında kalacak, anneannemin üzerine yemin ederim!"

"Sahi mi?"

"Elbette! Bak ne diyeceğim, yeterli paran var mı cebinde? Eğer yoksa bendekileri de üstüne koyalım da bir taksiye bin, hemen uç git evine, için rahat etsin. Hemen çıksan, bir saat içinde evinde olabilirsin."

Bir koşu yukarı kata çıktım, hem kendi cüzdanımı hem de onun çantasını odasından alıp aşağıya indim. O yine telefonda evini arıyordu. Ben televizyondan akan altyazıya göz attım, ölü sayısında artış... beş ağır, yirmi iki yaralı... çöken iki binanın enkazından ceset ve yaralı çıkartıyorlardı. Nurten'e çaktırmadan uzaktan kumandayı kaptım ve ölü sayısının arttığını duymasın diye, sürekli eski filmleri gösteren bir yabancı kanala sabitleştirdim ekranı.

"Al çantanı da bak bakalım, kaç paran var?" dedim, çantasını uzatarak.

Titreyen elleriyle çantadan cüzdanını aldı, çıka çıka iki yirmilik iki de onluk çıktı içinden. Az bir şey de bozuk para...

"Yetmez! Bendekileri de üstüne koyalım," diyerek, Orhan Hoca'nın ara sıra telefonlara bakmam karşılığında elime sıkıştırdığı paraların kalanını çıkardım cüzdanımdan, zaten fazla bir şey yoktu.

"Ev hâlâ cevap vermiyor, karakol meşgul," dedi.

"Arama artık! Kendin gidiyorsun işte! Dinle beni Nurten, bak iyi dinle! Sokağa çık, bir taksi bul. Taksi seni anayola bıraksın. Otobüs ve minibüs çok sık geçermiş. Durdurur binersin..."

"Nerden biliyorsun?"

"Orhan Hoca söylemişti... Hatta bence havaalanına at kendini, orada metro var ya, çok daha çabuk ulaşırsın evine. Taşıt kartın var değil mi? Haydi ama... bakma öyle yüzüme! Nurten, tekrar et, ne dedim ben sana? Neye binecektin?"

"Bilmem, unuttum. Telefon cevap vermiyor."

Tanrım, kafa gitti kadında! Kolumu kaldırdım ve hiç beklemediği anda bir tokat indirdim sağ yanağına. İrkildi, eliyle yanağını tuttu.

"Niye vurdun bana şimdi?"

"Aklın başına gelsin diye!"

"Öldürürüm seni! Sen nasıl vurursun bana!"

"Şimdi sen git, döndüğünde öldürürsün. İkimizin parası bir taksiye yetmiyorsa, gerçekten öldürürsün beni döndüğünde. Haydi canım, haydi ablam benim, anladın değil mi?"

Cüzdanımdan çıkardığım paraları da eline sıkıştırdım. Paralar avucunda kapıya koştu.

"Bana vurdun, hesabını dönünce soracağım, bak!"

"Tamam! Sorarsın. Sen neye binecektin?"

Baktı yüzüme. O söyleyemeyince, ben söyledim yine.

"Önce taksiye bin, anacaddede inip otobüse bin, yoksa paran yetmez."

"Kaç kere söyledin! Aptal değiliz ya!" dedi.

İyi, kafası geri gelmiş!

Kapıdan çıkarken koltuğun üzerine bıraktığı telefonuyla peşinden koştum, "Telefonunu unuttun!"

Kaptı telefonunu, gitti.

Salona döndüm, televizyonda haber kanalı aradım. O anda haber yoktu hiçbir yerde. Kanalların çoğu reklama girmişti. Alt kuşakta yazanlarsa vahimdi... Ölü sayısı yükseliyordu, henüz kimse üstlenmemişti ama IŞİD ihtimali kuvvetliymiş. Kapattım televizyonu. Ortalığı toparladım. Yarı yenmiş sandviçleri, dokunulmamış salatayı tepsisiyle birlikte mutfağa taşıdım. Bulaşıkları kaldırdım. Bir çay koydum kendime.

Biriyle dertleşmeye şiddetle ihtiyacım vardı, şimdi bir telefonum olaydı, kimi arardım acaba? Güleyim bari ağlanacak halime; annemi, babamı, anneannemi arayamazdım! Ailemle irtibat kurmuyordum, onları tehlikeye atmamak için! Arkadaşlarımı zinhar! Orhan Hoca'yı? Yok, o da Nurten beni niye yalnız bıraktı diye mesele yapardı, herhalde. Geçenlerde üşütmemi bile Nurten'den bilmedi mi! Dikkat etmeliymiş, soğukta bahçeye çıkartmamalıymış beni! O benim hastabakıcım değil ki hocam, sadece korumam, dememe rağmen!

Çayımı aldım, odama çıktım. Aslında salonda kalıp bir diziye filan takılsam oyalanırdım ama altyazıları görmek ve Nurten'in çocuğunu kaybetmesi ihtimalini hatırlamak istemiyordum. Allahım, sakın öyle bir şey olmasın! Bir kula bu kadar yüklenilmez, elbette en iyisini sen bilirsin de... yalvarırım Allahım, onu bu seferlik bağışla. Anacığına da bir şey olmasın, evladına da...

Ben Allaha seslenirken çayım buz olmuş.

Mutfağa inip bir çay daha doldurdum ince belliye. Mutfak masasına ilişip çayımı içerken bir yandan da düşündüm, Nurten, Allah korusun, dönemeyecek olursa yanıma başka birini yollayacaklardı herhalde. Yeni bir kadınla sil baştan arkadaşlık kurmaya hiç niyetim yoktu. Gönül yorgunluğu yapıyor bu tür çabalar.

Oysa zaten yorgunum ben! Kaza yorgunuyum, yol yorgunuyum, kırık-kalp yorgunuyum. İhanete uğramış olmanın yorgunluğu ise apayrı bir yıkım! Beni rahat bırakın diyeceğim, koruma filan istemem, kim öldürecekse buyursun! Madem kaderde ölüm var, mertçe ölmesini de biliriz! Ama artık gerçekten yeter! Y-e-t-e-r! Ne olacaksa olsun!

Çay bardağımı musluğun içine bıraktım. Odama çıktım. Soyunup geceliğimi giydim, tavandan sarkan ve gemici fenerini andıran lambayı söndürüp başucu lambamı yaktım. Yerleştim Orhan Hoca'nın ilkgençliğinde kullandığı yatağa, erkek çocukları da acaba kızlar gibi renkli hayaller kurarlar mı, diye düşündüm... ünlü mü yoksa zengin olmayı mı düşlerler, bir kıza delice tutulup onunla mutlu olmayı mı isterler?

Sonra yeni başladığım kitabı aldım başucumdan... Okurken dalıp gitmişim.

Sabah, ancak saat ona doğru kapı ziliyle uyandım. Geceliğimin üzerine banyodaki bornozu geçirip aşağı koştum. Ben kapıda

Nurten'i bulmayı beklerken, Niyazi, elinde meyve poşetleriyle karşımdaydı.

"Günaydın Esra Hanım," dedi, "Nurten Hanım dün telefonda bulaşık sabunu bitiyor demişti, ayrıca biraz da meyve getirdim size."

"Günaydın Niyazi. Alayım poşetleri," dedim içeri girmesin diye.

"Ben mutfağa bırakırım, taşımayın siz."

Ben mani olamadan, ayakkabılarını kapıda çıkarıp mutfağa yürüdü. Nurten'i göremeyince Nurten Hanım kalkmadı mı henüz, diye sormasını beklemeden, "Nurten Hanım çarşıya kadar gitti bir şeyler almaya, birazdan gelir," dedim ben.

"Bana niye sipariş etmediniz?"

"Her şey sana ısmarlanmaz Niyazi... Bazı şeyler özeldir... yani bize lazım olan şeyler!"

Kızardı. Gözlerini kaçırdı.

"Sen onu bekleme. Git sen!"

Tereddüt ettiğini görünce, "Sana söyleyeceği bir şey varsa, arar seni," dedim yine.

"Şey... Nurten Hanım birkaç gün izinliymiş," dedi, "Size başka birini gönderecekler bugün."

Yalanımı yakaladığı için Niyazi'ye rezil olduğumu dahi unutup, "Çocuğuna, annesine bir şey mi olmuş?" diye haykırdım, "Yaralanmışlar mı?"

"Hepsi iyiymiş. Evin camları kırılmış. Yeni korumanızı akşama ben getireceğim."

"Ben başkasını istemiyorum. Nurten gelsin," buyurdum, bu ısrarımın boş olduğunu bildiğim halde.

Niyazi çaresizlikle omuzlarını kaldırdı.

"Niyazi... şimdi sana karşı yalancı durumuna düştüm ben... ama tamamen Nurten'i koruma amaçlıydı. Televizyonda haberi duyunca, çok telaşlandı, ben çok ısrar ettim gitmesi için. Hani duyulursa ona kızmasınlar diye, burada olmadığını saklamaya çalışıyordum."

"Anladım, abla! Başka bir şey yoksa?.."

"Başka bir şey yok. Git sen. Ben kapımı kitlerim, bahçeye bile çıkmam."

"Öyleyse akşamüstü görüşürüz."

Niyazi'nin arkasından kapının sürgüsünü sürdüm. Mutfak kapısının da kapalı olduğunu kontrol edip televizyonu açıp karşısına geçtim, dün geceki bomba olayı ile ilgili bir haber bulmak için taramaya başladım tüm kanalları. Genellikle dün akşamki haberler tekrarlanıyor, bazı kanallarda olayla ilgili yorumlar yapılıyordu. Bir süre sonra, kapattım televizyonu. Odama çıkıp kitap okumayı denedim, olmadı. Evin içinde hiçbir işe yaramadan, maksatsız dolandım durdum. Bir yukarı kata çıktım, bir salona indim. Nurten için çok endişeleniyordum ve elimden hiçbir şey gelmiyordu. Beni yalnız bırakıp gittiğini öğrenmişlerdi de kovmuşlar ya da sürmüşler miydi onu, yoksa gerçekten izne mi çıkmıştı? Nurten'e dair emin olabildiğim tek şey, oğlunun ve annesinin iyi olduğuydu. Bir kötülük olsa, Niyazi mutlaka duyar ve paylaşırdı benimle. Neyse, dedim, buna da şükür! Zaten yaralı olduklarını duysaydım ne yapabilirdim ki? Ne gelirdi elimden?

Bomboş bir sokakta, boş bir evde, boşa akan zamanın içinde çaresiz ve yararsız bir kadındım! Zaman akmıyordu, durmuştu ve dakikaların bir türlü geçmek bilmediği bu evde, hayat bana bir şey daha öğretiyordu: bir arkadaşın kıymetini! Nurten gitmişti! Ah Güzin, bari sen dönsen artık hayatıma! Zaman yeniden akmaya başlasa...

Mutfağa geçip kendime günün ilk kahvesini pişirdim ve mutfak masasındaki sandalyeye tünemiş kahvemi içerken evin içinde bir telefon sesi duyuldu. Yerimden fırlayıp sağa sola koşuştum, sesin geldiği köşede, konsolun üzerinde duran telefona şaşkınlıkla hatta biraz da ürkerek baktım. Bir ara kesildi sesi, sonra yine çalmaya başladı. Telefona elimi bir uzattım, bir geri çektim... acaba benim burada olduğumu kontrol etmek için miydi? Sonunda dayanamayıp kaldırdım ahizeyi, kulağıma götürüp hiç ses etmeden bekledim.

"Alo... alo... Esra Hanım?.. Esra orada mısınız?.." Komiserin sesiydi bu!

"Alo, benim," dedim, titrek bir sesle, "telefon çalışmıyordu da..."

"Açtırdık. Korumanız da gidince, şimdi orada yalnızsınız... irtibatta olalım istedim. İyi misiniz?"

"İyiyim. Komiserim, ben... Biz Nurten'in ailesini çok merak ettik dün akşam..."

"Nurten de ailesi de iyi, merak etmeyin. Ben size asıl başka bir haber vermek için arıyorum," dedi, "akşamüstü size yeni korumanızı getirecek Niyazi."

"Öyleymiş ama siz bana Nurten'i yollayın yine."

"Nurten bir süre gelemeyecek."

"Neden ama komiserim? Biz onunla çok iyi anlaşmıştık. Böyle zırt pırt yanımdaki insanı değiştirirseniz benim yine dengem bozulur. Alıştığım korumamı almayın, lütfen..."

Lafımı kesti, "Bir nefes alın Esra Hanım! Bir dinleyin hele! Bu yeni gelen korumadan da memnun kalacaksınız. İnanın bana! Sizin hoşlanmayacağınız birini yollar mıyız hiç! Bugün akşam saatlerinde gelecek ve zaten en fazla birkaç gün birlikte olacaksınız. Sonra size başka sürprizlerim var!"

"Ne gibi?"

"Sürpriz söylenmez ki, yoksa heyecanı kalmaz!"

"Ben programlı hayattan hoşlanırım, sürpriz sevmem."

"Yurtdışına çıkabilmenizle ilgili iyi haberler desem! Biz sizin için elimizden geleni yapıyoruz ama görüyorum ki sizi mutlu etmek kolay değilmiş."

Böyle söyledi ve kapattı!

Evet, yüzüme kapattı telefonu. Zıııır diye öten alete bağırdım ben de, "Hadi oradan! Beni mutlu etmek çok kolaydır aslında!"

Öğleden sonra, yurtdışına çıkma müjdesine sevindiğim için mi yoksa mutlu ve uyumlu bir insan olduğumu ispat etmek için mi bilemem, mutfağa gittim, buzdolabında sebze namına ne kaldıysa çıkardım ve bir kış türlüsü pişirdim. Bir de çorba yaptım erzak dolabında bulduğum ev tarhanasıyla. Türlüyü soğuyunca buzdolabına koymak için cam bir kaba aldım, çorbayı tenceresinde bıraktım.

Bana koruma diye gelecek bir başka memur kıza, hoş geldin ziyafetini hazır ettim!

Vakit geçsin diye bir de güzel sofra kurdum mutfağa.

Bahçeden yaprak koparıp bir vazoya koydum, vazoyu da masanın ortasına yerleştirdim... Mum var mıdır acaba evde? Yok, mum doğru olmaz, koruma yanlış yerlere çekebilir! Erkekse, romantik bir gece hazırladığımı zanneder, kadınsa... hiç olmaz!

Şarap da olmaz! Zaten içtiklerimi henüz yerine koyamamışken... Ah Nurten, neredesin sen? Keşke komiserin sözünü ettiği sürpriz sen olsan da gelsen yine! Şarapsız ama bol sohbetli bir gece geçirsek, ne harika olurdu!

Gözlerimi kısıp kurduğum sofraya baktım, ne eksik diye. Peçete!

Kâğıt peçeteleri de bahçeden topladığım dalların saplarıyla sarıp, tabakların içine yerleştirdim. Masamın süslenmesi bitince, birkaç adım geri gidip soframa bir kez daha baktım. Beğendim! Mutlu oldum.

Mutlu olmam zormuş! Kendini beğenmiş, ukalalar! Fetöcü mü, ocu mu, bucu mu yoksa öcü mü olduklarını bir türlü anlayamadığım üniformalılar taifesi!

Üniforma da giymiyorlardı üstelik! Kimi ekose gömlekli, kimi kazaklı, kimi sakallı, kimi kel!

Kimi de bayağı yakışıklıydı, Vural Komiser gibi!

Vural Komiser deyince... Komiserin bir cümlesi gecikmiş de olsa, damdan düşer gibi dank etti benim kalın kafama! Bana ne dedi telefonda konuşurken komiser, artık çalışıyor telefon, demedi mi?

Nereden biliyor o, telefonun daha önce çalışmadığını? Demek hattı polis kapattı ben sağı solu aramayayım diye ve sonra yine polis bağlattı, bana bir mesaj vermek için. İyi de niye?

Onların neyi niçin yaptıklarına akıl sır ermiyordu! Kafa yormaktan vazgeçtim.

Mutfakta işim bitince, salona geçip televizyonun karşısına lökledim.

Artık ne çıkarsa bahtıma... dizi, moda programı, hayvan belgeselleri, eski filmler... Siyasetçi böğürtülerinin dışında, hepsini izlemeye hazır, uzandım kanepeye!

Kâh uyukladım, kâh okudum, kâh televizyona bakarak akşamı ettim.

AYRILANLAR HEP DÖNÜYOR DÖNÜYOR

Nereden bulmuşlar bu Nuh Nebi'den kalma şarkıyı!

Anneannemle birlikte, ben çocukken söylerdik,

Atlı karınca dönüyor, dönüyor/ Dünya durmadan dönüyor, dönüyor
Yalnız dönmeyen bana sensin/ Bekliyorum hep, sen neredesin...

Böyle bir şeydi işte sözleri. Kollarımız havada, ellerimizi güya dünya gibi çevirerek dönerdik de dönerdik. Bayılırdım bu oyuna.

"Haydi, dünya olalım anneanne!"

Anneannem fırlardı yerinden, odanın ortasında dururduk, başlardık bir ağızdan,

"Atlı karınca dönüyor, dönüyor/Dünya durmadan dönüyor, dönüyor,"

Bir sonraki dizeyi ben tüm yüreğimle haykırırdım avazım çıktığı kadar,

"Ayrılanlar hep dönüyor, dönüyor."

Ayrılmış da bana dönecek olanlar çoğu zaman annem, bazen babam ya da Amerika'da yaşayan büyük dayım olurdu. Bir nevi yüreğindekini dışa vurma durumu; sanki ben bu şarkıyı söylersem, geleceklermiş gibi...

Annemin dönüşünü sırf annem olduğu için, babamın dönüşünü bana büyük insan muamelesi yaptığı, dayımınkini ise, her gelişinde bir sürü oyuncak getirdiği için isterdim. Çıkarcı olmak, demek ki siyaset ve ticaret erbabının tekelinde değil ki, çocuklar da büyükler gibi menfaatperest olabiliyorlarmış bu dünyada!

Her neyse, işte vakit geçsin diye televizyon kanalları arasında gezinirken, kanalların birinde bu eski şarkıyı duyunca, hemen başlamıştım ben de ekrandaki Ajda birlikte şarkıyı söylemeye. Hatta ayağa kalkmış, kollarımı da havaya kaldırmış, müziğin ritmine uymuş sallanıyordum, kapı çaldığında. Güneş çoktan batmıştı, akşam hüznü çökmüştü bahçeye. Ama benim içimde tam da o sırada, çalan şarkıdan dolayı neşe vardı. Yeni korumanın geldiğini varsaydığım için önce, şarkı bitene kadar biraz bekleyiversinler dışarda, diye düşündüm. Sonra dayanamadım yine, ne günahı var zavallı korumanın, o seçmedi ya bana bekçilik etmeyi diyerek, ayrıca Nurten'in gelme ihtimalini de hesaba katarak kapıya koşturdum.

Zil üçüncü kez çalınırken açtım kapıyı.

"Yukardaydınız herhalde, duymadınız," dedi Niyazi, "sizinle kalacak olan kişiyi getirdim de..." Ufak boy bir valizi içeri itti. Valiz tekerleklerinin üstünde kayarak gitti, konsola çarpıp durdu.

"Ne çok eşya getirmiş," dedim ben, Nurten'in geceliğini, bir iki çamaşırını ve diş fırçasını tıkıştırdığı plastik poşetini hatırlayarak.

"Bu da var, ayrıca." Niyazi, elindeki bilgisayar çantasını da kapının yanına bıraktı, "Siz tanışıyormuşsunuz zaten."

Eşyalarını başkasına taşıtan bir nazlı kişi geliyordu, demek ki! Tanıştığımıza göre, karakoldaki soruşturmama girip çıkan polis kızdı herhalde. Bilgisayarı da varmış! Huyuna gidersem, ben de nihayet dünyaya açılma imkânı bulurdum! Bu evde internet bağlantısı kesin yoktu ama herhalde bilgisayarını getirdiğine göre, en azından bir *vınn*'ı vardı yanında, korumanın. Sevindim.

"Kendisi nerede?"

"Geliyor. Biraz zorlanıyor da yürürken..."

A ah?! Yürürken zorlanan bir koruma! Gülmemek için tuttum kendimi. Geliş yolunu görmemi engelleyen Niyazi'nin sağına doğru uzanarak bahçeye baktım, karanlık bahçede baston yardımıyla yürüyen kişinin yüzünü seçemedim. Gelen, pantolon giyen iriyarı bir kadın mı yoksa bir erkek miydi?

"Ben kaçıyorum," dedi Niyazi, "yarın sabah gelemem, öbür gün bir ihtiyaç varsa akşama doğru uğrarım."

"Güle güle," dedim, "bir ihtiyaç yok. Keyfine bak sen!"

Yeni korumanın bilgisayarı uğruna gözüne girmek amacıyla, kapıyı aralık bırakıp özenle hazırladığım sofraya son bir dokunuş için mutfağa yürüdüm. Buzdolabından pişirdiğim türlüyü çıkardım, tam masaya götürürken…

"Esra," dedi bir erkek sesi!..

Bu sesi tanıyorum ben!

Tanrım!

Yok! Olamaz!

Döndüm.

Karnıma bir yumruk mu yedim, yoksa bir alev topu karnımdan beynime mi fırladı... köpek uluması gibi bir ses çıktı boğazımdan, taşa düşüp parçalanan camın şangırtısına karıştı... hiç bitmeyen bir çınlama kulaklarımda... gökyüzüne doğru yükseliyorum hissi...

Kendime geldiğimde, cam parçalarının, etrafa saçılmış patateslerin, havuçların, karnabaharların arasına yerde yatıyordum. Başımın hemen yanında biri duruyordu... Yukarı doğru bakınca, gördüm onu! Üzerime eğilmeye çalışıyordu.

Demek ölüm, eski sevgilinin hayaleti olarak gelecekmiş beni almaya!

Azrail, kurbanına bir kıyak yaptığını sanıyorsa, çok yanılıyor! Ne ölmek istiyordum ne de eski sevgilimin yüzünü görmek!

Kolumu uzatıp elimle dur işareti yaptım, bana yaklaşamaması için.

"Esra... benim... korkma!"

Nasıl korkmayayım!

Gerçekten o bir hayaletse elbette korkuyordum! Eğer yaşıyorsa, onu bizzat ellerimle boğmaktan korkuyordum! Korkuyorum demek de yetmez, dehşet içindeydim. Elektrik çarpmış gibi tepeden tırnağa titriyordum. Başımı kollarımla sardım, kendimi korumaktan çok, onu görmemek için. Yetmedi, gözlerimi de sımsıkı yumup bekledim.

Konuştu.

"Ben ölmedim Esra. Beni kurtarmak için öldüğümü söylemek zorunda kaldılar, hastanede. Yoksa beni koruyamazlardı. Senin Mardin'den ayrılmandan birkaç saat sonra, ben..."

Ellerimle kulaklarımı kapattım bu sefer.

Suuus! diye bağırmak istedim. Sakın anlatma! Beni hiç alakadar etmiyor söyleyeceklerin. Kendini her ne için tehlikeye atıyorsan, o kavga senin kavgan, benim değil! Sen, beni kendi kavgana bulaştırırken fikrimi sormadın. Senin davan uğruna öldürülmek, yaralanmak, hapislerde sürünmek istiyor muydum, sormadın bana! Ben senin umurunda bile değildim.

Tüm bunları haykırmak ve yüzüne tükürmek istiyordum. Ama sesim çıkmıyordu.

"Dizimi bükemiyorum... biliyorsun, dizkapağım parçalanmıştı... elini uzatsana... kalkmana yardım edeyim," dedi.

Bana dokunma! Sakın dokunma bana!

Ondan yardım almamak için, kolumun üzerinde doğrulmaya çalışınca gerisin geriye yere kaydım... Dört bir yanım vıcık vıcık yağ ve sırçaydı.

Tarık, ne yapıp edip bükülmeyen sol bacağını uzatarak yere oturmuş olmalı, beni koltukaltlarımdan tutarak kucağına çekti, kollarının arasındaydım artık, yüzümü avuçlarının içine almış, gözlerimi öpüyordu.

"Ağlama sevgilim." Gözyaşlarımı da öpüyordu, "Korkunç şeyler yaşadık ama bitti... Hepsi bitti..."

Nasıl bitti Tarık! Yalancı, yalancı Tarık! Sen, bana taşıttığın çipte ne olduğunu bilerek, nasıl verebildin onu bana! Ya üzerimde yakalasalardı! Yanmıştım. Kurtuluşum yoktu! Saflığımdan istifade ettin... Bunları bağırmak istiyordum ama sesim çıkacağına sadece gözyaşlarım akıyordu... sel gibi. Ben de sele kapılmış gibi, ılık bir suda yüzüyordum... her tarafım çözülüyordu... elim ayağım uyuşuyordu...

"Seni o kadar çok özledim ki..."

"Öpme be... ni..." dedim galiba ama dudaklarım ağzının içindeydi.

Ben de onu çok özlemiş olmalıyım ki, sesim beynimin yolladığı emre uymuyordu. Tüm söylediklerim içimde kalıyordu, sadece kendim duyuyordum sesimi.

İç sesim bana direnmemi emrediyordu, hücrelerim bu emre karşı koyuyordu.

Onu itelerken, bana daha sıkı sarılmasını istiyordum. Ağzımı kaçırırken beni öpsün istiyordum. Ondan nefret ederken, üzerinde yattığım soğuk taş zeminde, yağa bulanmış cam kırıklarının üzerinde sevişmek istiyordum onunla.

Hani, neredeydi benim demir iradem?

"Yapma... uzak dur benden," diyebildim nihayet.

"Hayalet görmüş gibi oldun, zavallı sevgilim, korktun elbette... Komiser sana haber verir sanıyordum. Demek söylememiş..."

Komiser? Hangi komiser? Vural mı?

Büsbütün karıştı kafam! Tarık işbirliği yapmış demek ki Vural'la! Kimsin sen Tarık? Neyin nesisin?

"Gel, kalkalım buradan, sırçalar bir yerine batacak Esra," dedi Tarık, ayağa kalkmaya çalışırken. Ben de bir elimi yere koyup doğrulmaya çabaladım. Vıcık yağda ikimiz birden kaydık ve bu kez üst üste düştük. Gülmek en son istediğim şeydi ama o kadar gülünç bir durumdaydık ki, kendimi tutamadım, bir kahkaha patlattım.

O da güldü.

"Kader ağlarını bu kez de cam ve sırçayla örüyor," dedi, "demek biz hep böyle bir araya geleceğiz... ya tazyikli su ve fişek yağmuru altında ya da yağ ve cam kırığı üstünde."

Sonrasını gerçekten hatırlamıyorum. Kazağımı sıyırdı, blucinimi ben mi indirdim, bilmiyorum. Tek hatırladığım, karşı koymaktan vazgeçtiğimde, dudaklarının boynumdan göğüslerime doğru indiğiydi...

Kendimi taş zeminde, yağlı sebzelerin arasında kuş tüyünden yatakta yatar gibi sere serpe yatarken bulduğumda ise, kim bilir kaç olmuştu saat.

Silivri'de bir eve kapatılmış iki kişi için zamanın hiçbir değeri kalmamıştı ki!

Bencilliği yüzünden kaza geçirtip beni hastanelerde süründüren, aileme sürekli yalan söyleten, sadece sınavlarımı değil, yurtdışında çalışma imkânımı da kaçırmama neden olan ve onu tanıdığım güne lanet olsun dedirten bu adamı ne kadar çok özlemişim meğer!

Bana da lanet olsun!

Yerden düşe kalka, eğrile büküle, bin bir zahmetle nihayet kalkabildik, birbirinin bitini ayıklayan maymunlar gibi üzerimize ve saçlarımıza yapışmış sırçaları ayıkladık özenle.

Sonra yukarı kata çıkıp duş aldık ve nihayet, salondaydık.

Yanmayan şöminenin önündeki berjerlerde karşılıklı oturuyorduk.

İlk kez alıcı gözle baktım ona.

Kadidi çıkmış. Pantolonu, gömleği üzerinden akıyor. Hastane yatağında yatarken o kadar belli olmuyordu sıskalığı. Gözaltları mosmor ve derin kuyuların dibinden bakıyor gibiydi insanın yüzüne. Sadece ağır yaralanmış değil, işkence geçirmiş bir insanın izlerini de taşıyordu bakışlarında...

Ona acımak istedim... beceremedim.

İçimde onunla sevişirken harlayan ateş sönmüş, hazzın yerini öfke almıştı.

Ona bu kadar kolay teslim olduğum, hevesle seviştiğim için duyduğum pişmanlık ve kızgınlık her an biraz daha artıyordu.

"Nerden çıktın sen!" dedim, "Bu evi, beni nasıl buldun diyeceğim... de..."

"Her şeyi Komiser Vural ayarladı."

"Komiser Vural'ı nerden tanıyorsun? Polisle ne işin var senin? Gizli polis filan mısın?"

"Değilim. Şu Suriye'de savaşanlarla ilgili sorgulamalarda... bir ara yollarımız kesişti."

"Seni buraya Niyazi getirdiğine göre, bu keşişme uzun sürmüş olmalı..."

"Ben malum bölgeyi ve orada savaşanları yakından tanıdığım için, benden bazen yardım isterlerdi."

"Kimler?"

"İşte... istihbaratla uğraşanlar filan..."

"İstihbarat ha! Bravo sana! Beni bilerek, isteyerek tehlikeye attın Tarık," dedim, "bana bunu nasıl yaptın? Ben sandım ki hayatını tehlikeye attığın mesleğin boşa gitmesin diye..." Konuşamadım, sesim titriyordu.

"Başına gelecekleri bileydim, yollar mıydım seni İstanbul'a! Kaza geçirdiğini duyunca kahroldum ben!"

"Kurye olarak kullanabileceğin onca meslektaşın, arkadaşın varken, niye beni seçtin?"

"Çünkü sen dürüst ve cesursun."

"Hayır! Aptal ve safım... kimsenin şüphesini çekmeyecek biriyim. O yüzden beni seçtin!"

"Sen saf filan değilsin... İdeallerine, değerlerine sadıksın. Seni iyi tanıyordum Esra. Bir tek sana güvenebilirdim."

"Tarık, beni gerçekten tanısaydın, benim sadece doktor olmak isteyen bir tıp öğrencisi olduğumu bilirdin. İdealim filan yoktu ki, şu dünyada tek isteğim, huzur içinde yaşamak ve mesleğimi yapmaktı. Sayende artık bu mümkün değil!"

"Elbette mümkün! Hayatımız bıraktığımız yerden devam edecek," dedi benim adıma da karar vererek.

"Hayır," dedim, "sen, benim tüm sorularımı yanıtlayana kadar müşterek hayatımız askıya alındı."

"Her sorunu yanıtlamaya hazırım. İçki var mı evde?"

"Yok!"

"Ama büfenin üzerinde şişeler görüyorum..." Berjerin kolçaklarından güç alarak ayağa kalktı, ayağını sürüyerek büfeye yürüdü,

"Dur bakayım... viski de var galiba..."

"Burası klinikte benimle ilgilenen doktorun yazlığı... Ayıp olmasın şimdi..."

Hayret, sözümü dinledi, eli boş geri geldi.

"Konuşmamız lazım," dedi yerine otururken, "sana verdiğim şu çip... ona ne olduğu çok önemli. O ulaşması gerektiği kişiye ulaşamadıysa... yeni bir plan yapmak lazım."

"Önce sen benim sorularımı yanıtla!" diye üsteledim gözlerimi kaçırarak, çünkü işte itiraf ediyorum, konuştuğu zaman, beni yine ikna edecek diye korktum. Ona olan zaafımdan istifade etmesini o kadar iyi biliyor ki... az evvel yaptığı gibi!

Oysa ben ikna olmak istemiyordum. Ona inanmak, onun kuryesi, kulu kölesi, hastabakıcısı olmak hiç istemiyordum. Bana bir şeyler anlatıp ruhumu ele geçirmeden, beni büyülemeden bitirmeliydim bu ilişkiyi!

"Her ikimizin de anlatacak çok şeyi ama az zamanı var. Yazı tura atalım mı?"

Karizmatik gülüşüyle sırıtıyordu. Nasıl başa çıkacaktım ben bununla?

"Acıkmadın mı?" diye sordum, "Hazırladığım yemek, münasebetsiz sürprizin yüzünden çöpe gitti ama bir tencere çorba var. Birer tabak çorba içelim, yemekten sonra anlat her ne anlatacaksan!"

Yanıtını beklemeden yerimden fırlayıp mutfağa geçtim.

Mutfakta, önce etrafa saçılmış sebzeleri ve cam kırıklarını yer süpürgesiyle faraşın içine toplayıp çöpe attım. Sonra, ellerimi yıkayıp ocağın üzerinde duran çorba tenceresinin altını açtım. Çorba ısınırken Tarık'ın yanına gideceğime, mutfakta kaldım. Ona bu kadar kolay teslim olduğum, hevesle seviştiğim için duyduğum pişmanlık, her an biraz daha artıyordu.

Bir tahta kaşıkla çorbayı karıştırıp duruyordum, içeri girdiğinde. Arkamda durdu, kollarıyla belime sarıldı, ensemden öptü.

"Seni ne çok özlemişim," dedi, "koklamaya doyamıyorum."

Ürperdiğimi belli etmeden, çorbayı karıştırmaya devam ettim.

"Beni hayata bağlayan sadece senin hayalindi... bir gün sana kavuşacağımı biliyor olmamdı..."

Tahta kaşığı tencereye bırakıp palavra atma demek için ona doğru döndüğüm anda iyice kendine çekti beni, başını omzuma gömdü.

Zor kurtuldum kollarından.

"Masadaki çorba tabaklarını getirir misin?" dedim.

İki tabağı da alıp geldi. Birer kepçe çorba koydum tabaklara. Masaya karşılıklı oturduk. Ne tuhaf, birdenbire, ilk buluşmalarında konuşacak laf bulamayan iki ergen gibi kalakaldık. Bir şey söylemek için aynı anda lafa başlıyor, susuyor, birbirimize, önce sen söyle diye ısrar ediyorduk... ve her ikimiz de söyleyeceğimizden vazgeçiyorduk. Onu bilemem ama ben, yemeğin tadını kaçırmamak için dökmüyordum kalbimdekini. Büyüdüğüm evde, tatsız konuları sofrada açmamayı öğretmişlerdi bana. O ise, söyleyeceklerine itiraz etmemden korkuyordu herhalde. Ve içime doğan his, onun hiç samimi olmadığıydı. Çorbalarımızı değişik endişelerle içerken, fazla konuşmadık.

Yemeğini önce o bitirdi.

"Daha ister misin?" diye sordum.

"Hayır." Uzandı masanın üzerinde duran elimi tuttu, "Beni görünce çok sevineceğini sanmıştım Esra. Ama sende tuhaf bir hal... çekingenlik seziyorum," dedi nihayet.

"Gördün mü, beni o kadar da iyi tanımıyormuşsun işte! Beni cesur sanmışsın ama bir hayaletin kollarına atlayacak kadar cesur değilmişim meğer!"

Elimi çektim avucundan.

"Cesursun ona şüphe yok da, bundan sonra çok daha iyi tanımaya başlarız birbirimizi," dedi, "daha birlikte yapacağımız çok şey var."

"Geç kaldık," dedim ben, "birlikte diye bir şey yok bundan böyle!"

"Sen cesur olduğun kadar inatçıymışsın da!"

"Bunun inatla alakası yok!"

"İnat değilse, niyetin bana ceza vermek mi? Hastanede haftalarca başımda bekleyen sevgilime, benim için fedakârlık yapabilen kadınıma, şimdi niye ulaşamıyorum? Değişen ne?"

Birden bir bıkkınlık hali geldi üstüme. Değişenin ne olduğunu anlatmaya üşendim.

"Tarık, sen salona geç, ben sofrayı kaldırınca gelirim, o zaman konuşuruz," dedim. "Bulaşığı hemen temizlemezsem, sonra çok zor oluyor yağı akıtmak."

"Sana yardım etmemi istemez misin?"
"Hayır."
"İçerde bekliyorum seni. Geldiğinde sana öyle şeyler anlatacağım ki, bana hak vereceksin."
"Beni bilerek tehlikeye atmana asla hak vermeyeceğim!"
"Kazayı bilemezdim!"
"Takip edileceğimi bilebilirdin ama! Kesinlikle biliyordun hatta!"
"Saçmalıyorsun ama kızamam sana. O kadar zor bir süreçten geçtin ki..."
Kendimi tutamayıp patladım, "Zor süreç mi! Biz tıp öğrencileri, zor süreç tabirini sınav dönemleri için kullanırız. Kazayı, hastaneyi, bellek kaybını, hepsini koy bir kenara, ya bana yaşattığın acı! Ya bana yaşattığın korku! Sen beni cehenneme yolladın, cehenneme! Şimdi mutfaktan çıkar mısın, yalnız kalmak istiyorum."
"Tamam, çıkıyorum... sen yeter ki sakinleş!"
Ayağını sürüyerek kapıya giderken,
"Konuşacağımız çok şey var," dedi yine, "birer kadeh içki iyi gelirdi ikimize de."
"Sen iç. Ben içmeyeceğim."

Bu bencil, sadece kendini ve kendi davasını düşünen adam, onu artık istemediğimi kolayca kabul etmeyecek! O benim inadımı, ben de onun bu tarafını yeni öğreniyorum! Önce babama, sonra da Orhan Hoca'ya Tarık'tan bahsederken, onun hakkında hiçbir şey bilmediğimi görüp şaşırmıştım. Bu akşam, bir kere daha yüzleşiyordum bu gerçekle... Tarık'ın taktığı maskenin ardındaki yüzünü yeni görüyordum. Unutmaya ant içtiğim çiple ilgisini bilmiyordum.
Onu kim öldürmek istiyordu... ve kimler onu muhtemelen bir ceset torbasında kaçırmıştı hastaneden, bilmiyordum.
Bildiğim, hayatımdan çıkmasını istediğimdi.

Duygularıma yenilip onunla seviştiğimden beri daha da çok kızıyordum ona; çünkü geleceğimi yok etmekle kalmamış, irademi de eritmişti...

Bari kendime saygımı bıraksaydı elimde!

Hiçbir şey sormadığımı, söylemediğimi görünce, camlı bardak dolabından bezgin bir ifadeyle bir bardak seçti ve nihayet çıktı mutfaktan.

Ben onunkinden daha da bezgin bir ifadeyle, arkasından, "Keşke seni hep ölmüş bileydim," diye tısladım, "beni bunca zamandır kandırdığını öğreneli beri, hiç şansımız kalmadı bizim!"

Duydu mu acaba?

O gittikten sonra masada bir süre daha oturdum ve Tarık'ın niye bana geleceği haberini komiserle yollatmadığını düşündüm; karşıma hayalet gibi dikileceğine, daha önceden "müjdesini" verdirebilirdi. Ama tercih etmemiş bunu, Vural beni bu karşılaşmaya önceden hazırlayacak olsa, ağzımdan bir şey kaçırırım diye korkmuş olmalı.

Herhalde kendi ısrar etti sürpriz yapmakta.

Sürpriz! İki sevgilinin mucizevi kavuşması!

Romantik olmasını beklediği buluşma yüzünden yüreğime iniyordu az daha!

Özenerek kurduğum sofranın üzerindekileri elimin tersiyle savurdum. Bu kez bir bardak ve tuzluk düştü yere...

Bir şangırtı daha!

Eyvah! Şimdi geri gelecek ne oldu diye bakmaya... ama gelmedi.

Herhalde üst kattaki yatak odalarından birine çıkmış, valizini boşaltıyordu.

Ben hırsımı bardakla tuzluktan alıp kendimi daha iyi hissedince, yine süpürgeyle faraşı elime aldım, yere dökülmüş tuzu ve sağa sola saçılmış kırık camları toparlayıp çöpe attım, yeri sildim, tencereyi, tabakları, kaşıkları bulaşık makinesine yerleştirdim ve çay demledim...

Tüm bu işleri mümkün olduğu kadar ağırdan alarak yaptım! Sonra ellerimi sabunladım. İçimden hiç gelmiyordu Tarık'la yüzleşmek ama burada sabaha kadar yer silerek, el yıkayarak kalamazdım. Çaresiz, çıktım mutfaktan, salona geçtim.

* * *

Tarık, mutfaktan aldığı bardağa viski koymuş, daha önce oturduğu berjere yerleşmişti. Beni görünce,

"Sen de içer misin?" diye sordu yine.

Bu kez karşısındaki berjere değil, ötedeki kanepeye otururken,

"Hayır dedim ya!" diye cevap verdim.

"İyi gelirdi, gevşetirdi seni."

"Ben sert içki sevmem."

"Likör bakayım mı? Vardı galiba..."

"Tarık, bu içkiler başkasına ait."

"Birbirimize kavuştuğumuz bu çok özel gecede bir parmak viski almamı mesele yapmaz herhalde, evini sana açan kişi."

"O herhangi bir kişi değil, doktorum benim. Beni hiç karşılık beklemeden kliniğine kabul etti, terapi seanslarına katılmama imkân tanıdı ve senin yüzünden peşimde hâlâ beni öldürmeye niyetli kimseler olduğu için, burada saklanmama izin verdi. İçkilerini de emrime sunmasını beklemek, biraz fazla kaçar."

"Yarın gider bir şişe viski alır yerine koyarım, mesele buysa," dedi.

"Mesele bu değil! Mesele bunca zaman, benim seni öldü zannetmeme izin vermen. Daha da beteri, peşime katillerin takılacağını bildiğin halde, beni kurye olarak kullanman!"

Kendini savunmak için bir şeyler söyleyecekti ama konuşturmadım onu, "Sen bana önce şunu söyle: Buraya niçin geldin sen? Ne arıyorsun burada Tarık?" diye sordum, gözlerinin içine bakarak.

"Ne biçim soru bu? Elbette senin için geldim."

"Madem yaşıyordun, ben senin yüzünden hastanede yatarken niye çıkıp gelmedin? Kaza geçirdiğimi duyduğuna eminim."

"Gizleniyordum. Öldürülmemek için ölü ilan edildim, anlamıyor musun?"

"Bir haber yollatabilirdin."

"Ama sen zaten o sırada hiçbir şey hatırlamıyormuşsun."

"Bakıyorum, sıkı takip etmişisin beni! Daha sonra götürüldüğüm klinikte hafızama kavuştuğumu da öğrenmişsindir. Madem yaşayanları ölü eyleyebilecek güçte tanışların varmış, bana yaşadığına dair bir haber uçurabilirdin."

"Ben senin yaşadığın bütün süreçlerden haberdardım. İyi ve emniyette olduğunu biliyordum. Karşına çıkabilmek için doğru zamanı bekledim."

"Doğru zaman, benim buradan ayrılmak üzere olduğum haftaya mı denk geldi?"

"Esra, beraber gideceğiz biz. Sen ve ben..."

"Ne!"

"Evet, birlikte gideceğiz, önceden kararlaştırdığımız gibi."

"Buna hazır değilim," dedim.

Bir süre hiç ses çıkarmadı.

"Bütün bunları unutturacağım sana," dedi sonra.

"Ben bu yaşadıklarımı asla unutmayacağım! Hep hatırlayacağım ki, bir daha tongaya basmayayım! Bir daha kimse beni kullanamasın. Bir daha kimse beni kirli işlerine alet etmesin..."

"Aaa, bak, orada dur! Kirli işler de neymiş? Sana anlatacaklarımı dinlemeden, bu hükmü bana kesemezsin Esra!"

"Sen bana anlatacaklarını beni kurye olarak kullanmadan önce anlataydın ve kararı bana bırakaydın, şimdi seni itham etmezdim!"

"Anlatmaya çalışıyorum geldiğimden beri ama dinlemek istemiyorsun!"

"İlla içini dökmek istiyorsan, buyur anlat! Ben klinikte kalırken hastalardan Asiye'nin, bu evde de korumam Nurten'in hikâyelerini dinledim. İyi dinleyiciyimdir, seninkini de dinlerim."

"Öyle pembe dizi hikâyesi değil benim anlatacaklarım!"

Yerinden kalkıp içkilerin bulunduğu büfeye yürüdüğünden, kızlara yaptığı haksızlığı nasıl küçümsediğimi aksettiren bakışlarımı görmedi. Bu kez dolaptan bir konyak şişesi çıkardı.

Üstelik bir de ayyaş olmuş!

"Konyak bardakları nerede duruyor bu evde?" diye sordu.

"İçkiyi eliyle koymuş gibi bulan bardakları da bulur."

"Bana neden bu kadar kızgınsın Esra? Kazayı, ufak tefek zedelenmelerle Allaha şükür ucuz atlatmışsın. Ben savaş alanının ortasında bir uyduruk sağlık ocağında aylarca ölümle pençeleştim. Ve gördüğün gibi hâlâ ceremesini çekiyorum," sol bacağına vurdu eliyle, "ama senin kadar kızgın değilim!"

"Bardaklar mutfakta!" dedim, beni geçirdiğim kazanın değil, duyarsızlığının paramparça ettiğinin farkında olmayan adama.

Bacağını sürüyerek mutfağa gitti, dolap kapılarını açıp kapadığını duydum. Elinde bir konyak bardağıyla geri geldi. Kendine konyak koydu.

"Kusura bakma, benimki katıksız anlatılacak bir öykü değil... kızlarınkinden farklı bir hikâye!" demez mi! Kızın biri IŞİD'in eline düşmüş, köle pazarlarında satılmış, diğeri kocasını ilk evladına hamileyken şehit vermiş... ama bizim Tarık Efendi'nin öyküsü onlarınkinden illa daha değerli!

Nasıl bir ego bu yahu!

Beni sinir ettiğin farkında bile değildi, cebinden sigara paketini çıkartıp bir sigara yerleştirdi dudaklarına ve etrafa bakındı.

"Çakmak yok mu bu evde?"

"Mutfakta kibrit var... ocağın yanında."

Yerimden kalkmaya niyetim olmadığını anlayınca, gözlerinde bir şaşkınlık yakaladım. Hastanede yattığı sürece başucundan ayrılmayan, ona kul köle olmuş kızın niye böyle değiştiğini bilemiyordu. Mutfağa gitti yine. Sigara dudaklarının arasında, elinde kibrit kutusuyla döndü.

"Şimdi ben konuşacağım, sen dinleyeceksin," dedi.

"Başka seçeneğim yok ki! Seni ya dinleyeceğim ya dinleyeceğim!"

Onu konuşturmamak için gereksiz şeyler söylüyorum, sabrını sınıyorum ama hiç açık vermiyor, kızmıyor, sinirlenmiyor. Beni kazanmayı kafaya koymuş bir hali var. Elimde olmadan, bana yaptıracağı başka işler de olmalı diye düşünüyorum, görevim henüz bitmemiş anlaşılan...

"Zor şeyler dinleyeceksin, o yüzden ben hazır ayaktayken içki istemediğine emin misin?"

"Ben kendime bir bardak çay alıp geleyim mutfaktan."

Kalktım yerimden, mutfağa yürürken,

"Bana da bir kahve mümkün mü?" diye sordu.

"Su kaynayana kadar cezvenin başında bekleyemem. Çay hazır. Çay iç!"

Yine hayreti yakaladım gözlerinde.

"Değişmişsin sen Esra!" dedi.

"Değiştim. Sayende ben de senin gibi yalancı, bencil ve kaypak oldum. Kötülüğü, sinsiliği öğrendim."

"Çok ağır olmadı mı?"

"Olmadı! Ben sen öldün diye kahrolurken, senin kılın bile kıpırdamamış! Emaneti teslim edeceğim kişi tutuklanmış! İstihbaratla ilişkini yeni öğreniyorum! Peşimde senin yüzünden karanlık adamlar, ajanlar, katiller! Sen beni bir ateşin içine attın, hâlâ yanıyorum Tarık!"

İçini çekti, "Hiçbirinde dahlim yok," dedi, "haydi çayını al da gel."

Ama ben mutfağa gitmekten vazgeçip kanepeye oturdum yine. "Seni dinliyorum," derken gözüm şöminenin yanındaki guguklu saate takıldı. Koca bir gece vardı önümüzde. Bu kadar çok içiyor olması hayırlı olabilirdi; inşallah çabucak sızar, diye düşündüm.

Tarık'ın bir sesi kalmış, değişmeyen!

Bir zamanlar dinlemeye doyamadığım o genzinden gelen davudi sesiyle konuşmaya başlayınca, içimden, öyle şeyler söyle ki, ikna olayım, seni bağışlayabileyim diye geçirdim. Aklımla ondan kaçarken, gönlümle ona sokulmak mı istiyordum?

Aşk mıydı bu?

Yok hayır, bu tensel tutkuydu... kendimi inandırmaya çalıştım, tamamen tensel tutkuydu ve ben tutkularının esiri olacak biri değildim... olamazdım!

Tarık, Suriye macerasıyla girdi söze... Orada kimler ne için savaşıyorlar, üç harfli örgütler kimlerin çıkarlarına hizmet ediyorlardı, önce onu anlattı.

Sonra da sırasıyla, CIA'in kirli çamaşırlarını, kendi büyükelçisini dahi öldürmeyi göze alan bu teşkilatın petrol üreten Ortadoğu devletleri üzerine oynadığı oyunları anlattı. Bu oyunlarda başrol verilen bazı devlet adamlarının, hem de isimlerini vererek (yok artık, daha neler!) sırf petrol havzalarındaki işlenmemiş petrolü ele geçirmek için lanet bir örgütle yaptıkları işbirliğini anlatırken gözlerimin içine bakıyordu.

Heyhat! Son altı yılını insan vücudunun değişik sistemlerle işleyen organlarını ayrıntılarıyla ezberleyerek geçirmiş olan birine, bir başka dil konuşuyor gibiydi Tarık. İlgi alanımın tamamen dışında, var olduğunu hiç bilmediğim bir yeraltı dünyasından söz ediyordu. Anlattıklarını duyuyordum ama algılayamıyordum bir türlü.

Ben bir hekimdim. Bu dünyadaki önceliğim, canlıların beden ve ruh sağlığıydı.

Hipokrat yemini etmiş biri için, dünyaya gelmiş bir canın doğduğu andan itibaren, genç-yaşlı, beyaz-siyah, dinci-dinsiz ayırt etmeksizin her nefesinin değeri karşısında petrolün, paranın, gücün önemi neydi ki!

Oysa şu anda ben, yaşamın kutsallığıyla ilgisi olmayan bir çıkar öyküsü dinliyordum. Bir hırs, ihtiras, güç öyküsü!

Ara sıra duruyor, yüzüme bakıyor, "anlatabildim mi?" diyordu.

O anlatıyordu da ben anlayamıyordum!

Zaman aktı.

Türkiye'nin bir parçası olacağı petrol boru hattını gerçekleştirmek için ülkemizin de hasbelkader katıldığı oyunlara geldi sıra...

Tehlikeli oyunlar... Kirli oyunlar... Oyun içinde oyunlar... Çıkarlar çakıştığı için ayrılan yollar, kimin hangi maskeyi taktığı, kimin kimden yana olduğu belli olmayan başka oyunlar... Kumpaslar... Tuzaklar... Suikastlar... Sadece servet ve güç peşinde koşan, devlet içinde yuvalanan tarikatlar... Örgütler... Hücreler... İmamlar... Şeyhler... Şefler... Efendiler... Ülke bütünlüğünü bölmeye çalışanlar...

Yetmedi mi yahu!

Yetmemiş.

Yabancı devletler... Emperyalistler... Petrol, silalı ve uyuşturucu kaçakçıları... Ve her birinin devasa çıkarları...

Dehşetengiz bir korku filmi aktarıyordu sanki bana...

Onu dinlerken bir ara dikkatim dağıldı, aklıma bambaşka şeyler takıldı, fikirler, hayaller, anılar galip geldiler. Dinlemiyordum artık Tarık'ı.

Kendi endişelerim, anlattıklarına ağır basmıştı ki, beni yarın nelerin beklediğini merak ediyordum. Yurtdışına, annemin yanına gerçekten yollayacaklar mıydı beni? Ah nasıl şiddetle istiyordum annemle anneanneme kavuşmayı ve artık normal bir insan gibi yaşamayı.

Ama ya gider de bir daha dönemezsem! Gittiğim için kaçtı varsayılıp vatandaşlıktan atılırsam mesela! Yok hayır! Hayır! Hayır! Bir başka ülkenin ikinci sınıf vatandaşı olmayı ben sindiremem içime... Ürküp kaçtığımı varsaymasın kimseler! Ben suçlu da olsam, dik tutmak isterim kuyruğumu da, suçum ne ki benim? Ülkemden kaçmamı gerektirecek bir suç mu işledim? Ölüm döşeğindeki sevgilimin son arzusunu yerine getirmiş olmak mı suçum?

O hâlâ konuşuyordu ama ben duymuyordum. Kendi âlemimdeydim artık. Bir yandan da gözlerim kapanıyordu...

Galiba bana bir şey sordu...

Yeniden yakalamaya çalıştım konuyu, dikkatimi vermek için çabaladım.

Değişen bir şey yokmuş! Sözü döndürdü dolaştırdı, yine enerji yollarına getirdi. Ve nihayet sustu Tarık.

Bu uzun konuşmanın özeti, pek çok devletin, şirketin ve kurumun bölgemizde yaratılmak istenen petrol imparatorluğunda söz sahibi olma isteğiydi!

Tüm çekişmeler, savaşlar, ezalar, cefalar, yerinden yurdundan edilen zavallı insanlar, hepsi ve her şey petrol içinmiş meğer!

Duvardaki saate baktım, bir saate yakın konuşmuş, sanırım ben daha başlarında kopmuştum. E, ne yapayım, politikacı değildim, asker değildim, Ortadoğu'daki petrol ticaretinin yol açtığı savaş bir kulağımdan girip ötekinden çıkmış, içimi baymıştı ama sonunda almıştım mesajımı. Tarık, çipe kaydettiği bilgiyi paraya çevirmek istiyordu.

"Bak sana her şeyi tüm açıklığıyla anlattım," dedi. "Şimdi hak veriyor musun bana? Anlıyor musun neden bir süre ortadan kaybolmak zorunda kaldığımı?"

Evet, dedim içimden, nihayet anladım Tarık, hem senin niyetini hem de benim hayatımda yerinin olmayacağını!

Bir şey söylemediğimi görünce, kalktı oturduğu yerden, yanıma gelip oturdu. Kolunu omzumdan aşırdı, ondan kurtulmak için tespihböceği gibi büzülmemi yanlış anladı, beni sıkıca kendine çekti. Bir eli saçlarımda, ensemde gezinirken, diğeriyle yanaklarımı, dudağımı okşuyordu. Sinirlerim mi boşaldı, ne olduysa, gözlerimden yaşlar inmeye başladı. Gözyaşlarımı sildi. Yüzümü öptü. Nefesi konyak kokuyordu... boynumu kulaklarımı öptü.

"Bırak kendini," dedi bana... "bırak kendini, boşuna karşı koyma... beni sevdiğini biliyorum... İstediğini de..."

Sahibi eve döndüğünde, ondan şefkat bekleyen bir köpecikmişim gibi, kafamı okşayıp ödülümü verince benden ona kuyruk sallamamı da bekliyormuş meğer!

Kurtardım kendimi kollarından, "Leş gibi içki kokuyorsun," dedim tiksintiyle.

"Kavuşmamızı kutlamasa mıydım! Keşke sen de bana katılaydın."

"Ben yatmak istiyorum Tarık. Yorucu bir gündü benim için."

"Oysa ben biraz sohbet ederiz diye düşünmüştüm."

"Ettik ya bütün akşam..."

"Daha konuşacaklarımız var ama... biraz da yatakta kaynatırız," dedi.

Duymamış gibi yaptım.

"Haydi gel, odamıza gidip yatalım güzelim."

"Odalarımıza," dedim ben ama bu sefer o duymazlığa geldi.

Kalktım kanepeden, bacağım uyuştuğu için, sendeleyerek merdivenlere yürüdüm. Onun da aksayan ayağı ile arkamdan geldiğini duyuyordum.

Üst kata vardığımızda, ben odama yöneldim, peşimden geldi, kapıma yaslanıp, "Ön tarafa bakan odalar daha ferah, sen niye bu odayı seçtin?" diye sordu.

Odamdan çıkmayacağımın bir işareti olsun diye, hemen yatağımın üzerine oturdum.

"Korumam Nurten, benim arkaya bakan odalarda yatmamı uygun gördü."

"Biz bu gece balkonlu ön odada yatalım çünkü oradaki yatak iki kişilik."

"Alışmadığım yatakta uyku tutturamam."

"Bu evden kurulunca geniş yataklarda birlikte yatacağız."

"Ben buradan çıkınca, doğru Amsterdam'a gidiyorum. Sen nereye?"

"Sen nereye gidiyorsan, ben de oraya."

"Nereden çıktı bu?"

"Ne demek nereden çıktı? Ben yaralanmadan önce bir planımız vardı... birlikte yaşayacaktık, ben kitap yazacaktım..."

"Köprülerin altından çok sular aktı Tarık. Ne sen ne de ben, aynı insanlar değiliz artık."

"Sol bacağımın aksaması ve dalağımın alınmış olması dışında, ben hep aynı adamım. Bacağım fizyoterapi seanslarıyla eski haline dönecek. Dalaksız olmamın senin için bir sorun yaratacağını hiç düşünmemiştim."

"Sorun zaten senin aynı adam olmanda! Peşime katilleri takan o adama ben güvenmiyorum artık."

"Peşine takılmalarının nedeni çipin sende olduğunu düşünmeleri... Sahi sen ne yaptın o çipi?"

"Çaldırdım."

Kapıya yaslanmaktan vazgeçip içeri girdi ve yatağa, yanıma oturdu.

"Polis buna inanmış olabilir ama ben yutmadım. Mutlaka bir yere saklamışsındır. Nereye sakladın?"

Polise attığım yalanın aynını söyledim ona da. "Çantamdaydı. Çantamı da kaza sırasında yürütmüşler. Bulunamadı."

"Ben sana yedekle diye tembih etmiştim."

Bu kez doğruyu söyledim, "Yedeklemiştim, ikinci çipi ceketimin astarına dikmiştim. Polis giysilerimi bana iade etti ama çip yerinde değil! Demek ki poliste de değil..."

Kesti sözümü, "Nasıl vardın bu kanıya?"

"Öyle olsaydı beni kesin sorgularlardı."

"Polisten başka kim alabilir ki?"

"Ben Mardin'de yola çıkmadan önce saatlerce hastanede seninle kaldım. Belki o zaman çalındı."

"Hep üzerinde değil miydi ceketin?"

"Bir ara oda kapısının arkasındaki çengele asmıştım."

"İnsan bu kadar önemli bir emaneti kapı arkasında bırakır mı! Aklım almıyor yahu! Nasıl kaybedersin iki çipi birden! Ben sana yedeğini kimsenin bilemeyeceği apayrı bir adrese gönder demedim mi!"

"Ben bir başka çipe yedeklemeyi tercih ettim."

"Dediğimi yapmalıydın Esra! Bak, şimdi iki çipi de bulamıyoruz işte!"

"Bulmayalım! Bu lanet çiplerin yüzünden ikimiz de ölümün eşiğinden döndük. Ben çoktan kapattım çip konusunu! Sen de öyle yap."

"Deli misin sen! Ne dediğinin farkında mısın?"

"Sen buraya beni mi, çipi mi aramaya geldin Tarık?"

"Haydaa! Bu nasıl laf şimdi?"

"Tarık, buraya onun için geldinse, ne kendi nefesini tüket ne de Orhan Hoca'nın konyağını. Çip de yedeği de bende değil. Bu çipi unut sen!"

"Unutamam! İçindeki bilgi, bizim hayatımızı kökünden değiştirecek."

"Nasıl olacak bu?"

"Bu çipte beni... bizi... hayatımızın sonuna kadar..."

Bu kez ben konuşturmadım onu, "Bak, benden hikâyeni dinlememi istedin, sonuna kadar dinledim. Gelecekteki hayatımızı anlatmayı yarına bırak. Çok yorgunum Tarık. Artık yatmak istiyorum."

"Pekala! Kaza sırasında etrafındaki kişileri, sana ilk müdahaleyi yapan doktorları filan, tüm bunları, yarın sabah salim kafayla konuşur, listeleriz! Sen yatmadan önce bir soruya samimiyetle cevap ver; çipe baktın mı?"

"Hayır!" dedim.

"Buna inanmamı mı bekliyorsun?"

"Neye istersen ona inan! Benim için fark etmez!"

"Neden bakmadın? Benim için bu kadar hayati bir şeyi nasıl merak etmedin?"

"Sana daha önce de söyledim, ben doktorum. İlgi alanım başka!"

"Ama ben sana, bu çip bir ölüm kalım meselesi demiştim. İnsan merak etmez mi?"

"Senin peşine düştüğün haberler benim ilgi alanımın tamamen dışında. Ben seni savaş muhabiri sanıyordum Tarık ama gördüm ki, savaşın içinde başka bir hedefin varmış senin. Beni ise savaş, ancak önüme bir yaralı gelirse ilgilendiriyor. Yaralının hangi ülkeye, gruba, orduya mensup olduğuna bakmaksızın, sırf insan olduğu için, kan grubunu ve diğer bedensel özelliklerini öğrenmeye çalışıyorum ki, onu kurtarabileyim. Savaşla ilgim yaralılarla sınırlı. Anladın mı?"

"Allah aşkına Esra, madem böyle biriydin, neden kabul ettin kurye olmayı?"

"Senin son arzunu yerine getirmek için! Seni seviyordum ve bunca tehlikeyi bir ideal uğruna göze aldığını sanıyordum."

"İdeal mi? Güldürme beni! Hangi taraftandım sence?"

"Ben senin sadece savaşın vahşetini ispata çalıştığını sanıyordum."

"Doğru, savaş bir vahşet! Ne değişti ki?"

"Senin gerçek yüzünü gördüm. Sen meğer bu trajediden para kazanmaya çalışıyormuşsun. Sana olan sevgim de saygım da bitti Tarık."

"Sen gerçekten bu kafadaysan Esra, git Sınır Tanımayan Doktorlara katıl!"

Zorlanarak kalktı. Kapıyı vurup çıktı.

Merdivenlerden indiğini duydum. Herhalde bardağına konyak koymaya gitmişti.

Üzerimdekileri çıkarmadan yatağa uzandım.

Az sonra yine adımlarını dinledim basamaklarda, kapımın önünde durdu, kapıyı vurdu.

"Ne var?" dedim.

Açtı kapıyı, başını içeri uzattı, "Kırgın yatmayalım, iyi geceler demek istedim," dedi.

"Sana da iyi geceler."

"Esra, çipi mutlaka bulacağız, hayatımız değişecek o zaman. Biz el ele verince üstesinden gelemeyeceğimiz şey yok! Beni nasıl iyileştirdin sen, hatırlasana! Bugün benim yüzümden bir şok yaşadın, yarın daha sağlıklı düşüneceksin."

"Yarın konuşalım o halde," dedim, sırf gitsin diye.

"Ön odaya gelmez misin... yanıma?"

"Yattım artık. İyi geceler Tarık."

Tanrım gitti nihayet!

Ama yine gelecek, yine çipi soracak, ağzımı arayacak belki de zor kullanacak çünkü onun bende olmadığına inanmıyor. Acaba çipi satıp alacağım parayı onunla bölüşmeyeceğimden mi korkuyor? Emin olmasam da, tahmin ediyorum böyle olduğunu. Asla itiraf etmeyeceğim çipi okuduğumu, asla! Yoksa ondan hiç kurtulamam!

Tarık'ın odasına girip kapısını kapattığını duyunca, kalkıp kapımı kilitledim. Yattım. Kulaklarımda hep Tarık'ın, "*Sınır Tanı-*

mayan Doktorlara katıl" diyen sesi. Keşke katılaymışım! Şimdi katılabilir miyim acaba? Tüm bu yaşadıklarımı unutmak, umuda sarılmak, kendime yeniden güvenebilmek ve hekimliğimin hakkını vermek için...

Neden olmasın!

Sabaha kadar kırpmadım gözümü!

HER GECENİN BİR SABAHI VARDIR

Hava ağarmaya başlar başlamaz çıktım yataktan. Gözlerim uykusuzluktan yanıyordu. Gürültü etmemek için parmak uçlarıma basarak tuvalete gittim. Yüzüme uzun uzun soğuk su çarptım. Odama dönüp giyindim ve yine usulca indim merdivenlerden. Mutfağa girdim ki, Tarık banyoda asılı duran Orhan Hoca'nın bornozunu giymiş, önünde bilgisayarı, masaya oturmuş sigara içiyordu.

"İyi uyudun mu güzelim?" diye sordu,

"Yatar yatmaz uyuyakalmışım."

Beni öpmek için kalktı yerinden,

"Hâlâ leş gibi içki kokuyorsun," dedim.

"Ben erken uyandım da seni uyandırmamak için çok sessiz hareket ettim, fırça yiyeceğimi bilmiş gibi!"

Çay demlemek için ocağa doğru gittim. Ama çaydanlık fokurduyordu.

"Ben çayı demledim bile," dedi.

"Taze ekmek yok maalesef. Dilimlenmiş ekmekle idare edeceksin," dedim, "Tabii üşenmez de, fırına kadar gidersen... ama fırın henüz açılmamıştır."

"Ne varsa onu yiyelim. Konuşmamız lazım Esra."

Dün gece eteğindeki tüm taşları dökmedi mi bu! Daha ne konuşacağız acaba sabahın köründe?

"Önce kahvaltı edelim."

"Önce salim kafayla konuşalım... Otursana."

"Çayımı alayım da..." dedim, "Sen de ister misin?"

"Ver, madem."

İki ince belliye çay döktüm, şekersiz içtiğini bildiğimden koydum önüne. Karşısındaki sandalyeyi çekip oturdum.

"Dinliyorum," dedim.

"Bu sefer konuşma sırası sende!"

"Çocukluğumdan mı başlıyayım?"

"Ciddi olur musun!"

"Anlaşılıyor ki bu bir soruşturma! Sor ki yanıt vereyim savcı bey."

"Soruşturma değil ama şimdi çok dikkatli düşünmeni istiyorum! Kaza anında etrafında kimler vardı? Kaç kişiydiler? Onların resimlerini görsen tanıyabilir misin?"

Madem o kendini savcı sanıyordu, ben de ciddi yanıtlar vermeye karar verdim.

"Kaza anı bende yok! Pardon var da sadece çok parlak bir ışık, meğer araba farıymış ve gümmm! İşte, hepsi bu!"

"Gözlerini ameliyathanede mi açtın?"

"I ıh! Herhalde uyutmuşlar beni, bir odada, yatağımda uyandım. Birileri vardı yüzlerini göremedim, sadece seslerini duydum."

"Ne konuşuyorlardı?"

"Bu soruların maksadı ne? Çipin peşinde miyiz hâlâ?"

"Aynen! Onu yürütmüş olana ulaşana kadar, herkesin röntgenini çekeceğiz."

"Doktorlar tamamen tıbbi bir konuşma içindeydiler. Tansiyonum, nabzım, kan değerlerim..."

"Giysilerin neredeydi."

"Üzerimdekileri keserek çıkarmışlar, onları da polis almış! Sen araştırmanı hastanede değil karakolda yapmalısın çünkü Fetöcülük henüz ameliyathaneye inmedi. Ben İzmir ve Mardin'de acilde çalışmakla kalmadım, ameliyatlara da girdim. İnsan beynine Fetö tohumu ekme çalışmaları yapıldığını görmüş olsam, sana mutlaka söylerdim. Bu iş dershanelerde veya merdiven altı Kuran kurslarında yapılıyor."

"Sen hayatta hiçbir şeyi ciddiye almaz mısın Esra?"

"Ben insan hayatını ciddiye aldığım için doktor oldum Tarık! Doktorlar ciddi insanlardır!"

"Polislerin arasında şüphelendiklerin kimler?"

"Sana bir hekim olarak ciddi bir tavsiye; bu çipi unut! Hayatını yeni baştan, onsuz kurgula. Çok istiyorsan, hatırlayabildiğin kadarını yeniden yaz... Yazmaya başlayınca, unuttukların da aklına gelir. Beyin tıpkı bir bilgisayar gibi çalışır çünkü..."

"O çipin içeriğini ben yazmadım. O yüzden tekrar yazamam!"

"Fena mı, en azından senin emeğin ziyan olmamış!"

Elini öyle bir şiddetle vurdu ki masaya, bardakların birindeki çay döküldü...

Ürktüm. Kalktım masadan.

"Otur şuraya!" dedi.

"Pardon?"

"Otur dedim!"

Oturdum yerime.

"Şu Vural... nasıl biri o? İyi tanıyor musun sen onu?"

"Benim sorgulamamı yapan komiser mi?"

"Evet, o."

"Yurtdışına çıkmamızı ve dün gecenin sürprizini birlikte planladığınıza göre, sen onu benden daha iyi tanıyor olmalısın."

"Birlikte yurtdışına çıkışımızı o planlamadı. Onun benim gideceğimden haberi bile yok. Senin tek başına gideceğini sanıyor. Bırak öyle bilsin. Senin çantanı, üstünü başını o mu teslim almış hastaneden?"

"Bilmiyorum. Çantam zaten kaza sırasında toz oldu!"

"Sence kim aldı?"

"Bence Mardin'den beri peşimde olan kişi! Bana araba çarptığında, ben ondan kaçıyordum."

"Tarif edebilir misin?"

"Orta boylu, tıknazca, kahverengi saçlıydı. Lacivert bir mont giyiyordu."

"Resim göstersem tanır mısın?"

"Yanında mı resim?"

"Değil ama uçağa gelirken getireceğim," dedi.

"Ne uçağına?"

"Amsterdam'a gitmiyor muydun?"

"Oo... O bir küçük ihtimal. Belki anneme yollayacaklar beni. Yollayacaklarsa, ne zaman gideceğimi, hangi uçağa bineceğimi ben bilmiyorum daha, sen nasıl bileceksin?"

"Ben karar verildiğinde şıp diye öğrenirim... merak etme sen! Haydi şimdi şu isimlerin üzerinden teker teker geçelim..."

"Hangi isimlerin?" diye sordum.

"Çipi yürütme ihtimali olanların isimleri. Doktorlardan, hastabakıcılara polislere kadar, çevrende dolanmış olan herkes!"

"Tarık, haydi git giyin de kahvaltı edelim," dedim sakin olmaya çalışarak, "Bu çip konusu yetti!"

Derin bir nefes aldı, sanırım kendini kontrol etmek için.

"Benim sevgilim, yarı çıplak adamlarla kahvaltı etmez! Giyinip geliyorum," dedi, "yumurtam sahanda olsun e mi!"

Telefonu elinde, çıktı gitti mutfaktan fakat dönünce yeniden deneyecek. Asla bırakmayacak ucunu bunun. Şimdi sabırlı ve anlayışlı güya, ama farkındayım ki suyuna gitmezsem, dayak da atabilir, işkence de yapabilir bana. Bu da benim altıncı hissim! Dilerim yanılıyorumdur, her zamanki gibi!

Ben yumurtayı hazırlarken mutfağa geldiğinde, üstünde mavi bir tişört ve eşofman altı vardı. Eski günlerimizde olsa, benimle uyum içinde olsun diye o rengi seçtiğini düşünürdüm. Yapardık o tür şeyler. Buluştuğumuz şehirlerden eş hatıra tişörtleri veya kepleri alır birlikte giyerdik, mesela. Acaba birlikte çok mutlu olduğumuz o günleri mi hatırlatmak istiyordu bana, yoksa huyuma suyuma giderek, çipi bulmasına yardımcı olmamı mı?

İçimden yukarı çıkıp üzerimdeki mavi kazakla blucini çıkartmak geldi ama başka seçeneğim yoktu, henüz kurumamıştı yıkayıp odamdaki kaloriferin üzerine serdiğim giysilerim.

"Otur masaya, yumurtan hazır," dedim.

Yumurtasını iştahla yer çayını içerken, benim hiçbir şey yemediğimin farkına bile varmadı... Kafası sürekli çipi nasıl bulacağına takılı olmalıydı.

"Haydi canım," dedi sonra, "şu işi tamamlayalım."

Uzandı masanın üzerinde duran telefona, isim listesine bakmak için.

"Aaa, baksana, kar atıştırmaya başladı," dedim ben.

"Ne?" Pencereye döndü, bir sıkıntı bastı üzerine, "Bir bu eksikti!" dedi.

"Tutar mı acaba? Tutarsa uçaklar kalkmaz."

"Uçaklar kalkar da, trafik berbat olur şimdi. Hay Allah!"

Tam o sırada çaldı telefonu. Açtı, masadan kalkıp konuşarak çıktı mutfaktan. Sesi geliyordu içerden. Mutfak kapısının ardında, onu duymaya çalıştım.

"Yapma ya!... Hay Allah!.. Olmadı bu şimdi..." gibi kısa, bitmemiş cümleler! Anlaşılan yolunda gitmeyen bir şeyler vardı.

Geri geldi, yüzü iyice asılmış.

"Esra plan yapmalıyız," dedi.

"Ne planı?"

"Bu akşam ya da yarın, Vural seni evden aldırtacakmış... belki de kendi götürür uçağa kadar. Benim geleceğimden sakın bahsetme. Ona dün akşam uzun uzadıya konuştuğumuzu, benden vazgeçtiğini, kendine yeni bir hayat kurmaya hazırlandığını söyle!"

"Öyle zaten," dedim ben alçak sesle, duymazlığa geldi, anlatmaya devam etti.

"Ben ancak uçak havalandıktan sonra bulurum seni. Sana göstereceğim resmi yanıma alacağım. Eğer tanıyabilirsen, işimiz o kadar kolaylaşır ki Esra! Çok yakında çok zengin bir sevgilin olur. Koca dünyanın istediğimiz köşesine gider, yerleşiriz."

Yüzüne bakakaldım. Başıma yeni çoraplar örülmek üzereymiş gibi kötü bir hisse kapılmıştım.

"Niye öyle bakıyorsun? İnanmıyor musun bana?" dedi. Konuşurken, geniş mutfakta volta atıyordu... Bir aşağı bir yukarı... Başımı döndürdü.

"Endişeli gibisin?" dedim.

"Bir sorun çıktı ama üstesinden gelinmeyecek bir şey değil," dedi, "sadece bir plan değişikliği. Bak, ben birazdan çıkacağım. Seni almak için veya herhangi bir nedenle gelirlerse... şu şoför mesela... kaçta gelirlerse gelsinler, benim için, biraz önce çıktı, eczaneye kadar gitti, dersin. Başı çok ağrıyordu, dersin."

"Ya geç saatte gelirlerse... eczaneler kapandıktan sonra?"

"Nöbetçi eczane yok mu bu semtte?"

"Belki de yarın gelirler."

"Olabilir. Yine aynı şeyleri söyle, e mi!"

"Tamam, anladım."

"Ben seni mutlaka ya uçakta ya da Amsterdam'a indiğinde havaalanında bulacağım."

"Hangi gün hangi uçağa bineceğimi bilmiyorsun ki..."

"Onu öğrenmek kolay, merak etme sen."

Onu öğrenmek kolaysa, demek polisin arasında muhbirleri var, diye düşündüm ama dillendirmedim düşüncemi. Tarık, bu evden çıkıp gidene kadar suyuna gidecektim. Bu yüzden, kendimi zorlayarak sohbet etmeye çalıştım, "Bak, kar hızlanıyor."

"Allah kahretsin," dedi, "yağacak zamanı buldu!"

"Mart ayında kar tutmaz."

"Ama ben ihtiyatlı olayım," dedi ve aceleyle kalkıp odasına gitmek üzere çıktı mutfaktan.

Tarık gidince, rahat bir nefes aldım. Sulu sepken başlayan kar ağırlaşmaya ve bana inat, mutfak penceresinin pervazında hafifçe tutmaya başlamıştı.

Çocukluğumda, her kış bir çocuk hastalığına yakalanır, camın önüne çektirttiğim şezlongda saatlerce kar tanelerinin yön değiştirerek, oraya buraya savrularak yağışını seyrederdim. Şimdi ise, camın önünde mutfak sandalyesine oturmuş, paramparça olan hayatımın savruluşuna bakıyordum...

Ya bugün ya da yarın, uçuyordum demek ki ülkemden.

İstemeden... mecburen gidiyordum.

Uzun bir süre dönemeyecektim üstelik... Başıma sarılan beladan sıyrılacağım güne kadar, doğup büyüdüğüm masal şehrime, hayatımın bütün yazlarını geçirdiğim kıyı kasabasına ve üniversitemi okuduğum güzel insanların İzmir'ine hasret, belki de yıllarca gurbette kalacaktım.

Anneannem, "At izinin it izine karıştığı, merhametin, saygının ve hukukun bittiği ülkede yaşamanı istemiyorum," demişti bana, "sürekli birilerinin öldürüldüğü, hiç bitmeyen bir gizli savaşın süregeldiği ülkede geleceğin yok senin!"

Onun istediği oluyordu!

Bense ölesiye mutsuzdum! Çünkü biliyordum ki, şu demin mutfağı adımlayan adamdan kaçmanın, takıldığım örümcek ağından kurtulmanın, buradan gitmekten başka çaresi yoktu. O, istediği kadar gelip bulsun beni uçakta veya havaalanında, ne de olsa Hollanda'da en azından polise Tarık'ın beni taciz ettiğini şikâyet edersem, polisin beni koruyacağını biliyordum. Oysa, kendi ülkemde bir kadın olarak, bir karakolda saygı görebilmek, bir erkeğe karşı haklı bulunmak giderek imkânsızlaşıyordu. Bir gün yolum karakola düşecek olursa, trafikte bir erkek sürücüyle dalaşsam faraza, sırf kadın olduğum için tartaklanmayacağımın garantisi yoktu! Kazadan beri de kafamda o kadar çok soru işareti vardı ki... Beni sorgulamış olan polis hangi cephenin adamıydı, Tarık'la mı işbirliği yapıyor, yoksa beni kullanarak ona mı tuzak kuruyordu, bilmiyordum.

Benim bineceğim uçağı hangi polis memuru, hangi niyetle bildirecekti Tarık'a, onu da bilmiyordum. Bana gıcık olan birinin atacağı iftirayla başıma ne gibi dertler açılabilirdi? Bir korku imparatorluğuna dönüşen ülkemde, tüm bunlara rağmen, ben yine de kalırdım, Tarık başımı bu belaya bulaştırmasaydı!

Kalır, sabırla, normalleşeceğimiz günü beklerdim.

Ah Tarık! Gerçekten seni tanıdığım güne lanet olsun.

"Esra," dedi Tarık.

Mutfağa gelmiş, duymamışım. Sıçradım yerimden, düşüncemi okuyabilirmiş gibi ürperdim. "Hazırlanmışsın," dedim.

"Evet, çıkıyorum. Esra, şu memleketten bir çıkalım, sana söz veriyorum, eskisinden de iyi olacağız. Zengin olacağız!"

"Biz yoksul değildik ki Tarık, ne sen ne de ben mahrumiyet içinde insanlar değildik. Nerden çıktı bu zenginlik tutkusu sende?"

"Suriye'de savaş fotoğrafları çekerken, ölüp yeniden dirildiğimde! Madem bana ikinci bir şans verildi... o şansı heba etmeyeceğim. Önemli olan yaşamak ve kesinlikle iyi yaşamakmış! Gerisi boş Esra!"

"Sen böyle biri değildin."

"Aklımın başıma gelmesi için, cehennemi ziyaret etmem gerekiyormuş!"

"Oysa ben, kendi cehennemimden geçtikten sonra, en önemli şeyin huzur olduğuna karar verdim."

"Sen bir de Tarık'ın rahle-i tedrisatından geç, kararını sonra ver!"

"Yıllarımı hekim olmak için harcadım, tedrisat sürem doldu benim."

"Sen yine hekim ol, huzurlu ol, bir de zengin ol Esra."

Tarık beni elimden tutup oturduğum yerden kaldırdı. Hiç direnmedim. Sonu gelmeyecek konuşmalar yapmayacaktım artık onunla.

"Çok yakında buluşacağız ve konuşacak çok zamanımız olacak sevgilim," dedi bana, "Sana tembih ettiklerimi unutma!"

Kolunu omzuma attı, birlikte mutfaktan çıkıp kapıya yürüdük. Yüzümü ellerinin içine aldı, dudaklarımı öptü. Üzerini giydi ve çıktı. Bir elinde bilgisayar çantası, diğer elinde tekerlekli küçük valizinin sapı, bacağını sürüyerek yürüdü kar serpiştiren bahçede. Bahçe kapısına geldiğinde, omuzlarına kar birikmişti. Dönüp el salladı bana.

Evin kapısını usulca kapadım.

"Yalvarırım hayatımdan da böyle kolayca çık ve git Tarık," dedim, dua eder gibi...

HER ŞERDE HAYIR VAR

Evde yalnız kalınca, telefona koştum; çalışıyordu, hemen üniversitemi aradım. Asistanlığını yaptığım hocama bağlanmak istedim... Dersteymiş. Ondan Sınır Tanımayan Doktorlarla ilgili bilgi almak istemiştim. Aklımdan Güzin'i aramak geçti ama bu saatte koğuşları dolaşıyordu herhalde... Ayrıca dinlendiğini sandığım bir telefonda, ona ne söyleyebilirdim ki!

Sonunda ahizeyi yerine koyup mutfağa döndüm. Kahvaltı bulaşıklarını kaldırdıktan sonra, televizyonu açmak için salona gittim. Pencereden görünen ağaçlar üzerlerine pudra şekeri serpilmiş gibiydi. Kar yağsın mı yağmasın mı, karar verememiş, bazen hızlanıyor bazen tamamen duruyordu. Televizyonu açacağıma kar yağışını seyredeyim dedim, camın önündeki koltuğa oturmuştum ki, Orhan Hoca'nın arabasının burnunu gördüm... bahçe kapısının önüne park etmek üzere geri geri gitmiş olmalı, gözden kayboldu. Bekledim.

Orhan Hoca, elinde büyükçe bir poşetle bahçeye girdi, ıslak taşlarda kaymamak için dikkatle yürüdü. Koştum, o kapıyı çalmadan, ben açtım.

"Hocam, iyi ki geldiniz, yakında gideceğim söylendi de, size nasıl veda edeceğim diye düşünüyordum ben de... Üzerimdeki hakkınız o kadar büyük ki..." dedim.

"Biliyorum gideceğini. Biz de Cemil Hoca ile birlikte sana bir yol hediyesi hazırladık... Biraz erken oldu ama trafik başlamadan geleyim dedim." Elindeki poşeti uzattı.

"A, sahi mi!" Poşeti aldım, "Çoktan kalkmıştım... Siz içeri geçin hocam, ben size sıcak bir şey vereyim, ısının. Çay? Kahve?"

"Çayın varsa bir bardak içerim." Deve tüyü paltosunu çıkarıp portmantoya astı, salona yürüdü.

Mutfakta suyun ısınmasını beklerken, poşete baktım. İçinde gümüş rengi bir mont vardı. Çekip çıkardım montu. Çok sıcak tutmasına rağmen, kuş gibi de hafif olan şu kaz tüyü montlardan! Çocuk gibi sevindim.

Çay tepsisi elimde salona yürüdüm,

"Evde üşümediniz değil mi Esra? *Splitler* iyi çalıştı umarım."

"Hiçbir sorunumuz olmadı," dedim, "size minnet borcum her gün biraz daha artıyor. Bana bir de mont getirmişiniz!"

"Sana bir veda armağanı verecektik Cemil'le, soğuk havalara gidecekmişsin, bari işine yarasın diye düşündük."

"Komiser mi söyledi?"

"Evet. Ailenin yanında olma fikrini çok teşvik ettik, Cemil'le birlikte."

"Hediyeniz o kadar makbule geçti ki... Çok ama çok teşekkür ederim."

"Mutlu, huzurlu günlerde kullan inşallah."

Bir süre sessiz kaldık.

Sonra ben, "Hocam," dedim, "Sınır Tanımayan Doktorlarla ilgili bazı şeyler sormak isterdim size..."

"Hayrola! Katılmayı düşünmüyorsun herhalde."

"Düşünüyorum. Annemin yanına gidip yayılacağıma, mesleğime de katkısı olacak bir projede çalışmak iyi olurdu. Beni hem geliştirecek hem de yaşadıklarımı unutturacak bir işe ihtiyacım var."

"Ciddi misin Esra?"

"Çok ciddiyim hocam. Sabaha kadar düşündüm dün gece."

"Esra, inanmayacaksın söyleyeceklerime! Böyle bir tesadüf olamaz... dün beni Yeryüzü Doktorlarının kurucularından, bir arkadaşım aradı. Bosna Savaşı sırasında kurulmuş bir dernek bu, duymuş muydun?"

"Evet, duymuştum."

"Onlar da Sınır Tanımayan Doktorlar gibi çalışıyorlar. Her türlü sağlık hizmetini sunmak üzere, özellikle yoksul Afrika ve Ortadoğu ülkelerinin aç ve muhtaç çocukları üzerine yoğunlaşıyorlar. Aşılarını, sağlık taramalarını... Her neyse, aramızda sohbet ederken, eleman sıkıntısı çektiklerini öğrendim. İlgilenir misin?"

"Evet," dedim, "evet, evet, evet! Hocam bu benim Tarık'tan da kurtuluşum olur!"

"A ah?! Hangi Tarık? Tarık ölmemiş miydi?"

"Ölmemiş meğer!"

"Ne! Ne demek ölmemiş! Ne diyorsun sen Esra?"

"Onu koruma amaçlı öldü göstermişler."

"E, sana niye haber vermemiş yaşadığını?"

"Ben de bunu sordum ona. Açıklaması beni tatmin etmedi."

"Nerede o şimdi? Burada mı?"

"Yok, gitti. Hayatımdan da, yüreğimden de çıktı gitti hocam! İnşallah!"

"Bu işi inşallah'a bırakma. Ben aşk konusunda ders verecek biri değilim ama, duygusal seçimlerimiz yüzünden bazen nelere bulaşabileceğimizi bilecek tecrübem var. Sen bu yüzden mi istiyorsun yurtdışına gitmeyi."

"Hayır... şey... belki biraz o da var! Ama tek derdim Tarık'tan kurtulmak olaydı, Amsterdam'da annemin yanında kalırdım. Ben kesinlikle hekimliği ön plana almak ve hayatta bir işe yaramak da istiyorum."

"O halde ben kliniğe gider gitmez, ilgileneyim bu işle."

"Çok sevinirim."

"İki sorum var. Uzmanlık sınavını ne yapacaksın?"

"Eylül ayındaki sınava mutlaka girmeliyim. Her neredeysem, gelir veririm sınavımı."

"İkinci soru; Kenya'ya gider misin mesela, Afganistan'a gider misin?"

"Yer konusunda kırmızı çizgim yok. Kenya'ya da Afganistan'a da, her yere giderim."

"Tamam Esra, hemen ilgileneceğim," dedi ve ekledi, "şunu da bil, ilerde yurda dönersen kliniğin kapısı sana her zaman açık olacaktır!"

"Sağ olun. Ben cerrah olmak istiyorum ama elbette neyi kazanabildimse artık."

"Sen bu azimle her ne olmak istiyorsan, olursun!"

"Benim isteğimi soran mı var hocam! Baksanıza, hakkımda açılmış bir dava yok, iddia dahi yok ama evime bile gidemiyorum!"

"Esra, sanıyorum çok yakında bitecek bu iş. Elbette bana söyleyecek değiller ama benim sezgilerim diyor ki, her kimi arıyorlarsa... galiba buldular. Gizli tutmak istiyor olabilirler, bir süre daha."

"Komiser mi söyledi?"

"Söylemedi. Senin sürgün günlerinin kısa süreceğini ben konuşulanlardan çıkardım. Her şey yoluna girer, merak etme. Ülke olarak da çok zor bir dönemden geçiyoruz. Hoş, hayat asla dümdüz bir çizgide gitmiyor ama her gecenin gündüzü vardır Esra."

Orhan Hoca kalkmak ister gibi kıpırdanınca, ben, "Ev telefonu çalışmaya başladı, numarasını verirseniz, Cemil Hoca'yı arayıp ona da teşekkür etmek isterim," dedim.

"Aaa, tamamen unuttum ben bu telefon işini... ödenmedi mi diye soracaktım ya... unuttum gitti!"

"Önemli değil, herhalde dışardan kaynaklanan bir arızaydı," dedim, kesilip yeniden bağlanmasında polisin parmağı olduğunu saklayarak. Adamın evine yerleşmem, içkilerini içmem yetmiyor gibi, bir de telefonu yüzünden tedirgin olsun istemiyordum.

"Cemil'in tüm numaralarını telefonun yanındaki defterde bulabilirsin."

"Klinikteki dostlarımla da vedalaşmak isterdim ama komiser ihtiyatlı olmamı tembihledi," dedim, "Sevda ile Nimet'e ayıp olacak. Hele Asiye'ye... Zavallı kızın dilerim IŞİD kâbusu, hatıra olarak dahi kalmasın belleğinde."

"Esra..." Yutkundu Orhan Hoca, "Asiye'nin IŞİD macerası tamamen hayali," dedi. "Kız bir kitap okumuş, çok etkilenmiş ve kendini o kitaptaki kadın karakterlerden birinin yerine koymuş. Gerçi okuduğu, başka kızların başından geçmiş gerçek bir hikâye ama onun hikâyesi değil."

"Ne diyorsunuz! O kadar içtenlikle anlattıydı ki, ne söylediyse inandım."

"Her söylediği hayal ürünü değil, Almanya'da çok baskı altında kaldığı doğru. Zorla evlendirmeye kalkmışlar, evden kaçmış, dayak yemiş, eve kapatmışlar bir süre. Bunları öğrenince amcası köye getirtmiş onu. Bu sefer de babaannenin ve çevrenin baskısı... Anlayacağın, kızcağız sonunda kafayı yemiş, bir hayal dünyasında yaşamaya başlamış."

"Amcasının onu köle pazarında satın aldığını söylemişti..."

"O söylediğin doğru da, başka bir kızın başına gelmiş bir şey. IŞİD'in elinden birkaç kızı daha kurtarmışlar aynı şekilde. Ama Asiye'nin bu işle hiç alakası yok!"

"İyi ki söylediniz. Ben de aptal gibi inandım ona."

"Kızma Asiye'ye. Hasta o. Kliniğimizde ciddi bir tedavi süreci geçiriyor. Ben, sen de hekim olduğun için paylaştım bu bilgiyi seninle Esra. Bunlar meslek sırrıdır, bilirsin."

"Elbette hocam. Ama Nimet, Sevda... herkes biliyor."

"Önüne gelene anlatıyor çünkü. Oysa Asiye'nin evinden kaçtığı dahi katiyen duyulmamalıydı. O yörelerde kızların ruh hastası olmasını kabullenirler de, adı çıkan kızın ölmesi, yaşamasından iyidir diye düşünürler."

"Ama amcası getirdi onu demiştiniz?"

"Amcası çok değişik bir insan. Medeni cesaret sahibi, vicdanlı biri. Kızı kanatları altına aldı, tedavi ettiriyor. Fakat Asiye bir daha o taraflara gidemez."

"Almanya'ya gider."

"Almanya'da da abisiyle dayısı yaşatmaz onu."

"Ömrünün sonuna kadar klinikte mi kalacak?"

"Tamamen iyileşene kadar, evet. Sonrasını zamanı gelince düşüneceğiz. Bahçede tek katlı bir müştemilat binası var, görmüşsündür..."

"Evet gördüm. Hatta sordum, depo olarak kullanılıyor bir odasında da bahçıvan kalıyor, demişti Seyfi."

"İşte orayı yazın bir atölyeye dönüştürüp hastalarımız için hem terapi hem de topluma geri kazandırmak amaçlı kurslar başlatacağız. El becerilerinden, müzik aleti çalmaktan tut, bilgisayar kullanımına kadar, çeşitli dallarda kurslar olacak. İzin başvurumuzu yaptık, bekliyoruz. Bir aksilik çıkmazsa, Asiye kuaförlük kursuna devam edecek."

"Hiç bahsetmedi bana."

"Demek ki amcası henüz ona söylememiş. Yatırımı da zaten amcası yapıyor."

"Anlaşılan bu amcanın sadece parası değil, bir de altın gibi kalbi var!"

Gülümsedi, "Evet, parasını hayırlı işlere harcaması çok şayan-ı takdir," dedi ama sesinde öyle bir tını vardı ki, yüce gönüllü amca herhalde para aklıyor, diye düşünmeden edemedim.

"Ben o bölgede insanları çok yoksul bilirdim... Yanılmışım demek ki."

"Güneydoğu'nun ağası zengin, halkı yoksuldur. Haydi, ben kalkayım Esra, bir an önce döneyim kar iyice bastırmadan ve hemen senin şu 'gönüllü doktorluk' işine de bakayım. Böyle bir süre başına gelenleri düşünecek vakit bile bulamadan ve kendi değerini anlayarak meşgul olmaya ihtiyacın var."

"Çok teşekkür ederim buraya kadar zahmet etiğiniz için."

"Ne demek! Sen benim hem dostum, hem de sırdaşımsın."

Son kelimeyi söylediğinde irkildim. Gözlerinin içine bakarak, "O sırrı unuttuk ya biz hocam, sır olmaktan çıktı o!" dedim. "Hatta ben öylesine atmışım ki kafamdan, bazen yahu diyorum kendi kendime, bu adamlar ne istiyor benden? Deli mi bunlar?"

"Benim de bazen rüyama giriyor, biliyor musun! Ter içinde uyanıyorum, neyse sadece rüyaymış, diyorum. Aslında ben de iyice silmişim ki kafamdan, rüyama inmiş... yedek dosyaya!"

"Bu metni yok ederek insanlığa bir faydamız dokunduğunu kimse bilemeyecek ne yazık ki!" dedim ben.

"Nobel'in Barış Ödülü'nü alamayacağız mesela. Yazık hakikaten!"

Gülüştük. Galiba çipin bir başkasının eline geçmiş olabileceği gerçeğini, çaresizlikten, ikimiz de bilmezden geliyorduk.

Kapıya kadar birlikte yürüdük, paltosunu tuttum, izin vermedi, kendi giydi. Sonra sarıldı bana. Bir an kollarının güven verici sarmalında kaldım.

"Yeryüzü Doktorları işinde bir gelişme olursa, bildiririm sana." Bıraktı beni, gözlerimin içine baktı, "Sen büyük zorlukların üstesinden geldin Esra. Sakın havlu atma!" dedi.

"Benim genlerimde her koşula uyum sağlamak, ayakta kalmak var, merak etmeyin," dedim ben.

"Yolun açık olsun!"

"Siz de kendinize çok iyi bakın hocam," dedim ve ekledim, "Haminnem vardı benim, her şerde bir hayır vardır, derdi. Bu kötü dönemimde, siz benim payıma düşen hayırsınız. İyi ki tanıdım sizi."

Elini uzatıp gözümden süzülen yaşı sildi, çıktı kapıdan, arkasına bakmadan yürüdü. Hayatımın en zor günlerini kolaylaştırdığına inandığım bu merhametli, anlayışlı adamın arkasından, anneannemin yaptığı gibi bir maşrapa su fırlatmak istedim, kendine ait olan bu eve değil de benim hayatıma ilerde bir gün geri dönebilmesi için. Yapamadım.

Orhan Hoca, bahçe kapısından çıktı, arabasına bindi ve gitti. Arabanın sesi duyulmaz olana kadar bekledim eşikte.

Sonra, bir dostumdan daha ayrılmanın ağırlığını yüreğimde taşıyarak içeri girdim. Telefona gidip Vural Komiseri aradım, ona Amsterdam'a değil, Yeryüzü Doktorları'nın çalıştığı herhangi bir başka memlekete gitmek istediğimi söylemek için.

Beni dinledi, biraz da şaşırdı galiba. Annemin yanına gidip medeni bir Avrupa şehrinde ekmek elden su gölden yaşamak varken, neler planlıyordum böyle! Biraz çatlaktım herhalde... ya da aşırı idealist bir hekim adayıydım!

İkisi de doğruydu ama bir şey daha vardı, onun akıl edemediği; Tarık benim peşimden bir yoksul Afrika veya Ortadoğu ülkesine asla gelmezdi. O, çile kotasını doldurmuştu, anladığım kadarıyla.

Ben ise, Tarık'ın üzerine kalın bir çizgi çizmek istiyordum!

"Esra, ben Orhan Hoca'yla da konuşayım, sizi daha sonra tekrar arayacağım," dedi.

"Orhan Hoca'yla niye konuşuyorsunuz ki bu konuyu?"

"O sizin doktorunuz. Sizi sorgulama zamanını, size zarar vermemek için nasıl ona danışarak tayin ettikse, nereye gideceğiniz konusunu da ona danışacağız elbette. Hâlâ gözetimi altındasınız çünkü."

Hayatımın başkaları tarafından ipotek altına alınmış olmasına bozuldum ama belli etmedim.

"Akşama doğru Niyazi gelecek, haberiniz olsun," dedi, "saati henüz kesin değil ama yolculuğa hazırlıklı olun."

"Ne? Nasıl, anneme mi gi... ama benim pasaportum?.."

Cevap bile vermedi, beni çok düşündüğü için bana koruma diye Tarık'ı yollayan komiser. Kapatmış telefonu!

Tarık sabahın köründe çekip gitmiş, Orhan Hoca trafiğe takılmamak için, erken saatte gelip dönmüştü. Önümde uzanan koca günü nasıl geçirecektim ben!

Bu heyecanla kafamı kitaba dünyada veremezdim. Eşyam olsa, valiz hazırlayacağım... o da yok! Televizyonun sabah programlarını seyretmeye hiç alışık değildim, açmam ve kanalları zaplayıp kapatmam bir oldu.

Yok, zaman geçmiyordu!

Ben Mardin'e, Tarık'ın hastane yatağının başına gittiğim güne kadar çılgın bir hızla akan zaman, o gün bugündür damlalıktan ağır düşen yağ kıvamına gelmişti. Nerdeyse durmak üzereydi. Neyse ki sabah kahvaltı yapmadığım için acıkmıştım, bir sandviç yapıp yedim, vakit geçsin diye çay, kahve, ıhlamur içtim. Bunca şeyi içince, karnım guruldamaya başladı... Yolculuğa çıkacağım gün, kendimi zorla ishal etmek tam da bana göre bir iş! Mutfaktan uzak kalmak için, odama çıkıp yatağıma uzandım. İçim geçmiş.

Telefon çalıyordu. Aynı anda kapı da çalıyordu... Sersem sepet fırladım yatağımdan! Ayaklarım birbirine dolaşarak merdivene koştum, paldır küldür indim ve önce kapıyı açtım. Niyazi!

Onu kapıda bırakıp bu sefer telefonu cevaplamak için koştum, yetişemedim, susmuştu. Beni bu telefonla ya komiser arardı ya da Orhan Hoca. Orhan Hoca'yı birazdan arar öğrenirdim, o mu aramış.

"Beni götürmeye mi geldin?" diye sordum Niyazi'ye.

"Evet, sizi uçağa götürecekmişim."

"E hani akşama doğru gelecektin? Öyle demişti komiser!"

"Komiserim sizi önce karakola götürmemi istedi. Ona uğrayacağız havaalanına gitmeden. Siz hazırlanın rahatça... ben sizi mutfakta oturur beklerim."

"Pekala... Buyur mutfağa o halde."

Ben önden yürüdüm, mutfakta doğruca ocağa gidip demliğin altını açtım. Vural Komiser'e sabah telefonda anlattıklarımın bir kulağından girip ötekinden çıktığı belli. Beni illa Amsterdam'a postalıyordu.

"Su kaynayınca kendine çay koy Niyazi," dedim.

"Sağ ol abla," dedi.

"Yollarda kar durumu nasıl?"

"Şehirde sorun yok. Erimeye başladı bile, ne olacak mart karı, yağar ama tutmaz."

"İyi bari... Ben yukarı çıkıp toparlanayım."

"Korumanız nerede?"

"Pardon?"

"Şu size getirdiğim kişi... korumanız yani... evde değil mi?"

"Ha! O mu? Şey... rahatsızlandı, ben ona evine git dinlen, yarın sabah gel, dedim. İyi gözükmüyordu çünkü."

"Sizi yalnız bırakmamalıydı."

"Ben yalnız kalmaktan korkmam."

"Bana düşmez de... olmadı ama!"

Odama çıktım. Çekmecedeki birkaç çamaşırımı, bu eve gelirken komiserin vermiş olduğu siyah çantaya tıkıştırdım. Şimdi artık bir montum olduğuna göre, kırmızı hırkayı götürmese miydim acaba... Yok, hemşirelerin yadigârını geride bırakamazdım. Yurdum insanının merhametinin sembolüydü, bu hırka...

gurbette yalnızlık çekersem, yüreğimi ısıtırdı en azından. Hırkayı katlayıp yerleştirdim çantaya.

İkinci kararsızlığımı deri ceketimle yaşadım... Yanıma mı alayım, çöpe mi atayım, bilemedim! Onu da kıyamadım atmaya. Asırlar boyu vatanlarından sürülmüş Yahudilerin ve topraklarından sökülmüş Türklerin genlerini taşıyan biri olarak, *Ak akçe kara gün içindir, Sakla samanı gelir zamanı* türünde atasözleriyle doluydu kulaklarım. Sıcak dostlukları anımsatacak hırkaya karşılık, çektiğim çilenin sembolü ceketi de dertop edip sokuşturdum çantamın bir köşesine!

Aşağıda Niyazi'nin, insanda horon tepme arzusu uyandıran Karadeniz havalı cep telefonu çalıyordu. Merdivenlerin başına gidip sarktım aşağıya...

"Evet komiserim... Hayır komiserim... Emredersiniz komiserim... Hemen komiserim! "

Niyazi'yi robot eylemiş bizim Komiser Vural!

Odama geri döndüm, çanta toplama işimi tamamladım.

Az sonra çantam elimde, aşağıda mutfaktaydım.

"Ben hazırım," dedim Niyazi'ye.

"Hemen çıkalım o halde. Korumanızın sizi yalnız bırakması komiserimin hiç hoşuna gitmedi," dedi.

Hemen gammazlamış!

"Adamın bir suçu yok Niyazi. Komiser kızacaksa bana kızsın, ben istedim gitmesini. Şimdi bir iki dakika izin ver de şu demliği ve çay bardağını çalkalayayım ve odalarda açık ışık bıraktımsa kapatayım," dedim.

"Ben odalara bakıyorum, abla... siz demlikle bardağı halledin," dedi bana.

Az sonra yanı başımda belirdi, "Bütün odaları kontrol ettim, açık pencere ya da ışık yok! Çıkalım mı Esra Hanım?" diye sordu.

Bir abla, bir Esra Hanım... Niyazi'nin kafası benden beter karışıktı, anlaşılan.

Yeni montumu giydim, uzanıp elimden çantamı aldı, kapıyı çekip çıktık.

Yollarda kar olur sanıyordum oysa sabahki kar çoktan erimişti. Kardan korkanlar da belli ki trafiğe çıkmamıştı, sokaklar, caddeler boştu. Karakola Niyazi ile aramızda fazla konuşmadan ve umduğumdan daha çabuk ulaştık.

Niyazi binanın arka tarafındaki garaja girdi. Arabayı park ettikten sonra komiserin yukarı kattaki odasına kadar eşlik etti bana.

Sonra kapıyı vurdu ve beni içeri soktu,

"Emaneti getirdim efendim," dedi.

"Merhaba Vural Komiser," dedim ben, "bendeniz Esra Emanet."

Vural Komiser gülümsedi, "Emanete hıyanet var," dedi, "evde yalnız kalmışsınız, korumanızın siz terk etmemesi gerekirdi."

"Koruma seçiminde hata vardı! Emaneti korumak üzere, o emaneti ateşe atan adamı göndermişsiniz."

"Yine de önlem almıştık diyeyim."

"Öyle mi?"

"Evet."

"Bizi dinledinizse eğer," ki rezil olduğum anlamına geliyordu bu, "korumamın beni terk etmediğini, onu benim gönderdiğimi de bilirsiniz. Rahatsızlanınca ben evine gidip dinlenmesini söyledim," dedim.

"Olabilir ama sizi yalnız bırakmamalıydı." Dinlememişler, sadece gözetlemişler, rahatladım bunu duyunca! "Bu yüzden sizi karakola getirttim," diye devam etti, "evde yalnız kalmayın diye. Hem imzalamanız gereken evrakı da imzalarsınız."

"Ne bitmez evrakmış," dedim.

"Bunlar son imzalar. Evinizde pasaportunuz nerede durur?"

"Odamdaki çalışma masasının sağ çekmecesinde. Nasıl gireceksiniz eve? Anahtar kapıcıdaydı..."

"Merak etmeyin, hallederiz."

"Girecek olan her kimse... kapıcı hırsız zannedip..."

Sözümü kesti, "Kapıcı öyle zannetmeyecek!"

"Ben tek başıma gidiyorum değil mi komiserim?"

"Tek başıma derken?"

"Tarık... O benimle gelmiyor, değil mi?"

"O uzun süre ayrılamaz buradan çünkü öğlen saatlerinde gözaltına alındı. Soruşturmanın sonucunu da şimdiden kestiremeyiz. Siz hayatınızı şimdilik onsuz tasarlayın bence."

Sarsıldığımı belli etmemeye çalıştım.

"Sayenizde korumam olarak karşıma çıkana kadar, ben onu ölü biliyordum zaten! Meğer niyetiniz beni korumak değil, onu kafeslemekmiş! O da kendi hesabına, benim değil kaybolan çipin peşindeymiş. Kısacası komiser, ikiniz de beni kullandınız. Tarık istediğinize ulaştırabildi mi bari sizi?"

"İstediğimiz kişiye ulaştırdı diyelim," gözlerini kaçırdı benden ilk defa, "Fakat inanın, sizi koruma amaçlı götürdük Silivri'ye."

Gülümsedim, "Bir taşla iki kuş vuralım dediniz! O önemli değil de, Tarık'ın suçu neyse, mutlaka bana da söylemelisiniz. Hayatımı yeniden tanzim ederken, bunu bilmem şart, komiserim."

"Size açıklama yapmaya yetkili değilim ama madem sizi mağdur ettiğimi düşünüyorsunuz, şu kadarını söyleyeyim, Tarık kanımca siyasi suçlu değil fakat paraya tamah edince ister istemez pislik ona da bulaşmış. Hakkındaki kararı delillere göre mahkeme verecek. Verdiğim kadar bilginin ışığında, siz de artık onun hakkındaki kendi kararınızı verirsiniz!"

Önündeki telefonun kırmızı düğmesi çakmaya başladı. Kaldırdı ahizeyi, karşısındaki şahsa "geliyorum," dedi ve bana döndü:

"Esra Hanım, benim bir toplantıya girmem lazım. İstanbul dışında geçireceğiniz süreyi de kafanıza takmayın, düğüm çözüldüğünde döneceksiniz."

"Ne düğümü?"

"Kördüğüm!"

Ayağa kalktı, kapıya yürüdü, çıktı gitti.

Usulca yerimden kalkıp kapının kilitli olup olmadığına baktım. Kilitli değildi. Derin bir nefes alıp yerime döndüm ve sabırla beklemeye hazırlandım. Biraz sonra, çaycı odaya girip önüme bir bardak koyu çayla iki kesme şeker bıraktı.

Komiser, yaklaşık bir buçuk saat sonra, elinde pasaportumla döndü odaya.

Bana uzattığı pasaportu almadan önce, yeni hayatımı kutsamak istercesine ayağa kalktım, sert kapaklı bordo renkli defterciği alıp sımsıkı bastırdım kalbimin üzerine! Ben bir kere daha şüphe götürmez şekilde, Esra Atalay Solmaz'dım. O pasaportla yurtdışına gidebilirdim, uçak bileti alabilirdim, herhangi bir otelde geceleyebilir, sınav kayıtlarımı yaptırabilir, kendime kaybolanın yerine yeni bir kimlik çıkarabilirdim. Benim ben olduğumu belgeleyen şu bordo şey... özgürlüğümmüş meğer benim!

İçimden bağırarak şarkı söylemek, hatta komiserin boynuna atlayıp onu şapır şupur öpmek geliyordu. Fakat uslu durdum. Abartısız bir teşekkürle yetindim.

Daha sonra odaya getirilen belgeleri imzalamadan komisere dönüp bunların ne olduklarını sordum. "Sizin birazdan yapacağınız yolculukla ilgili harcamanın faturalarını kabul beyanınız," dedi. Çaktım imzayı.

Gerekli tüm formaliteler tamamlanınca odadan çıktık, komiserle birlikte koridorda yürümeye başladık. Yanımızdan gelip geçenlerin arasında gözlerim Nurten'i aramadı desem yalan olur. Ama o yoktu.

"Nurten'e de veda edebilir miyim?" diye sordum komisere.

"Nurten iznini kullanıyor," dedi. "Merak etmeyin on gün sonra işbaşı yapacak. Evin tüm camları kırılmış, annesi çok korkmuş, çocuk travma yaşamış ama ciddi hiçbir şey yok."

"Çok sevindim. Ona benden selam söyleyin olur mu! Güzel vakit geçirdik birlikte."

"Söylerim. Ama önce size bir şey söyleyeyim Esra Hanım, hiçbir şeyi okumadan imzalamayın."

"E, tabii ki hep öyle yaparım zaten."

"Neden bugün öyle yapmadınız? Evrakın altına okumadan çaktınız imzayı."

"Size sordum ya, komiserim! Yanıtınız beni tatmin etti."

"Ama okumadınız! Belki başka bir şey yazılıydı kâğıtlarda."

"Ben size güvendim... hata mı ettim?"

"Hayır. Ama her zaman okuyun imzalayacağınız metni, e mi! Tarık'ın sizinle yollamak istediği şeyi de okusaydınız, belki o çipi yanınızda taşımak istemezdiniz."

"Siz okudunuz mu?.. Komiserim, okudunuz siz, yoksa böyle demezdiniz bana? Vallahi okudunuz!"

"Ne fark eder, Esra'nım."

"Bilmek isterim çantamda ne taşıdığımı."

"Zamanında baksaymışsınız. O fırsatı kaçırdınız."

"Lütfen ama... Neye aracılık ettiğimi hiç öğrenemeden mi gideceğim bu dünyadan? Başıma bunca belayı saran çipte ne yazıyor, bilmek hakkım değil mi?"

"Tarık'ı sordunuz, sizi yanıtlamaya çalıştım çünkü onun durumu sizi de ilgilendiriyordu, bilmek hakkınızdı ama şu çipteki bilgi, sizi hiç ilgilendirmiyor!"

Bildiğim bir şeyi öğrenmek için bu kadar ısrar yeterliydi bence, omuz silktim, bana ne dercesine. Uzun koridorda hızlı adımlarla önümden yürüdü, asansöre binmedik bu sefer, merdivenlerden indik. Arabayı park ettiğimiz garaja açılan kapıyı tuttu, geçtim, buraya gelirken bindiğim arabanın yanında dikilen Niyazi bana arka kapıyı açtı, komiser öne oturdu. Hareket ettik. Hafiften kar sepelemeye başlamıştı yine.

"Kar çok hızlanırsa uçak kalkar mı?" diye sordum.

"İneceği alan açıksa, kalkar."

"Belki de kapanmıştır ineceğim alan. Uçmadan öğrenirler, değil mi?"

O derinden gelen sesiyle, "Niye istemiyorsunuz gitmeyi?" diye sordu Vural Komiser, "Herkes gitmek için can atarken?"

"Büyükbabam bana derdi ki, batan gemiyi önce fareler terk eder. Ben geminin faresi yerine kaptanı olmayı tercih ediyorum. Ne zaman ki bacasına kuş gibi tünerim, hiç çare kalmamış, işte ancak o zaman terk ederim gemimi, sadece canımı kurtarmak için," dedim ben, "çünkü kaptan, gemisini yürütene denir."

"Dümenler hep sizin gibi düşünenlerin elinde olsaydı keşke!"

"Biz bilim insanlarıyız komiserim. Siyasetçiler başka türlü düşünüyor. Herkesin kendi doğrusu kendine!"

"Şu Yeryüzü şeysi konusunda... hakikaten siz ciddi misiniz?"

"Orhan Hoca'yla konuşacaktınız..."

"Bu sabah aradı beni, konuştuk. O yüzden soruyorum, zaten."

"Ciddiyim. İhtisasımın bir bölümünü gerçekten hekime ihtiyaç duyan yoksul ülkelerin birinde geçirmek istiyorum."

"Orhan Hoca da böyle bir çalışmanın size çok iyi geleceğini düşünüyor."

"Seanslar sırasında onun beni iyi tanıma fırsatı oldu."

"Hatırlamanıza da katkısı oldu kanımca. Ruhunuzu incitmememiz için... gerçi hiç öyle bir niyetimiz yoktu ama... bizi epeyi sıkıştırdı. Hoca çok kolladı sizi."

"Doktorları ciddiye almanız çok iyi bir şey."

"Bazı vakalarda psikiyatristlerle birlikte çalışırız... Öyle icap eder bazen. Orhan Hoca'yla iyi anlaştık."

"Sahil yolunda kar tutmuyor, oradan gitsek?" dedi Niyazi.

"Vaktimiz var, sorun yok," dedi komiser.

Başka konuşmadık.

Ben o yolu seçtiğimize sevindim. Deniz sol yanımızdaydı, sağ tarafımızda ise Bizans kalıntısı surlar vardı. Karşı yakanın ışıklarını da görüyor, şehrin her iki kıtadaki nefesini hissediyordum. Üstelik o saatte trafik bizim gittiğimiz istikametin ters yönüne akıyordu. Rahatça yol alıyorduk.

Havaalanına vardığımızda, hava kararmıştı.

Komiser beni binanın yan tarafındaki özel bir kapıdan soktu içeriye. Pasaportumu istedi, verdim, kimlik kontrolü yapan memura pasaportumu gösterip fısır fısır konuştu, biletim ondaydı zaten, sorunsuzca geçtik, birlikte yukarı çıktık, yürüdük, küçük bir odada bekledik bir süre. Sonra bir yer görevlisinin refakatinde tekrar koridora çıktık, aşağı indik bu kez, yine yürüdük. Komiser o kadar hızlı gidiyordu ki, ben dilim dışarda, koşturuyordum peşinden ve hep yolcuların uçağa alınmaya başladığı kapıya gittiğimizi sanıyordum. Ama nihayet geldiğimiz kapıda, hiç yolcu kalmamıştı! Uçağı kaçırdığımı sandım bir an.

Oysa bize refakat eden yer hostesi, komiserin elindeki bileti kesti, pasaportuma baktı, gülümsedi bana, bir düğmeye basarak açtığı kapıdan geçip siyah bir havaalanı aracına bindik komiserle. Araç döne dolaşa giderken konuşmadık aramızda.

Bir uçağın merdivenlerine yaklaşıp durduğumuzda, "Yolun sonuna geldik. Uçağa tek başınıza bineceksiniz Esra'nım," dedi komiser. Çantamı o indirdi araçtan, uçağa çıkan merdivenlerin başında pasaportumu, biletimi ve bana taşıtmadığı çantayı nihayet uzattı bana, "Yolunuz açık olsun, güle güle gidin," dedi, "İndiğinizde babanız sizi karşılayacak."

"Babam değil, annem. Babam Side'de oturur benim."

Bir şey söylemedi. El sıkıştık.

Merdivenleri tırmandım, uçağa binmeden arkama dönüp baktım. Vural Komiser'e son kez el sallamayı ummuştum ama göremedim onu, bizi getiren araca binip gitmişti!

GEMİNİN YÖNÜ

Uçağa bindim.

Diğer yolcular çoktan oturmuşlardı yerlerine. Koltuk numaram için biletime göz attım ve yer numaralarına bakarak ilerledim. Yerimi bulunca, önce çantamı yerleştirdim tepedeki rafa, sonra yeni montumu çıkarıp katladım, valizin yanına tıkıştırdım ve koridor tarafında oturan yaşlı hanıma doğru, ortadaki koltuğa geçeceğimi söylemek için eğildim. Başını çevirip yüzüme baktı gülümseyerek.

Aaa! Aaa! Olamaz!

Kendimi tutamayıp bağırdım, "Anneanne! Sen ne arıyorsun bu uçakta?"

Anneannem yerinden kalktı, beni çabucak öptü yanaklarımdan, "Geç otur haydi, çabuk ol," dedi.

Ben yine hafıza kaybına mı uğradım diye korktum bir an!

"Sen Amsterdam'da değil miydin? Ne zaman geldin de dönüyorsun?"

"Yavrum, yerine yerleş de anlatayım."

Ortadaki koltuğa oturdum. Pencere kenarındaki yolcu konuşmamızı duyduğu için, merakla bize bakıyordu.

"Bu uçak Antalya uçağı," dedi anneannem. Ben bugün Amsterdam'dan geldim, Antalya uçağına aktarma yaptım, şimdi birlikte babana gidiyoruz, Side'ye."

"Ne… ne... nasıl oldu bu?.."

"Sen pek gönüllü değilmişsin Amsterdam'a uçmaya. Ben ise, hiç meraklı değildim daha uzun kalmaya. Vural Komiser ile temastaydık birkaç gündür. Önce o seni annene gönderecekti... Bugün son anda plan değişikliği oldu."

Bu da mı gerçekle rüya arasındaki gidip gelmelerimden biriydi, yoksa şaka mıydı? Bilet montumun cebinde kaldığı için kontrol da edemiyordum.

"Anneme gitmiyor muyum şimdi ben?"

"Hayır. Dedim ya, Antalya'ya uçuyoruz. Biz yerleşelim hele, haftaya da annen gelecek. Başına gelenlerden sonra, o da seni illa görmek istiyor."

"Başıma gelenler... kim ne anlattı size?"

"Kaza geçirmişsin. Hafıza kaybın olmuş. Her şeyi biliyoruz."

"Vural Komiser mi anlattı?"

"Biraz o biraz da Doktor Orhan. Hafta başında anneni arayıp seninle ilgili bilgi aldılar, başına gelenleri anlattılar. İki kere skype yaptık onlarla. Bize sen söylemeliydin Esra!"

"Geldiğimde anlatacaktım. Babamın haberi var mı?"

"Ona ben söyledim. Annen, baban, sen ve ben, ayrı şehirlerde de yaşasak, dört kişilik bir aileyiz biz. Kime ne olduysa, hepimizin bilmesi lazım. Eve vardığımızda, babana ve bana ayrıntılarıyla anlatırsın başına gelenleri. Bir de senden dinleyelim bakalım, hangi yalancı dolmalarla besleyeceksin bizi... kredi kartlarım çalındı, telefonum suya düştü, dizüstümü inek yuttu... Ah Esra ah! E, tabii bir de şu Yeryüzü Doktoru saçmalığı var... Neyse, o daha sonraki mesele."

"Anneanne, Yeryüzü Doktorları saçmalık değil!"

"Olmayabilir ama gerek yok! Bak yavrum, senden hiç ses çıkmayınca, başvurduğun hastanedeki fırsatın kaçtı. Ben de özgeçmişini, Wellington Hospital'a gönderdim. Sınav sonucunu gördükten sonra, seni bir mülakata alacaklarına ve mülakat iyi geçerse, cerrahi bölümüne stajyer doktor olarak kabul edeceklerine söz verdiler."

"A ah?! Nereden çıktı bu? Hiç haberim yok!"

"E, beni hiç aramadın ki, haberin olsun."

"Bu söylediğin Wellington, özel hastanedir anneanne!"

"Evet, ne olmuş?"

"Oraya zengin hastalar prostat, böbrek, mesane ameliyatları için filan yatıyorlar. Türkiye'den de çok hasta gelir oraya. Türkçe biliyorum diye mi yüz verdiler bana acaba?"

"Saçmalama," diye kesti sözümü anneannem, "Sana Prof. Schlimann'ın torunu olduğun için yüz verdiler. Hastanenin başhekimi büyükbabamın çok yakın dostuydu, hâlâ öğrencileri var o hastanenin yönetiminde. Onlara senin özgeçmişini gönderirken, büyükbabanın adını da zikrediverdim ben."

"Seni gidi kurnaz tilki! Torpilledin yani beni!"

"Laf! Schlimann'ın torunuyla çalışmak, her hastane için bir onurdur."

Bunuyor mu ne, benim anneannem?

"Bak canım, başıma gelenlerden sonra, ruhumu onarabilmek için Wellington Hastanesi'ni onurlandırmaya değil, bambaşka bir çalışmaya ihtiyacım var benim. Muhtaç çocuklara yardım etmek istiyorum."

"Asıl sen bak canım, bu fırsatı da kaçırırsan, bir daha..."

Lafını kestim, "Anneanne, şu anda seni bu kadar özlemişken münakaşa edecek değilim ama ben kendi hayatımı idare edecek yaştayım."

"Gördük senin idareni!"

Başımı öte yana çevirdim. Sanırım gücendiğimi zannetti.

"Tamam, tamam! Önce sen Eylül'de sınavını ver, sonra bakarız," dedi anneannem, aynı anda hem sevecen hem de otoriter olabilen, kendine has ses tonuyla, "Göz diktiğin bölümü tuttur da, ister Londra'ya git, ister Kenya'ya. Ama bu sefer telefonun mutlaka her an yanında olsun!"

Hostes, can yeleklerini nasıl kullanacağımızı anlatmaya başlayınca sustuk.

Bir süre sonra havalandık, uçağın pilotu bilgi vermeye başladı ve ben Amsterdam'a gidiyor diye bindiğim uçağın Antalya'ya uçtuğuna, ancak pilot söyleyince inandım. Havaalanının koridorlarında Vural Komiser'le birlikte nefes nefese koştururken etrafıma hiç bakmamışım. Biletim de komiserdeydi zaten. Son dakika vermişti elime kesilen biletin parçasını, ben de sadece yer numarama göz atmıştım...

Sürpriz hazırlıyorum deyip duruyordu, gerçekten de ne sürprizdi ama!

Babamın evine gideceğim, annemi de göreceğim için mutluydum. Anneannem yanımda olduğu içinse, çok mutluydum. Fakat biliyordum ki, iplerim, doktorların, komiserlerin elinden anneanneme geçmişti. Baskın bir kişilikti anneannem. Yeryüzü Doktorlarına katılmak için sıkı bir mücadele vermem gerekecekti. Olsun varsın! Ne de olsa beni, kendi deyişleriyle, "içinde yaşadıkları asrı" yakalamaya çalışan kuşağın fertleri büyütmüştü, alışıktım mücadeleye. O kadar ki, bindiğim THY uçaklarında ön sağ duvarlardaki *K. Atatürk* imzalı *İstikbal Göklerdedir* yazısına ne zaman gözüm takılsa, aklıma hep anneannemin çocukken öğrenip bana da öğrettiği o şarkı gelirdi:

Ey Türk genci kanatlan havalarda dalgalan
Çünkü bak, hiç durmadan kanatlanıyor cihan!

Ayağa kalkıp uçağın ön sağ tarafına baktım.

Yazı yoktu! Kaldırmışlar! Ne zaman kalkmış hiç fark etmemişim. Anneanneme söylemedim üzülmesin diye. Atatürk'ün denizin üzerinde uzaklaşan bir yelkenli gibi usul usul hayatımızdan süzülüp gitmekte olduğunu hangimiz fark ettik ki, anneannemden başka! Bir tek şu yaşlı kadın gördü tüm değerlerimizin içinin boşaltıldığını. Biz gençler, hayatlarımızın günlük dertleriyle boğuşurken bastığımız zeminin kaydığını, bizi bir başka anlayışa evirmek üzere müthiş bir toplum mühendisliği yapılmakta olduğunu göremedik. Oysa o uyardı durdu, en azından öğrencilerini ve annemle beni. Öğrencilerini bilemem ama annemle ben, gülüp geçmiştik.

"Niye ayağa kalktın sen?" diye sordu.

"Gerçekten Antalya'ya mı gidiyoruz diye baktım."

Güldü, "Yakında uçağın içine bakarak yön tayin etmek de gerçekleşirse, hiç şaşmam," dedi anneannem, "her şey mümkün artık ve her şey olacağına varıyor! Düşünsene, ben seni Amsterdam'a beklerken, Antalya'ya götürüyorum. Kime niyet, kime kısmet!"

Evet, kime niyet kime kısmet, diye geçirdim içimden, kumaşım bu ülkede dokunduğu halde, az daha Flamanca konuşan insanların arasına gidiyordum, ayrıkotu gibi kalmaya! Uçak havalanıp vatanım yerkürede ufacık bir leke gibi kaldığında, yüreğimde hiç küllenmeyecek bir yangın başlayacaktı. Bilenler hasret diyor bu yangının adına. Oysa kendi ülkesinin üniversitesinden diplomalı, kutsal bir görev üstlenmiş genç bir doktor olarak, dünyanın hangi köşesine gidersem gideyim, mülteci, kaçak ya da göçmen olmayacaktım. Sadece görevine âşık bir hekim olacaktım!

Şimdi ben, Vural Komiser'e mi, Orhan Hoca'ya mı, hangi birine teşekkür edeydim, beni bir korku masalının kahramanı olarak gideceğim zoraki gurbetimden kurtardıkları, yönümü değiştirdikleri için!

Yoksa Tarık'a mı, Sınır Tanımayan Doktorları aklıma getirdiğinden dolayı?

İyice havalanıp elektronik cihazlarımızı kullanabileceğimiz anonsu yapıldıktan sonra, anneannem kucağında duran çantasından telefonunu çıkardı, kulaklıklara taktı, bir süre kurcaladı telefonu, bir şey aradı ve nihayet uzattı kulaklıkları bana.

"Dinle, hoşuna gidecek," dedi, "yetmişlerden kalma, çok eski bir şarkıdır, Hümeyra bunu ilk söylediğinde, ceylan gibi gencecik, incecik bir kızdı. Hoş hâlâ incecik ya..."

"Hümeyra? Hani şu... geçen kış seyrettiğimiz dizideki Hümeyra mı?"

"Evet, evet. Dinle!"

İndirdiği her neyse, dinlemek için kulaklıkları taktım. Genç, kristal gibi bir ses... dinledikçe gözlerim doldu... şarkının sözleri sanki benim için yazılmış... beni tarif ediyordu... dayanamadım, ben de mırıldanmaya başladım usulca. Anneannem de alçak sesle katıldı bana:

Öyle uzak ki yerim uzakları aşıyor
Bütün özlediklerim benden ayrı yaşıyor
Ya her şeyim ya hiçim, sorma dünyam ne biçim
Bir kördüğüm ki içim, çözdükçe dolaşıyor... çözdükçe dolaşıyor.

Pencere kenarındaki adam eğilip dik dik baktı, öte yandaki yolcu gülümsedi. Hiç aldırmadık, söylemeye devam ettik ta sonuna kadar.

"Çok güzel şarkıymış," dedim, "sözlerini de kendi mi yazmış?"

"Yok," gözlerini yumdu düşünürken, "sözleri... sözleri... Şevket Rado'nun!" Kulaklıkları çıkardım, anneannemin kucağına bırakırken, "Şevket Rado, her satırında beni tarif etmiş!" dedim.

"Sadece son birkaç ayını!" dedi. "Sen mutlu bir çocuktun, mutlu bir genç kız oldun."

"Yine öyle olacağım! İyi ki sen döndün, ben de kaldım anneanne! Ve iyi ki seninle birlikte babama kalmaya gidiyoruz."

"Emin misin?"

"Son kararım!"

"Güzel karar!" dedi anneannem, "Babanı da kucaklama zamanı gelmişti."

Kar belki yağmaya devam ediyordu aşağıda ama biz bulutların üstündeydik, yıldızlara yakın. Ne büyük bir hızla gitmekte olduğumuzun farkına dahi varmadan, ilerliyorduk karanlığın içinde.

Madem *İstikbal Göklerdedir* diyen kişi, çok şeyi bildi, Allah vergisi dehası ve sezgisiyle yıllar öncesinden bugünleri dahi görebildi; öngördüğü gibi, istikbal de göklerde miydi gerçekten, diye düşündüm. Kozmosun bir başka köşesinde, masumiyetin hüküm sürdüğü, henüz kirletilmemiş bir gezegende miydi acaba istikbal?

Yoksa hâlâ benim vatanımda mıydı, benim için?

Madem anneannemin Hitler'in zulmünden kaçan ailesi merhameti ve umudu benim ülkemde bulmuştu, ben niye gidiyordum ki?!

Merhamet, adalet, özgürlük ve eşitlik... ancak mücadeleyle elde edilebilirdi. Ve madem Tanrı canın yanında akıl da veriyordu kullarına, coğrafya kaderimiz olmamalıydı.

Gitsem de dönecektim. Nerede olursam olayım, mazlumlara, mağdurlara hep elimi uzatacaktım ve bacaya tünemeden, asla terk etmeyecektim gemiyi.

Geminin yönü benim için belliydi. Kalın çizgilerle çizilmişti.

Kazadan beri ilk defa, içimde müthiş bir ferahlık hissiyle, "İyi yolculuklar," dedim anneanneme.

"Sana da" dedi, "bundan böyle hep iyi yolculuklar olsun!.."